STEFAN ROGALL | Bestimmt für dich

Drei Fragen an den Autor Stefan Rogall

In Ihrem zweiten Roman versucht Ihre Heldin Rosanna, den Journalisten Lukas davon zu überzeugen, dass das Schicksal für jeden von uns einen Plan hat. Glauben Sie selbst an Schicksal, oder vertreten Sie wie Lukas die Auffassung, dass alles vom Zufall bestimmt wird?
Schwer zu sagen. Immer wenn ich denke, alles ist reiner Zufall, passiert irgendetwas, das diese Auffassung zu widerlegen scheint. Oder versuche ich nur einen übergeordneten Zusammenhang herzustellen, um nicht alles für zufällig und daher beliebig halten zu müssen? Andererseits fände ich es genauso beunruhigend, wenn alles derartig vorherbestimmt wäre, dass wir bloß Rollen spielen, die sich jemand anders ausgedacht hat. Eine gesunde Mischung wäre wahrscheinlich die angenehmste Vorstellung.

Wie sind Sie auf die Idee zu Bestimmt für dich *gekommen?*
Die Frage, ob unser Leben eher durch Zufall oder Schicksal bestimmt wird, hat mich schon immer beschäftigt. Darüber wollte ich im Rahmen einer Liebesgeschichte nachdenken – denn gerade bei der Suche nach dem Menschen fürs Leben stellt man sich zwangsläufig die Frage: Ist dies der Richtige für mich? Gibt es einen besonderen Grund, warum ausgerechnet dieser Mensch mir zu dieser Zeit an diesem Ort begegnet ist?

Wo und wann schreiben Sie am liebsten?
Ich bin berufsbedingt oft auf Reisen und nutze dann zum Beispiel die Zeit während längerer Zugfahrten. Als ich noch als Journalist oder später als Texter tätig war, habe ich zum Glück gelernt, in Großraumbüros zu schreiben und Geräuschkulissen um mich herum auszublenden. Am liebsten schreibe ich allerdings zu Hause in meinem Arbeitszimmer, dann aber nicht unbedingt in totaler Stille, sondern bei zur Geschichte passender Musik.

Zum Autor
Stefan Rogall, Jahrgang 1969, schreibt seit zehn Jahren erfolgreich Drehbücher für Fernsehkomödien und Kriminalfilme. *Für Polizeiruf 110: Kleine Frau* hat er den Adolf-Grimme-Preis erhalten. Nach *Verliebt, verschneit, verzaubert* ist *Bestimmt für dich* sein zweiter Roman.

STEFAN ROGALL

Bestimmt für dich

Roman

Diana Verlag

FSC
www.fsc.org
MIX
Papier aus verantwortungsvollen Quellen
FSC® C014496

Verlagsgruppe Random House FSC-DEU-0100
Das für dieses Buch verwendete
FSC®-zertifizierte Papier *Holmen Book Cream*
liefert Holmen Paper, Hallstavik, Schweden.

Originalausgabe 11/2011

Redaktion | Diethild Bansleben
Umschlaggestaltung | © t.mutzenbach design, München
Umschlagmotiv | © shutterstock
Satz | Leingärtner, Nabburg
Druck und Bindung | GGP Media GmbH, Pößneck
Printed in Germany 2011
978-3-453-35594-1

www.diana-verlag.de

1

Schönes Cover.

Aber ein reizvoller erster Eindruck hatte Rosanna schon zu oft irregeführt. Während sie das Buch mit dem hübschen Titelbild aufschlug, um die ersten Seiten zu lesen, musste sie an den Mann denken, den sie nach zu vielen Jahren ernüchternder Kurz- und Langzeitbeziehungen kennen- und lieben gelernt hatte. Er war zwar gut aussehend, einfühlsam und beruflich erfolgreich gewesen, aber das hatte ihre Ehe auch nicht länger als vier Jahre dauern lassen.

»Ich mag dich wirklich«, hatte Lars eines Morgens zu ihr gesagt. »Aber irgendetwas fehlt mir.«

Jetzt hatte Lars eine neue Frau, und bei ihr schien er nichts zu vermissen. Jedenfalls behauptete er das, als er Rosanna vor ein paar Tagen zufällig an einer Tankstelle begegnet war.

✲

»Und wie geht's dir so?«, hatte Lars höflich gefragt, während er die riesige Chipstüte betrachtete, die Rosanna soeben gekauft hatte und zusammen mit einer überdimensionalen Colaflasche unbeholfen an ihren Körper presste.

»Ich verspüre nicht mehr ganz so oft den Wunsch, deine Todesanzeige in der Zeitung zu finden«, hatte sie geantwortet. Das herablassende Lächeln war ihr leider missglückt – es zeigte eher Ähnlichkeit mit einem unkontrollierbaren Muskelzucken.

Einen Moment lang konzentrierte sich Lars auf die Literanzeige der Zapfsäule. Dann warf er Rosanna einen Blick zu, als hätte sie gerade versucht, ihm ein Zeitschriften-Abo anzudrehen. »Dir muss doch auch was gefehlt haben. Oder nicht?«

Natürlich war auch Rosanna während ihrer Ehe nicht wunschlos glücklich gewesen. Aber anders als Lars hatte sie keine Schwierigkeiten damit, Kompromisse einzugehen. Lars' Bitte um die Scheidung hatte sie daher so überrascht, als hätten die Nachrichten die Landung eines Ufos verkündet.

»Ich bin sicher, das mit uns sollte einfach nicht sein«, hatte Lars ihre zu lange Denkpause unterbrochen. »Und genauso sicher bin ich, dass du auch noch jemanden finden wirst, der für dich richtig ist.«

»Originalität.«

»Bitte?«

»*Die* hat mir bei dir immer gefehlt.«

In Wahrheit hatte Rosanna von Lars nie erwartet, dass er ihre Welt mit Geistesblitzen erleuchtete. Und sie vermutete auch zu Recht, dass seine jetzigen Plattitüden nichts anderes waren als ein Ausdruck von

Hilflosigkeit und schlechtem Gewissen. Aber Rosanna hatte etwas gebraucht, mit dem sie zurückschlagen konnte. Hätte sie bloß geschwiegen oder ihm gar zugestimmt, wäre Lars womöglich zu seinem neuen privaten Glück zurückgekehrt, ohne sich je wieder Gedanken um seine Exfrau zu machen.

Ihr Stich in sein Ego hatte jedoch keinen weiteren Streit entfacht, sondern lediglich Lars' schnellen Rückzug bewirkt. Mit einem finalen Nicken und einem gemurmelten »Alles Gute« hatte er das verunglückte Gespräch beendet, den Tankstutzen wieder eingehängt und war zum Bezahlen gegangen.

An jenem Abend hatte Rosanna im Bett gelegen und gegrübelt, wie lange ihr Vorwurf der mangelnden Originalität Lars noch beschäftigen würde. Sie selbst konnte jedenfalls mehrere Stunden nicht einschlafen.

✵

Das Klingeln ihres Handys riss Rosanna aus ihren Gedanken. Eine Kundin, die neben ihr in einem Buch blätterte und sich offenbar in ihrer Ruhe gestört fühlte, seufzte vorwurfsvoll. Rosanna kramte aus ihrer Handtasche das Handy hervor, um den Signalton stumm zu schalten, doch der unbekannte Anrufer hatte ohnehin schon aufgelegt. Als Rosanna die Uhrzeit auf dem Display sah, erschrak sie. Schon vor über einer Stunde hätte sie an ihrem Arbeitsplatz erscheinen müssen. Aber es war kein Zufall, dass Rosanna getrödelt hatte und ihr auch jetzt eher danach zumute war, es sich in der Leseecke der Buchhandlung gemütlich zu machen und eine Geschichte zu finden, in der sie versinken konnte.

Von ihrer Tätigkeit als Sachbearbeiterin für einen Versicherungskonzern hatte sie sich zwar nie Abwechslungsreichtum, spannende Herausforderungen oder besonderen Geldsegen erträumt, dafür aber Beständigkeit – und selbst damit war schon lange Schluss. In den letzten Jahren hatte Rosanna mehrere Entlassungswellen über sich ergehen lassen müssen und jedes Mal an Standfestigkeit eingebüßt. Auch aufgrund der Enttäuschung durch Lars war Rosanna nicht in Stimmung gewesen, die nötigen Allianzen mit Kollegen und Vorgesetzten zu bilden, die ihr mehr Rückhalt verschafft hätten. Folglich hatte das Rudel der Vereinsmeier und bereitwilligen Ausgrenzer Rosanna langsam, aber sicher zur Gruppe der schwachen und unerwünschten Opfertiere abgeschoben.

»Vielleicht müssen wir mal mit dem Chef ausgehen«, hatte Kira, die Kollegin, mit der Rosanna seit sechs Jahren Schreibtisch an Schreibtisch arbeitete und die ebenfalls auf der Abschussliste stand, erst kürzlich vorgeschlagen. Ihre ruhige, fast schon monotone Stimme verriet wieder einmal nicht, ob sie einen Scherz gemacht hatte. Auch ihr Gesicht, in dem sich bis auf den stets knallrot geschminkten Mund selten etwas regte, bot keinen Anhaltspunkt. Zudem ging Kira mit so vielen Männern aus, dass Rosanna ihr durchaus zutraute, es sogar mit ihrem besonders unerträglichen Vorgesetzten versuchen zu wollen.

»Ich hab Lars getroffen«, verriet Rosanna, um das Thema zu wechseln.

»Wen?«

»Lars. Meinen Exmann.« Kira war Rosanna zwar in den letzten Jahren eine enge Freundin geworden, hatte aber ein Gedächtnis wie ein Computer, der bei zu viel widersprüchlicher Information abstürzte. »Wir haben uns nicht absichtlich getroffen«, erklärte Rosanna, »sondern zufällig.«

Kira stützte das Kinn in ihre Hand und fixierte Rosanna, was für gewöhnlich bedeutete, dass sie mehr erfahren wollte.

»Ich war total ...« Rosanna überlegte.

»Weggetreten?«, fragte Kira.

»Schlagfertig.«

»Und er?«

»Arschloch, wie immer.« Rosanna seufzte. »Ich frage mich, was ich jemals in ihm gesehen habe.«

Kira spielte nachdenklich mit ihrem langen Haar, das sie genau wie ihre Wimpern und Augenbrauen regelmäßig pechschwarz färbte, obwohl ihre natürliche hellrote Farbe Rosanna viel besser gefiel. »Deshalb sollten wir erst recht mal mit dem Chef ausgehen«, sagte Kira plötzlich. »Zwei Fliegen mit einer Klappe.«

Rosanna musste über Kiras Neigung zu hinkenden Vergleichen lächeln. Sie hob fragend die Brauen.

»Ich mein's ernst«, beharrte Kira. »Wir wollen unseren Job behalten – erste Fliege. Und der Chef sieht irgendwie so aus wie dein Exmann – zweite Fliege.«

»So'n Quatsch«, empörte sich Rosanna. »Der Chef sieht überhaupt nicht aus wie –«

»Wie wer?« ertönte hinter ihr die sonore Stimme des Chefs.

Rosanna errötete. Nicht nur, weil es ihr peinlich war, dass ihr Chef tatsächlich Lars ähnelte, sondern weil seine Angewohnheit, sich von hinten anzuschleichen und dann über ihre Schulter zu grinsen, sie wahnsinnig machte.

»Tach, Herr Schaller«, sagte Kira. »Neues Rasierwasser?«

Die Dunstwolke war für Rosanna besonders schwer zu ertragen, da Schaller sich immer noch über ihre Schulter lehnte und geradezu in Kussnähe war. »Gefällt's den Damen?«, fragte er mit breitem Grinsen.

Rosanna bemühte sich, nicht einzuatmen, und tippte hektisch auf ihrer Computertastatur herum, um sich mit einem erstickten »schon wieder abgestürzt« zwecks vorgetäuschten Kaltstarts zum Rechner hinunterbeugen zu können.

»Mögen Sie griechisch?«, fragte Kira unvermittelt. Herr Schaller richtete sich auf und machte ein paar Schritte auf sie zu, was Rosanna aufatmen ließ.

»Wieso interessiert Sie das?«, erwiderte Schaller erwartungsvoll.

»Na ja, man könnte doch mal essen gehen oder so –«

Rosanna räusperte sich laut und warf Kira einen warnenden Blick zu.

»Trockener Hals?«, fragte Schaller, dessen Aufmerksamkeit nun wieder ganz bei Rosanna war.

»Ich hol mir mal 'n Kaffee.«

»Da komm ich mit«, meinte Schaller erfreut.

»Ach, ich hab hier ja noch ein bisschen Wasser«, sagte Rosanna schnell und zog ein paar Schubladen auf, in der Hoffnung, eine Flasche zu finden.

»Herr Schaller?«, säuselte eine langbeinige, blonde Mitarbeiterin aus der Buchhaltung und spielte mit dem Anhänger, der in ihrem bewusst einen Knopf zu weit geöffneten Blusenausschnitt baumelte. »Ich brauche Sie mal ganz dringend …«

Schaller seufzte demonstrativ und setzte sich in Bewegung, zwinkerte Rosanna aber noch einmal zu und versprach, gleich wieder bei ihr zu sein. Während er mit der Blondine den Gang hinunter verschwand, warf Rosanna Kira einen vorwurfsvollen Blick zu. »Ich will mit dem Kerl nicht ausgehen!«

»Ich auch nicht, aber du siehst ja – die anderen schmeißen sich total an den ran, um ihren Job zu behalten.«

»Gibt auch andere Jobs.«

»Und wo?«

»Irgendwo.«

»Du suchst doch schon seit Monaten und findest nichts.«

Rosanna rieb sich die Schläfen. »Und wie Lars sieht der auch nicht aus.«

Kiras rechter Mundwinkel hob sich zu einem schiefen Lächeln.

»Hör auf!«, zischte Rosanna, aber jetzt hob sich auch Kiras linker Mundwinkel, und Rosanna konnte nicht anders, als mitzulachen, auch wenn ihr eigentlich gar nicht danach zumute war.

✲

Kira hatte recht. Die Stellenanzeigen, die Rosanna Abend für Abend auf ihrem Laptop durchsuchte, richteten sich an Bewerber, die ihr möglichst kurzes bisheriges Leben ausschließlich mit Ausbildung, Fortbildung und sozialem Engagement verbracht hatten. Rosanna war zwar trotzdem zu ein paar Vorstellungsgesprächen eingeladen worden, aber man hatte sie selbst dann abgelehnt, wenn sie überzeugt gewesen war, einen hervorragenden Eindruck hinterlassen zu haben.

Die Absagen, die sie nach der Rückkehr von ihrer Arbeit entweder im Briefkasten oder auf ihrem Anrufbeantworter erwarteten, waren jedes Mal wieder wie ein Presslufthammer, der einen aus einem herrlichen Traum weckte. Wenn Rosanna anschließend beim Vertilgen ganzer Pizzas auf die Fototapete in der kleinen Zweizimmerwohnung starrte, die sie nach der Scheidung bezogen hatte, kostete es sie immer größere Kraft, sich eine Zukunft auszumalen, die besser aussah.

Rat von Familienangehörigen oder Freunden konnte Rosanna nicht einholen. Ihre Eltern lebten nicht mehr, mit ihrer älteren Schwester hatte sie sich vor Jahren entzweit. Kira meinte es zwar immer gut, war aber mit ihren sechsundzwanzig Jahren in einem anderen gedanklichen Universum unterwegs. In ihrer Zukunft war noch alles möglich, Angst fehl am Platz, Hoffnung etwas für später. Fehler hatten noch keine Konsequenzen, da sie mühelos bereinigt oder vergessen werden konnten.

Rosanna hätte in Kiras Alter auch nicht gedacht, dass zehn Jahre so viel ändern würden. Doch jetzt halfen ihr Kiras Ratschläge einfach nicht. Natürlich: Graue Haare konnten gefärbt, Falten zugeschminkt und Fettpolster abtrainiert werden. Aber die Narben, die ihre Erfahrungen hinterlassen hatten, würden bleiben und schmerzen, wann immer ihre Gefühlswetterlage das passende Klima bot. Kira konnte das noch nicht glauben – vielleicht war sie auch einfach nicht der Typ dazu. Immerhin schickte sie Rosanna in Krisenstimmungen eifrig SMS oder bot eine Schulter zum Ausweinen an. Rosanna hatte Letzteres jedoch kaum in Anspruch genommen, weil sie jedes Mal gespürt hatte, dass Kira in Gedanken eigentlich schon dabei war, den weiteren Abend zu planen – meist sogar ohne sie. Was nicht böse gemeint war, sondern eher rücksichtsvoll.

Dass Rosanna sich ausgerechnet mit einer zehn Jahre jüngeren Frau angefreundet hatte, für die sie höchstens eine ältere Schwester sein konnte, war vielfältig auslegbar. Rosanna hätte jedoch immer darauf verwiesen, dass ihre Freundschaft zu Beginn einen klaren Zweck verfolgt hatte: ein Bündnis zu schaffen gegen die wachsende Mobbing-Front jener Kollegen, die sich gern in der Kaffeeküche trafen, um neueste Gerüchte brühwarm weiterzugeben oder auszuschmücken. Da Kira genauso wenig wie Rosanna Lust darauf hatte oder gut darin war, sich Gemeinheiten auszudenken und Machtstrukturen unterzuordnen, bildeten die beiden von Anfang an ein perfektes Team. Aus demselben Grund waren sie jedoch auch schnell ins Abseits gedrängt worden. Dort konnte man sich zu zweit zwar wohlfühlen, aber nicht für lange. Da sie Kiras Optimismus nicht teilte, rechnete Rosanna damit, von der nächsten Entlassungswelle endgültig davongeschwemmt zu werden.

Obwohl Rosanna grundsätzlich niemand war, der anderen gern vorstöhnte, wie schlecht es ihm ging, hätte sie sich jemanden gewünscht, der zumindest mit Blick auf den gleichen Erfahrungshorizont wie sie durchs Leben segelte. Aber ihr gleichaltriger Bekanntenkreis hatte sich in den letzten Jahren stetig verkleinert. Die meisten ihrer früheren Freunde waren Freunde von Lars gewesen und nach der Scheidung auf seiner Seite geblieben. Und die wenigen Freundinnen, die sie noch aus ihrer Schulzeit hatte, waren weggezogen oder hatten zu viel mit sich selbst zu tun. Wann immer Rosanna ihre Probleme auch nur andeutete, hatte sich ihr jeweiliges Gegenüber sichtlich verspannt, als hätte sie offenbart, an einem besonders ansteckenden Hautpilz erkrankt zu sein. Und das war nicht nur bei den Freundinnen passiert, die selbst in einer kriselnden Beziehung steckten oder schon Singles waren. Auch die glücklich Verheirateten wollten nichts von Liebeskummer und Enttäuschung hören – vielleicht weil sie davor selbst genug Angst verspürten.

✲

So hatte Rosanna woanders Trost gesucht. In Geschichten, die von Liebesbeziehungen erzählten, die schwere Zeiten nicht nur überstanden, sondern dadurch sogar noch widerstandsfähiger wurden. Geschichten, in denen die weiblichen Hauptfiguren schlagfertig waren und selbst noch in peinlichen Situationen anziehend genug, um den netten Kerl, der sie verstand und unermüdlich umgarnte, ins Bett zu kriegen. Geschichten, die zwar auch mal traurig werden durften, aber einen am Ende mit einem wunderbaren Gefühl entließen: dass es vielleicht auch im wirklichen Leben Happy Ends geben konnte.

Geschichten, die diese Hoffnung nicht erfüllten, verärgerten Rosanna. Manchmal so sehr, dass sie sich in verschiedenen Internetforen einloggte und über die Unzulänglichkeiten des Autors schimpfte. Dass sie nicht das bekommen hatte, was sie wollte, nicht einmal in Gestalt eines Buchs, hatte Rosanna zuweilen zu Hasstiraden hingerissen, die ihr zwar beim Schreiben guttaten, aber später beim Lesen

Angst machten. Noch schlimmer wurde es, wenn Forumsnutzer ihr widersprachen und sie sich genötigt sah, darauf zu antworten. Mit derselben Häme, die ihr entgegengeschlagen war, in der Hoffnung, so die Diskussion siegreich beenden zu können – was allerdings nie der Fall war. Natürlich gab es auch Nutzer, die Rosanna zu ihresgleichen zählten und voller Lust in dieselbe Kerbe hauten wie sie, nicht selten in GROSSBUCHSTABEN und mit hemmungslos verteilten Kraftausdrücken und Ausrufungszeichen. Obwohl sich Rosanna über den Zuspruch und die Bestätigung grundsätzlich freute, ging ihr die dahintersteckende Vereinnahmung zu weit. War sie wirklich zu einer von denen geworden? So voller Wut und Enttäuschung, dass es ihr nur noch darum ging, auf jemanden einzuprügeln und nachzutreten, auch wenn der Betreffende ihr gar nichts getan hatte, außer etwas zu sagen, was sie nicht hatte hören wollen?

✲

Rosanna nahm das Buch mit dem schönen Umschlag wieder in die Hand. Sie versuchte, ein paar Seiten zu lesen, um sich für oder gegen den Kauf entscheiden zu können. Aber all die Gedanken, die ihr durch den Kopf gingen, machten dem Inhalt der Seiten einfach keinen Platz. So etwas war ihr in letzter Zeit ständig passiert. Rosannas Augen erfassten zwar die Wörter, aber die lösten sich bald auf, anstatt in Erinnerung zu bleiben.

Rosanna betrachtete das Umschlagbild noch einmal, überlegte, ob sie das Buch auch ohne vorherige Stichprobe mit nach Hause nehmen sollte, legte es aber wieder zurück auf den Angebotstisch, als sie bemerkte, dass jemand sie anstarrte. Ein Mann, den Rosanna auf Ende dreißig schätzte und der mit seinem verknitterten Trenchcoat, seinen widerspenstigen dunklen Haaren und dem ebenso wenig auf Mode bedachten Dreitagebart aussah, wie sie sich einen Privatdetektiv vorstellte. Aber wer hätte einen auf sie ansetzen wollen – und vor allem: warum? Sie bot keinen Anreiz für Neugier, verbarg keine Geheimnisse, die von Interesse waren. Ob es sie gab oder nicht, kümmerte eigentlich niemanden.

Die Bitterkeit dieser Erkenntnis versetzte Rosanna einen unerwarteten Schock. Sie könnte auf der Stelle tot umfallen, und es würde keine größeren Folgen haben. Ihre Schwester würde vielleicht ein wenig trauern, Kira ebenfalls, aber damit hätte sich es dann erledigt. Und warum auch nicht? Sie hatte nichts bewirkt, nichts entdeckt, nichts gewonnen, nichts geschaffen. Ihr bisheriges Leben war eine einzige Warteschleife gewesen, angefüllt mit Hoffnungen, die sich vielleicht einmal bestätigen würden, es dann aber doch nicht taten. Warum sollte sich schon jemand an sie erinnern? Kein Wunder, dass dieser Typ, der ein paar Meter entfernt an einem anderen Büchertisch stand, geradezu durch sie hindurchstarrte. Und selbst wenn er sie wahrnahm – was konnte er anderes sehen als eine Frau, die heute Morgen ein kleines Loch in ihrem Pullover entdeckt hatte, ihn aber aus Zeitgründen nicht mehr wechseln konnte, da sie schon zu lange darüber geflucht hatte, dass ihre Jeans offensichtlich eingelaufen waren und über ihrem Bauch spannten. Eine Frau, deren halblanges braunes Haar aufgrund einer eigensinnigen Naturwelle chronisch zerzaust aussah, anstatt gepflegt gebändigt worden zu sein (auch dafür war keine Zeit mehr gewesen). Eine Frau, die sich in der Ecke mit den Liebesromanen herumtrieb, anstatt um diese Zeit bei der Arbeit zu sein, und es offensichtlich aufgegeben hatte, ihr Leben in den Griff zu kriegen.

Rosanna atmete tief durch. Sie hasste es, wenn sich ihr Selbstmitleid wie ein unwiderstehlicher Ohrwurm in ihrem Kopf einnistete. Aber was konnte sie dem entgegensetzen? Sollte sie daran glauben, dass sich alles schon irgendwie zum Guten wenden würde? Ein Lächeln aufsetzen und sich über die Frühlingssonne freuen? Ihre »innere Mitte suchen und die Kraft zur Veränderung in sich mobilisieren«, wie es eines der vielen Ratgeber-Bücher im Regal nebenan vorschlug?

Auf einmal beschlich Rosanna eine merkwürdige Ahnung, dass sie heute nicht an ihren Arbeitsplatz zurückkehren würde. Und vielleicht auch nicht einmal mehr nach Hause.

✵

Lukas starrte auf die große Uhr, die ein paar Meter entfernt an der gegenüberliegenden Wand hing, und spürte seinen wachsenden Widerwillen. Er wusste, dass der Termin, der in einer Stunde beginnen würde, sein letzter sein würde, aber die Erleichterung darüber wollte sich noch nicht einstellen – vielleicht, weil die bisherigen Zusammenkünfte mit Waldemar Herrlichter seine Nerven bereits über Gebühr strapaziert hatten. Der Artikel, den er über den selbst ernannten Wunderheiler schreiben würde, sollte jedoch, wenn schon nicht unvoreingenommen, zumindest gut recherchiert sein, sodass Lukas keine andere Möglichkeit sah, als den Behandlungszyklus heute wie besprochen zu beenden.

Lustlos betrachtete er die vor ihm ausgelegten populären Wissenschaftsbücher, die versprachen, die Welt zu erklären, doch deren oberkluger, polemisch verknappender Stil Lukas dermaßen verärgerte, dass er sich freute, als sein Blick stattdessen auf eine andere Neuerscheinung über Weltuntergangsprophezeiungen fiel, mit der er sich aufheitern könnte.

Lange darin lesen konnte er jedoch auch nicht. Sein Blick ging wieder zur großen Uhr, vor der nun eine Frau stand, die ihrerseits in einem Buch blätterte. Lukas hatte nicht die Absicht, die Frau zu mustern, aber aus irgendeinem Grund konnte er das nicht vermeiden. Nicht, weil sie mit gewagter Kleidung auf ihren Körper aufmerksam machte oder flirtend zu ihm herüberlachte. Vielmehr starrte sie ihn an, als wollte er sie gleich um Kleingeld anbetteln. Er wusste, dass sein Trenchcoat ein wenig mitgenommen war, und straffte unwillkürlich seine Schultern, um wenigstens selbstbewusst zu wirken. Außerdem widerstand er stolz dem Drang, sich durch die Haare zu fahren.

Er fragte sich, warum es ihm überhaupt etwas ausmachte, dass diese Frau ihn scheinbar für unansehnlich hielt. Dieses Unbehagen hatte er seit Jane nicht mehr verspürt. Aber er wollte da nichts hineindeuten. Und er würde sich auch nicht vom Blick dieser Frau einschüchtern lassen. Er starrte einfach so gelassen wie möglich zurück und behielt gleichzeitig die große Uhr hinter ihr im Auge.

Dass die Frau schließlich ihren Blick senkte, rechnete sich Lukas jedoch nicht als Sieg an. Denn wie ein Gemälde, dessen andauernde Betrachtung unerkannte Details zutage fördert, ließ auch das zunächst bloß hübsche Gesicht dieser Frau immer mehr erkennen. Ihre dunklen Augen blickten gar nicht abweisend, sondern sorgenvoll. Trotzdem schienen sie zu unbändiger Freude fähig, was die Lachfalten an ihren Mundwinkeln bestätigten. Ihre Haut war bleich wie seine, wahrscheinlich das Ergebnis zu vieler Stunden hinter einem Computermonitor. Und die Wildheit ihres Haars passte für Lukas zu jener Unberechenbarkeit, die er aufgrund des Wechselspiels zwischen Angriffslust und Sehnsucht in ihrem Mienenspiel vermutete. Ihre Hände nestelten nervös an einem Pullover, der ihren natürlich gerundeten Körper unaufdringlich zur Geltung brachte, und fast erwartete Lukas, dass die Frau sich nun aus ihrer Erstarrung lösen würde, um seinen schamlosen Blick mit einer Ohrfeige zu bestrafen. In diesem Fall würde er sich entschuldigen und betonen, dass er sie keineswegs anflirten wollte, weil das nicht seine Art war – jedenfalls nicht mehr –, und sich dann insgeheim fragen, warum er sich trotzdem schämte. Aber dazu kam es nicht mehr, denn die Frau eilte entschlossen an ihm vorbei zur Rolltreppe, die sie aus seinem Blickfeld ins untere Stockwerk der Buchhandlung beförderte.

☼

»TREFFER VERSENKT!«

Lukas blieb stehen und sah sich um. Der Bettler, der neben dem Eingang der Buchhandlung gesessen hatte, begann die um ihn herum verstreuten Münzen einzusammeln, nachdem Lukas seinen Plastikbecher umgetreten hatte.

»'tschuldigung«, murmelte Lukas und wollte weitergehen.

»Ja, ja, bloß nicht zu lange hingucken, mein Glück könnte ja ansteckend sein«, maulte der Bettler.

Lukas seufzte und zog sein Portemonnaie hervor, um sich seine Ruhe mit ein wenig Kleingeld zu erkaufen. Davon hatte er jedoch bis auf ein paar Zweicentstücke nichts mehr übrig. Er verfügte nur noch über einen neuen 50-Euro-Schein, den er vorhin aus einem Geldautomaten gezogen hatte.

Der Bettler sah ihn erwartungsvoll an.

»Tut mir wirklich leid«, murmelte Lukas, während er sein Portemonnaie wieder in die Tasche seines Trenchcoats steckte. Gott, warum verspürte er jetzt eigentlich so ein schlechtes Gewissen? Er hatte den Geldbecher des Mannes doch nicht absichtlich umgetreten. Und zu einer Spende war er auch nicht verpflichtet. Was war das hier – eine Fußgängermaut? Wenn sich der Kerl unbedingt so nah an den Ausgang setzen wollte, musste er damit rechnen, übersehen zu werden.

»EYYYY!«

Lukas sprang zur Seite, aber der Fahrradfahrer streifte ihn trotzdem. Lukas fiel auf die Knie und konnte sich gerade noch auf die Handflächen stützen, um nicht auf seiner Nase zu landen. Immerhin war er somit wieder auf Augenhöhe mit dem Bettler, der ihm vielsagend zunickte, während eine Gruppe von Jugendlichen über Lukas' Missgeschick vergnügt kicherte. Lukas stand wieder auf und klopfte den Schmutz von seiner Kleidung. Während er sich noch fragte, wieso dieser Idiot von Fahrradfahrer mitten durch eine Fußgängerzone rasen musste, hallte ein verzweifeltes Quietschen durch die allmählich nach Frühling duftende Luft.

✲

Der Radfahrer hatte es eilig gehabt. Immerhin war heute die Fortsetzung von »Pimp Dwarf Overkill«

erschienen, und sein bester Freund hatte ihm sofort gesimst, dass es eine noch geilere Grafik hätte und deshalb total lebensecht wäre – und überhaupt würde er den ersten Level bereits beherrschen. Der Rest des Tages war daher klar: erst noch Pizza holen und Bier, um dann monstermäßig Trolle abzuschlachten und möglichst viele Konkubinen zu sammeln, mit denen man die Söldnertruppen des bösen Herrschers Zarthan ablenken konnte. Aber klar – ausgerechnet jetzt war auf der Straße ein Wahnsinnsverkehr, viel zu gefährlich für die Abkürzung, die der Radfahrer sonst nahm. Da blieb einfach nichts anderes, als voll über den Bürgersteig zu brettern, scheißegal, das musste mal gehen, und wozu hatte er diese fette Klingel, die so hübsch retro gongte?

Dumm nur, dass die kaum jemand hörte. Schon gar nicht dieser Typ, der da gerade mit verbissenem Face vorwärtstrabte und ihn garantiert nicht sah.

Also schrie er dem Kerl ein kräftiges »EYYYYYY!« entgegen, was aber die Kollision nicht völlig verhinderte. Was für ein Arschloch, dachte der Radfahrer, während er krampfhaft versuchte, sein Gleichgewicht zu halten. Leider näherte er sich dabei im Affentempo einem Briefkasten, dem er in letzter Sekunde ausweichen konnte, indem er auf die Straße lenkte, wo allerdings immer noch heftiger Verkehr herrschte und ein PKW direkt auf ihn zuraste.

✲

Die junge Frau am Steuer des Pkw hatte die Nase gestrichen voll. Seit sie losgefahren war, hatte ihr Fahrlehrer sie vom Beifahrersitz aus bloß zur Sau gemacht. Schulterblick nicht vergessen. Runter vom Gas. Blinker setzen. Verkehrsschilder beachten. Zum entspannten Fahren kam man da gar nicht. Und wie dem Typ das gefiel, sie zurechtzuweisen. Bestimmt war er sauer, dass sie nicht mehr über seine Sparwitze lachte. Oder dass sie zu den Fahrstunden jetzt immer schlabbrige Pullover anzog, weil sie sich in ihren hautengen T-Shirts unter seinen Stielaugen irgendwie nackt vorkam. Zum Glück hatte sie nächste Woche ihre Prüfung. Und die würde sie bestehen – keine Frage. Da konnte ihr Fahrlehrer noch so sehr an ihr herummeckern. Schließlich war sie stolz darauf, extrem reaktionsschnell zu sein. Damit hatte sie schon viele überrascht. Während andere noch dabei waren, über was nachzudenken, hatte sie nämlich schon längst gehandelt.

Auch als der Radfahrer vor ihr auf die Straße schoss, reagierte die junge Frau ohne Verzögerung und riss das Steuer herum. Natürlich maulte ihr Fahrlehrer sofort wieder los, diesmal allerdings in einer vom Schock schrillen Stimme. Die junge Frau, die nicht nur von ihrer Schnelligkeit, sondern auch von ihrer außerordentlichen Gelassenheit, sogar in Krisensituationen, beeindruckt war, schrak jedoch im nächsten Augenblick selbst zusammen. Ihr Wagen schoss nämlich auf eine Frau zu, die am Straßenrand stand und zu überlegen schien, ob sie auf die andere Seite wechseln sollte.

☼

Lukas war nicht der Einzige, dessen Blick zur Straße ging, um die Ursache für die aufschreienden Bremsen zu ergründen. Tatsächlich waren die eben noch stetig vorbeirauschenden Autos plötzlich stehen geblieben. Auch die Passanten hatten angehalten, und für einen Moment schien sich die Welt nicht weiterzudrehen. Dann sah Lukas, wie die Ersten zur Straße drängten, um auf das Unfallopfer zu starren, das ein paar Meter vor dem Wagen mit dem Fahrschulschild auf dem Asphalt lag und sich nicht mehr rührte. Lukas hasste diese Schaulust und folgte seinem Impuls, in entgegengesetzter Richtung davonzustapfen. Ein schmatzendes Geräusch ertönte. Lukas sah an sich hinunter. Der fettige Hamburger eines kleinen Jungen glitt an Lukas' Trenchcoat hinab und hinterließ einen schmierigen Film aus Ketchup sowie eine einsame Gurkenscheibe. Bevor Lukas sich darüber aufregen konnte, hatte die Mutter ihren Jungen bereits weitergezerrt, hin zu der Menschenmenge, die sich am Unfallort zu sammeln begann.

»Moment!«, rief Lukas und folgte Mutter und Sohn, um seiner Empörung Luft zu machen. Unter den vielen Schaulustigen verlor Lukas die beiden jedoch aus den Augen. Stattdessen geriet er selbst im

Geschiebe und Gedränge der Menschenmenge an den Straßenrand. Eine junge Frau war aus dem Fahrschulwagen gestiegen und spähte zu der Mittdreißigerin hinüber, die immer noch reglos auf der Straße lag. Nun hievte auch der Fahrlehrer seinen übergewichtigen Körper aus dem Wagen und blickte unbehaglich in Richtung Unfallopfer.

»Wenn das jetzt meine Prüfung gewesen wäre«, fragte die Fahrschülerin ihn, »da hätte ich doch gepunktet, wegen der schnellen Reaktion, oder?«

»Vielleicht holt mal jemand einen Krankenwagen«, rief jemand aus der Menge.

»Gute Idee«, sagte der Fahrlehrer mit aschfahlem Gesicht und stützte sich auf der Kühlerhaube des Wagens ab.

»Sie sehen echt nicht gut aus«, kommentierte die Fahrschülerin.

»Die ist bestimmt tot«, sagte neben Lukas jemand und verstellte ihm den Blick auf das Opfer.

»Gott, wie schrecklich«, fand ein anderer.

»Warum tut denn niemand was?«, klagte eine neue Stimme.

»Hab schon angerufen«, beruhigte ein Teenager. Dann hielt er sein Handy vor sich und begann, das auf der Straße liegende Unfallopfer zu filmen.

»Bis da mal jemand kommt, ist doch alles zu spät«, empörte sich eine weitere Stimme.

Lukas befürchtete dasselbe. Und noch während er darüber nachdachte, trugen ihn seine Beine plötzlich vorwärts, zu der Frau auf dem Asphalt. Panische

Angst durchströmte seinen Körper. Seine Hände begannen zu zittern. Die Muskeln in seinen Oberschenkeln verkrampften sich. Warum, zum Teufel, war er nicht einfach weitergegangen, so wie viele andere? Warum musste ausgerechnet er hier den Helden spielen? Der Wunsch, umzukehren und einfach wegzurennen, war so stark, dass er ihm beinahe nachgekommen wäre.

Dann aber erreichte er das Unfallopfer. Verwirrt stellte Lukas fest, dass es die Frau aus der Buchhandlung war. Ohne weiter nachzudenken, kniete er sich neben sie, legte seine Hand auf ihren Hals und fühlte nach ihrem Puls. Vergeblich. Als Lukas seinen Kopf auf den Brustkorb der Frau presste, ließ sich auch kein Herzschlag erlauschen. Blut war zwar nicht zu sehen, aber offenbar hatte der Fahrschulwagen die Frau trotz Abbremsens noch mit solcher Wucht getroffen, dass ihre Atmung ausgesetzt hatte.

Und während der Fahrradfahrer die Pizzabude erreichte, um die gewünschte Verpflegung für seinen gemütlichen Nachmittag einzukaufen, begann Lukas bei der Frau auf dem Asphalt eine Herzmassage. Dann hauchte er ihr ein paar tiefe Atemzüge ein.

Die Frau regte sich immer noch nicht. Lukas spürte, wie Tränen in seine Augen schossen. Mit verschränkten Händen drückte er auf die Herzgegend der Frau, immer und immer wieder. Aus der Ferne hörte er endlich näher kommende Sirenen. Aber eine hämische Stimme in seinem Kopf behauptete, dass es für einen Krankenwagen zu spät war. Dass die Frau von Anfang an tot gewesen war. Und dass ganz gewiss nicht er irgendetwas dagegen tun konnte.

Lukas' Arme schmerzten. Die Stimme in seinem Kopf riet ihm zu einer Pause. Auch die zweite Beatmung schien sinnlos zu sein, eher aufdringlich und anzüglich. Es war vorbei – wann würde Lukas das endlich einsehen? Wann würde er erkennen, dass er nichts, aber auch gar nichts gegen das ausrichten konnte, was hier geschah und irgendwo anders wieder geschehen würde, jeden Tag, jede Stunde, jede Minute und Sekunde?

Und dann begann Rosanna zu husten. Nach Luft zu schnappen. Durchzuatmen, aus eigener Kraft.

Rosanna öffnete die Augen.

2

Es war eine Ewigkeit her, seit sie sich zuletzt so außerordentlich gut gefühlt hatte. Alle Last der letzten Jahre war plötzlich von ihren Schultern gefallen, Rosanna fühlte sich frei und stark und sogar irgendwie jünger.

»Nein, wir haben Ihnen keine Schmerzmittel gegeben«, beantwortete der Arzt ihre Frage. »Das hat uns ebenfalls überrascht: Sie haben gesagt, Sie hätten überhaupt keine Beschwerden.« Er verzog seinen schmalen Mund zu einer noch dünneren Linie.

»Heißt das, ich bin … gesund?«

Der Arzt seufzte und zog seine Brille ab, um die Gläser mit dem Saum seines weißen Kittels abzuwischen. »Keine inneren Verletzungen. Keine gebrochenen Rippen. Keine Platzwunden, nicht mal am Hinterkopf, wo Sie auf dem Asphalt aufgeschlagen sind.« Er überlegte. »Vielleicht eine kleine Gehirnerschütterung …«

»Aber ich dachte, der Wagen hat mich erwischt. Und ich war doch bewusstlos. Mit Atemstillstand, hat man mir gesagt.«

Der Arzt nickte und murmelte etwas von Schockzustand und einer möglichen Auswirkung des Aufpralls.

Rosanna legte ihren Kopf zurück auf das Kissen des Krankenbetts und lachte ungläubig auf. Sie hatte genau gespürt, wie der Kühler des Wagens ihren Körper getroffen und rückwärts geschleudert hatte. In diesem Moment hatte sie gedacht: Nun ist es vorbei. Dass sie keinen Schmerz verspürte, hatte sie nicht irritiert, sondern in der Annahme ihres bereits stattfindenden Ablebens bestärkt. Danach erinnerte sich Rosanna nur noch an Dunkelheit. Bis sie die Augen geöffnet und in das Gesicht dieses weinenden Mannes gesehen hatte, dessen Bartstoppeln wohl für das Kitzeln um ihre Mundpartie verantwortlich waren.

»Wer weiß, vielleicht ... wenn Sie einen Schritt weiter vorn gestanden hätten oder schon auf der Straße ...«, sagte der Arzt mit einem ratlosen Schulterzucken.

Rosanna versuchte sich zu erinnern. Sie hatte doch bloß vorgehabt, die Straße zu überqueren. Sie war nicht einfach ... auf die Straße getreten, oder? Egal, wie unglücklich sie gewesen war – sie hatte nicht vorgehabt, auf den passenden Moment zu warten, das eine Auto, das nicht mehr rechtzeitig abbremsen konnte ... Oder? Aber so vehement sie sich gegen diese Erklärung wehrte, so wenig konnte sie sich in Erinnerung rufen, was ihr wirklich kurz vor ihrem Unfall durch den Kopf gegangen war.

»Wahrscheinlich haben wenige Zentimeter und

Sekunden Sie vor einem fatalen Aufprall bewahrt«, vermutete der Arzt, während er sich über sein hervorstechendes Kinn strich. »Wenn Sie zum Beispiel nicht erst nach links oder rechts geschaut hätten –«

»Ich verstehe«, fiel Rosanna ihm ins Wort, aber sie verstand überhaupt nichts. Warum? Warum hatte sie überlebt? Warum hatte sie nicht einmal eine winzige Hautabschürfung erlitten, als mehrere Hundert Kilogramm Blech sie durch die Luft katapultiert hatten? Warum lebte ausgerechnet sie, während andere in diesem Krankenhaus und auf der ganzen Welt gerade in diesem Moment mit dem Tod rangen und verloren?

»Wenn Sie mich fragen«, sagte der Arzt, bevor er das Krankenzimmer verließ, »war es wohl noch nicht Zeit für Sie.« Er schmunzelte. »Wahrscheinlich hat das Schicksal noch etwas mit Ihnen vor.«

Rosanna starrte ihn an. Und auf einmal breitete sich auf ihrem Gesicht ein seliges Lächeln aus.

3

»Ich spüre Ihre Verletzungen«, flüsterte der Mann, während seine dicken Finger im Abstand nur weniger Zentimeter über Lukas' Körper strichen. »Ich spüre Ihre Unzufriedenheit, Ihre Verlorenheit und Ihre Hoffnungen – weggedrückt von all dem Zorn und … der Trauer.« Der Mann schloss seine Augen und atmete tief ein und aus. Lukas sah, wie sich an den Schläfen des Mannes Schweißperlen sammelten und auf den Weg zu seinem Kinn machten. Die Haare des Mannes hatten sich seit Beginn der Sitzung immer weiter aus ihrer zurückgekämmten Ordnung gelöst und umrahmten wirr sein aufgedunsenes, gerötetes Gesicht.

Lukas wusste nicht, ob er lachen oder Mitleid mit dem Mann haben sollte. Während sein Blick von der Untersuchungsliege durch das weitläufige, mit mehr oder minder geschmackvoll zusammensortierten Antiquitäten bestückte Altbauzimmer wanderte, entschied sich Lukas jedoch, bloß wütend zu sein. Schließlich musste Waldemar Herrlichter mit dem Unsinn, den er hier Tag für Tag abzog, ein Vermögen verdienen. Neidisch war Lukas darauf nicht.

Was ihn gegen den Mann aufbrachte, war lediglich die Tatsache, dass Herrlichter genau wissen musste, wie schamlos er seine »Patienten« für dumm verkaufte.

»Ihre Aura ist ganz klar, Sie machen gut mit«, lobte Herrlichter und entblößte kurz seine Mausezähne. »Ich spüre, wie sehr Sie sich mir öffnen.«

Lukas verzog das Gesicht. Er dachte daran, wie sehr er sich nach dieser letzten Therapiesitzung öffnen würde, wenn er seinen Artikel über diesen Hochstapler schrieb.

»Folgen Sie einfach meiner Stimme«, bat Herrlichter und breitete seine Arme über Lukas aus. »Ich werde Sie von Kopf bis Fuß von allen Verschmutzungen befreien, ich werde Sie reinigen und jedes kranke Element aus Ihrem Körper ziehen. Bitte summen Sie mit.« Tatsächlich ertönte kurz darauf ein tiefes Brummen aus seinem Mund, das Herrlichters ganzen Körper zum Vibrieren brachte.

»Spüren Sie die Wärme?«, fragte Herrlichter, als er seinen Urton unterbrechen musste, um Luft zu holen. »Spüren Sie, wie all das Unglück aus Ihren Blutbahnen weicht? Summen Sie mit!«

Doch während Herrlichter wieder wie ein Alarm schlagender Eierkocher ertönte, rollte sich Lukas von der Untersuchungsliege. Er gab sich große Mühe, dabei nicht die schwitzigen Handflächen des Scharlatans zu berühren.

Da Herrlichter noch die Augen geschlossen hatte, bemerkte er erst, dass er nur noch eine Schaumstoffmatratze kurierte, als er wieder Luft holte und Lukas auf der anderen Seite der Liege stehen sah.

Herrlichter strahlte ihn an. »Sie fühlen sich schon besser?«

»Und wie«, antwortete Lukas. »Das reicht fürs Leben.«

Herrlichter zog seine Mundwinkel herunter und schüttelte den Kopf. »Unsere Körper sind so vielen schädlichen Einflüssen ausgesetzt, dass es immer wieder einer Behandlung bedarf. Und gerade bei Ihrer Aura –«

»Ich bin nicht krank«, erklärte Lukas. »Hätten Sie das nicht spüren müssen?«

Herrlichter presste seinen Mund zu einer schmalen Linie, während er Lukas mit verengten Augen fixierte.

»Wie konnte Ihnen dieses kleine Detail bloß entgehen?« fuhr Lukas fort. »Waren Sie zu sehr damit beschäftigt, Ihre üblichen Heilsversprechen abzuspulen?«

Herrlichter schwieg immer noch, auch wenn sein Gesicht inzwischen rot angelaufen war – vielleicht weil er den Impuls unterdrückte, über die Untersuchungsliege zu hechten und mit seinen heilenden Händen Lukas zu Boden zu würgen.

»Ich wüsste nur gern«, fügte Lukas hinzu, »ob Sie überhaupt keine Gewissensbisse verspüren, wenn Sie Ihre unverschämten Honorare kassieren. Ich meine, wie viele Krebskranke haben Sie schon mit ungerechtfertigten Hoffnungen betrogen? Wie viele

Depressionskranke? Wie viele Alltagsverzweifelte, die nicht mehr erkennen können, was für eine leichte Beute sie sind?«

Herrlichter begegnete eine Zeit lang Lukas' vorwurfsvollem Blick. Dann krempelte er die Ärmel seines durchgeschwitzten weißen Hemds herunter, nahm das Jackett seines dunkelgrauen Anzugs von einem Stuhl und zog es über.

»Schade«, sagte er schließlich. »Manchmal sind die Verspannungen und Unreinheiten der Seele zu stark, sodass sich der jeweilige Patient meinem Energiefeld entzieht.«

»Oh Gott«, stöhnte Lukas.

»Gleichwohl ...« Herrlichter streckte unvermittelt seine Hände in Lukas' Richtung und beschrieb mit offenen Handflächen einen Kreis um ihn herum. »Gleichwohl ändert das nichts, weder an meiner Diagnose noch an meiner Therapie.«

»Therapie für *was*? Mir geht's blendend!«

»Glauben Sie das wirklich?«

Lukas schnaubte grimmig. »Jetzt versuchen Sie's auch noch auf die Tour. Angst einjagen funktioniert ja eigentlich immer ...«

Herrlichter seufzte leise. »Angst hat in meiner Praxis keine Chance.«

»Da bin ich aber gespannt«, erwiderte Lukas und griff nach seinem Trenchcoat.

»Wie meinen Sie das?«

»Lesen Sie einfach morgen die Zeitung. Und meinen Artikel über Sie.« Lukas zwinkerte Herrlichter noch einmal zu und verließ dann das Behandlungszimmer. Der schockgefrorene Ausdruck auf Herrlichters Gesicht sorgte bei Lukas schon jetzt für gute Laune.

4

»Was soll das heißen, du druckst ihn nicht?«

Eva Adams schwieg und lehnte sich in ihrem Chefsessel zurück, während sie Lukas mit einem sanftmütigen Lächeln bedachte.

»Ist dir eigentlich klar, was ich für diese Recherche über mich ergehen lassen musste?«, schnaubte Lukas. »Dieser Mann ist ein Hochstapler niederträchtigster Sorte.«

»Mag sein«, sagte Eva und nestelte an ihrer langen goldenen Kette. »Und?«

»Wie – und?«

»Lukas, hier geht's doch nicht um Watergate«, schmunzelte sie. »Außerdem, wer sagt, dass er nicht dem einen oder anderen Menschen doch geholfen hat?«

Lukas sah seine Ressortchefin enttäuscht an. Er arbeitete seit fast sechzehn Jahren hier. Eva war damals bereits langjährige Mitarbeiterin der Kulturredaktion gewesen und hatte Lukas unter ihre Fittiche genommen, weil er sie an ihren kleinen Bruder erinnerte. Als sie später die Leitung der Lokalredaktion übernommen hatte, war Lukas ihr gefolgt, um Freiheiten zu genießen, die er unter anderen Chefs nie bekommen hätte. Zu der Zeit hatte Lukas noch damit gerechnet, dass seine Karriere ihn sowieso zu einer anderen, angeseheneren Zeitung in Hamburg oder Berlin führen würde. Aber irgendwie war das Leben dazwischengekommen, und mit dem herannahenden Ende seines vierten Lebensjahrzehnts schien die Chance auf eine berufliche Veränderung höchstens in einer Umschulung zu bestehen. Wenigstens konnte Lukas sich immer noch ohne Hemmungen mit seiner Chefin streiten, auch wenn sie ihn mittlerweile nicht mehr wie einen kleinen Bruder, sondern wie ihren orientierungslosen ältesten Sohn behandelte.

»Hast du vielleicht irgendwas anderes für mich?«, fragte sie.

Lukas seufzte enttäuscht und überlegte. »Meinen Artikel über den Chirurgen mit Parkinson könnte ich fertig machen.«

Eva brummte unbeeindruckt und bedeutete ihm mit einer Geste, einen anderen Vorschlag zu machen.

»Was ist mit dem pädophilen Märchenonkel?«

»Nein, nein.«

»Oder das Porträt dieser neuen Sekte? Du weißt doch, deren Anführerin hat früher in der chemischen Reinigung um die Ecke gearbeitet.«

Eva seufzte. »Du musst mal an deinem Zynismus arbeiten.«

»Ich dachte, der ist prima in Schuss.«

»Er frisst dich auf, Lukas. Und ihm beim Schmatzen zuzuhören ist keine Freude.«

Lukas rollte mit den Augen. Er hasste es, wenn Eva sich in ihre bildreiche Sprache flüchtete, um sein Verhalten zu beanstanden.

»Früher hast du mich wenigstens noch zusammengeschrien, wenn dir was nicht passte«, maulte er. »Seit deiner Scheidung bist du so nachsichtig.«

»Vielleicht hat sich meine Aura verändert«, erwiderte Eva.

Lukas biss sich auf die Unterlippe. Er war froh, dass Eva humorvoll von seiner Anspielung abgelenkt hatte. Ihr Mann war ihre große Liebe gewesen und sein Betrug Evas größte Enttäuschung. Während des darauffolgenden Jahres war es für Eva zu einer bitteren, kraftzehrenden Anstrengung geworden, ihre charmante Unbeirrbarkeit aufrechtzuerhalten. Vor anderen Mitarbeitern und Kollegen war Eva das zwar gelungen, aber nicht vor Lukas. Ihm war aufgefallen, wie perfekt Evas Make-up den ganzen Tag über war, weil sie es nach jedem Weinen auf der Damentoilette komplett auffrischte. Auch ihre Neigung zu mehr Schulterpolstern war Lukas nicht verborgen geblieben, ebenso wenig, dass ihre mittäglichen Salatschachteln kaum geleert in den Mülleimer wanderten. Wie sehr Eva unter den Umwälzungen ihres Lebens litt, wurde jedoch zwischen ihr und Lukas nie zum Thema. Allenfalls mit dem einen oder anderen Blick tauschten sie aus, was Worte nur banalisiert hätten.

Genau wie Lukas war auch Eva kein Freund ausschweifender Gefühlsbekundungen. Anstatt jedoch durch die Erfahrungen mit ihrem untreuen Ehemann verschlossener und reizbarer zu werden, hatte Eva sich seither ansprechbarer und verständnisvoller gezeigt. Eine Wandlung, die ihre Persönlichkeit nicht aufgeweicht, sondern reicher gemacht hatte, und die Lukas immer noch nicht verstand. Neigte er deshalb dazu, ihr gegenüber eine Spur zu unverschämt zu werden? Wollte er sie aus der Reserve locken, um herauszubekommen, wie man einen Schicksalsschlag überstand, ohne sich noch mehr in sich selbst zurückzuziehen?

»Warum bist du eigentlich heute Vormittag nicht am Platz gewesen?«, fragte Eva.

Lukas winkte ab. »Da war so'n Unfall.«

»Was für ein Unfall?«

»Eine Frau ist angefahren worden.«

»Aha?«

Lukas seufzte. Er wollte nicht über den Vorfall sprechen, hatte ihn eigentlich auch längst aus seinem Kopf verbannt. »Noch mal zu Herrlichter zurück«, versuchte er es wieder, aber Eva stand plötzlich auf und forderte ihn mit einem gutmütigen Lächeln auf, ihr zu folgen. Sie hatte zwar zunächst überlegt, Lukas auf seine neue Aufgabe schonend vorzubereiten, war aber während des Gesprächs zur Auffassung gelangt, ihn besser zu überraschen.

*

Lukas' Schreibtisch stand in einem kleinen Büro am Ende des Gangs, das früher als Aufbewahrungsraum für Papierpakete, Druckerpatronen und andere Schreibutensilien gedient hatte. Noch immer luden manche Auslieferer hier Bestellungen ab, besonders, wenn Lukas nicht an seinem Schreibtisch, sondern unterwegs war oder zu Hause arbeitete. Lukas regte sich dann regelmäßig darüber auf, dass seine Kollegen aus Neid auf seine Narrenfreiheit bei Eva mit kindischem Vergnügen Papierpakete in seinen ohnehin schon beengten vier Wänden stapelten und so Barrieren errichteten, die er oft mühsam abtragen musste, um zum Drucker seines Computers zu gelangen oder das Fenster öffnen zu können. Die Überraschung, die heute auf Lukas in seinem Büro wartete, versperrte jedoch nicht den Weg zu seinem Schreibtisch, sondern saß bereits darauf und ließ die in abgewetzten Turnschuhen steckenden Füße auf seinem abgewetzten Drehsessel ruhen.

»Hey«, sagte der junge Mann, der Mitte zwanzig sein musste, aber kaum der Pubertät entronnen zu sein schien. Ein paar wirre Haarsträhnen lugten unter der Kapuze seines Pullovers mit der Aufschrift »ROCK THIS BITCH« hervor und seine Augen waren hinter einer großen dunklen Sonnenbrille verborgen. Seine Umhängetasche war aus bundeswehrgrünem Nylon, und ein Ohrstöpsel seines iPods hing auf seine Schulter herunter, während daraus auch laut genug für Lukas und Eva satte Beats rumpelten.

»Das ist Dominik«, erklärte Eva und nickte dem

jungen Mann fröhlich zu, der daraufhin über seinen Kinnbart strich und kurz seine Sonnenbrille Richtung Nasenspitze schob, um Lukas zuzuzwinkern.

Lukas warf Eva einen verständnislosen Blick zu.

»Dominik macht hier sein Volontariat«, sagte Eva. »Ich möchte, dass du ihm in der nächsten Zeit zur Seite stehst. Seine Fragen beantwortest. Ihn auf den Arbeitsalltag vorbereitest. Du weißt schon.«

»Cool«, sagte Dominik und schob seine Sonnenbrille wieder vor die Augen.

Lukas warf Eva einen entsetzten Blick zu. »Das kann doch wohl nicht dein Ernst sein!«

»Der Junge ist ein Riesentalent. Auch die Kollegen aus den anderen Ressorts sind von ihm begeistert.«

Dominik winkte mit einem bescheidenen Lächeln ab.

Lukas ergriff Evas Arm und zog sie auf den Gang zurück. »Ich habe keine Zeit für so was!«

»Du hast zu viel Zeit für so was«, erwiderte Eva entschieden. »Außerdem wird's dir guttun, dich mal auf was Neues einzustellen. So was macht den Kopf frei. Und das ist bei dir dringend nötig – findest du nicht?«

»Was is'n dein Password?«, fragte Dominik, der seinen Kopf zur Tür rausgestreckt hatte. »Muss nämlich noch schnell meinen Artikel für morgen fertig schreiben.«

»Na super«, fauchte Lukas. »Jetzt platziert der auch noch einen Artikel, aber meine werden mal eben so vom Tisch gefegt!«

Inzwischen war Dominik nicht mehr der Einzige, der auf den Gang hinauslugte. Als Eva Mitarbeiter aus den anderen Büros zu ihnen herüberspähen sah, wurde ihr Gesicht von jener Enttäuschung verdunkelt, die Lukas früher oft Schuldgefühle verursacht hatte. Inzwischen reizte sie ihn nur zu noch mehr Widerspenstigkeit.

»Du hast echt Nerven, mich hier als Kindergärtner zu missbrauchen.«

»Verstehst du wirklich nicht –«

»DU verstehst hier wohl nicht!«, fiel Lukas Eva ins Wort.

Sie räusperte sich. »Bleib ruhig«, setzte sie an, bevor Lukas sie erneut unterbrach.

»Wieso? Damit du mich weiter behandeln kannst, als wäre ich Sperrmüll, von dem man sich nur schrittweise trennen kann?« Lukas lachte bitter. »Weil dein Exmann dich so behandelt hat, musst du das noch lange nicht an mir abreagieren!«

»Ich brauch echt nur das Passwort«, meldete sich Dominik wieder zu Wort.

»Probier's mal mit PISS OFF, du Arsch!«

Dominik runzelte die Stirn. »Vier Wörter?«

»Raus«, sagte Eva plötzlich.

»Na endlich«, befand Lukas und warf Dominik einen vielsagenden Blick zu.

»Nicht er«, erklärte Eva mit fester und erstaunlich schneidender Stimme. »Du.«

Lukas lachte auf, verstummte aber, als er Evas Gesichtsausdruck sah.

»Verschwinde«, forderte sie heiser. »Und komm erst wieder, wenn dir klar ist, was ich dir in den letzten fünf Jahren alles nachgesehen habe!«

Lukas starrte Eva an. Vergeblich versuchte er in ihren Augen einen Anflug von Traurigkeit auszumachen, in der Hoffnung, dass ihr die Auseinandersetzung schwerer fiel, als sie sich unter den Blicken ihrer Mitarbeiter anmerken lassen wollte.

Wie konnte Eva ihn derartig erniedrigen? Sie wusste, dass er niemanden beaufsichtigen konnte, sondern selbst schreiben musste. Sie wusste, wie dringend er ein Erfolgserlebnis brauchte, eine Bestätigung, eine Rechtfertigung, immer noch das tun zu können, worauf er sein Leben gegründet hatte. Stattdessen versteckte sie sich hinter ihrer hierarchisch bedingten Überlegenheit und rechtfertigte ihre Unverschämtheit auch noch mit ihrer angeblich überstrapazierten Freundschaft!

»Entschuldigung?«

Lukas' Blick wanderte an Eva vorbei. Er hatte keine Ahnung, wie lange die Frau dort schon stand. Auch Eva drehte sich nun um, und sogar Dominik schien es ausnahmsweise die Sprache verschlagen zu haben.

Rosanna kratzte sich verlegen an der Wange. »Schlechtes Timing?«, fragte sie.

5

Rosanna hatte Schwierigkeiten, mit Lukas Schritt zu halten, während sie durch das Treppenhaus des Redaktionsgebäudes eilten. Selbst als sie die Straße erreichten, schien Lukas sein Tempo nicht drosseln zu wollen. Rosanna ergriff seinen Arm und zog daran.

»Warten Sie doch mal!«

Lukas blieb stehen und blinzelte, als hätte sie ihn aus einem Albtraum herausgeholt. »Wie … wie haben Sie mich gefunden?«, stotterte er, in Gedanken immer noch bei Evas demütigender Zurechtweisung.

»Ich habe gehört, wie Sie mit dem Sanitäter gesprochen haben, während ich in den Krankenwagen verladen wurde. Sie haben ihm Ihre Kontaktdaten gegeben.« Rosanna verriet Lukas zudem, dass sie sich auf eigene Gefahr gegen eine Übernachtung im Krankenhaus entschieden hatte, um sich schnellstmöglich bei ihm bedanken zu können.

Lukas sah sie entgeistert an. »Ist das Ihr Ernst?«

»Sie haben mich immerhin zurückgeholt.« Der Wind strich durch ihr Haar, und ein paar Wolken ließen die vermutlich letzten Sonnenstrahlen des Tages durch.

»Tja, dann …«, murmelte Lukas und ging verwirrt weiter.

»Moment!« Rosanna hielt ihn am Arm fest. »Ich bin hier, um mich zu revanchieren.«

Lukas runzelte die Stirn und überlegte. »Haben Sie ein bisschen Kleingeld für die U-Bahn?«

»Doch nicht so was«, protestierte Rosanna. »Ich bin hier, um Ihr Leben zu ändern.«

Lukas machte instinktiv einen Schritt zurück.

»Keine Angst«, lachte Rosanna. »Ich bin nicht verrückt.«

»Sagen das nicht alle Verrückten?«

»Es geht mir gut. Bestens sogar. Tatsächlich habe ich mich noch nie so wunderbar gefühlt wie jetzt.«

»Endorphine«, sagte Lukas.

Rosanna sah ihn ungläubig an.

»Neuropeptide, die in Notfallsituationen schmerzhemmend wirken und für die Entstehung von Euphorie verantwortlich gemacht werden«, führte Lukas weiter aus. »In Ihrem Fall hat der Unfall sicher für eine vermehrte Ausschüttung gesorgt.«

Rosannas Lächeln kehrte zurück, während sie den Kopf schüttelte. »Selbst wenn … Ich habe heute etwas überlebt, was mich eigentlich hätte umbringen müssen. Stattdessen bin ich nicht mal verletzt, sondern komplett unversehrt. Raten Sie mal, warum.«

»Glück?«

»Auch, aber –«

»Was, wie Sie hoffentlich wissen, nichts anderes ist als eine Beschreibung für Zufall. Die beschönigende Beschreibung. Wenn etwas passiert, was uns nicht so gefällt, nennen wir es nämlich Pech. Die abwertende Beschreibung eines Zufalls.«

Rosanna winkte ab. »Denken Sie, wie Sie wollen. Aber mir ist heute etwas klar geworden: Ich soll noch nicht gehen. Ich habe eine Aufgabe.«

Lukas seufzte leise und sah auf seine Uhr. »Noch könnte ich die nächste U-Bahn erwischen. Wenn Sie also ein bisschen Kleingeld hätten –«

»Sie haben mein Leben gerettet«, beharrte Rosanna. »Das muss etwas bedeuten.«

»Sagt wer?«

»Keine Ahnung. Das Schicksal? Die Bestimmung?«

»Gott?«

Rosanna zuckte die Achseln. »Jedenfalls können wir nicht einfach darüber hinweggehen. Ich kann es jedenfalls nicht. Und ich *werde* es auch nicht.«

»Oh Gott«, stöhnte Lukas.

»Ich weiß gar nicht, warum Sie sich so sträuben«, erwiderte Rosanna verwundert. »Nach alldem, was ich da eben auf dem Gang mitbekommen habe, könnten Sie ein bisschen Hilfe offenbar dringend brauchen.«

»Das geht Sie gar nichts an.«

»Ich weiß. Trotzdem –«

»Hören Sie«, begann er und versuchte nicht schon wieder die Beherrschung zu verlieren. »Sie müssen sich nicht revanchieren. Was passiert ist, ist passiert. Das war nichts Besonderes.«

Rosanna war empört. »Nichts Besonderes? Es war ein –«

»Zeichen?«

»Ich denke schon!«

»Ich denke nicht.« Lukas lächelte, aber Rosanna sah ihn an, als hätte er sich gerade vor ihr entblößt.

»Jetzt nehmen Sie's doch nicht so tragisch. Ist doch schön, wenn nicht alles eine tiefere Bedeutung hat.« Er zwinkerte ihr zu. »Besonders, wenn die einem nicht gefallen würde.«

Rosanna antwortete nicht. Eigentlich hatte sie ihn darauf hinweisen wollen, dass sie sich erstaunlicherweise schon vor ihrem Unfall in der Buchhandlung begegnet waren, aber das schien ihm entweder entfallen zu sein oder unangenehm.

Lukas unternahm einen neuen Anlauf, um sich verständlich zu machen. »Ich habe mal einen Mann interviewt, der einen Flugzeugabsturz überlebt hatte und noch mehrere Tage danach überzeugt war, sich mit Gott unterhalten zu können.« Lukas tippte sich an die Schläfe. »Endorphine. Haben dieselbe Wirkung wie Morphium, Opium oder Heroin. Was vielleicht auch erklärt, warum der Mann sich schließlich umgebracht hat, als seine Direktleitung zu Gott abgebrochen war. Wollen Sie wissen, wie?«

Rosanna schüttelte den Kopf, aber Lukas sprach trotzdem weiter.

»Er hat erst einen Pilotenschein gemacht und sich dann mit seinem Sportflugzeug abstürzen lassen. Weil er gehofft hat, zu überleben und dann wieder regelmäßig …« Lukas hielt seine Hand wie einen Telefonhörer ans Ohr und deutete Richtung Himmel.

Rosanna vergrub ihre Hände in den Taschen ihrer Jacke. Schließlich reckte sie ihr Kinn Lukas entgegen.

»Tut mir leid«, sagte sie. »Kleingeld habe ich nicht.«

»Macht nichts«, erwiderte Lukas. »Meine U-Bahn erwische ich sowieso nicht mehr.«

Eine Zeit lang standen die beiden schweigend voreinander. Enttäuscht dachte Rosanna darüber nach, wie anders sie sich die Begegnung mit Lukas vorgestellt hatte. Aber noch war nicht alles verloren. Vielleicht bedauerte ja auch er den Verlauf ihres Gesprächs.

Dann aber erklärte Lukas, er müsse jetzt leider weiter. Er wünschte ihr alles Gute, schüttelte ihr halbherzig die Hand und marschierte davon. Rosanna sah ihm nach, bis er vom Abgang zur U-Bahn verschluckt wurde.

6

Jemand trat ihm auf den Fuß. Was vermutlich in Ordnung war; schließlich war Lukas im dichten Gedränge, das zu dieser Zeit in der U-Bahn herrschte, selbst dem einen oder anderen Mitfahrer schmerzvoll zu nahe gekommen. Hätte ihn diese Frau nicht aufgehalten, wäre er nicht in die Stoßzeit geraten und vermutlich sogar auf einem Sitzplatz heimgefahren. Jetzt spürte er, wie sich fremde Ellbogen, Nasen und Hintern gegen ihn drückten, und musste sich auf seine Stehnachbarn als Sicherheitskokon verlassen, da er nicht einmal mehr Platz für seine Hand auf einer Haltestange gefunden hatte.

Was hatte diese Frau eigentlich erwartet? Was für ein Mensch wollte einem Fremden helfen, sein Leben zu ändern? Die Frau musste immer noch unter Schock stehen. Oder unter Beruhigungsmitteln, die man ihr im Krankenhaus vorsichtshalber verabreicht hatte.

Er fragte sich, ob sie direkt nach Hause gegangen war. Zu ihrem Mann? Einen Ring hatte er an ihren Händen nicht entdecken können. Außerdem hatte sie irgendwie mit ihm geflirtet, oder nicht? Lukas fiel es schwer, so etwas genau zu erkennen, seit der Sache mit Jane. Früher war er darin gar nicht mal übel gewesen. Aber damals hatte man ihn auch noch für charmant gehalten. Nicht, dass er das jetzt vermisste. Er hatte sich selbst ins Abseits manövriert, und ohne Erwartungen erfüllen zu müssen, lebte es sich schließlich auch ganz gut. Aber diese Frau hatte etwas von ihm erwartet. Diese Frau – verdammt, er wusste nicht einmal, wie sie hieß. Jedenfalls hatte sie gehofft, dass er sich auf ihre Deutung des Unfalls einließ. Dass sie mit ihrem Gequatsche von wegen Schicksal bei ihm an der falschen Adresse war, hatte sie natürlich nicht ahnen können.

Lukas seufzte. Bei ihrer unbeholfenen Verabschiedung hatte die Frau ausgesehen wie ein kleines Mädchen, das soeben beobachtet hatte, wie sich der Weihnachtsmann betrunken einen Lapdance gönnte.

Aber war das seine Schuld? War es nicht besser, die Wahrheit zu sagen, anstatt nur das, was der andere gern hören wollte? Natürlich hätte er dieser Frau irgendeine kleine, bedeutungslose Aufgabe stellen und dann behaupten können, dass sie damit sein Leben verändert hätte. Aber wäre es nicht furchtbar herablassend gewesen, sie in ihrem Irrglauben zu bestätigen?

Nein, er hatte die richtige Entscheidung getroffen. Je weniger Menschen sich abstruse Dinge einredeten, desto besser. Vielleicht hatte er ihr ja sogar geholfen, ein wenig realistischer zu werden. Mehr so wie er.

Die U-Bahn schlingerte mit einem Ruck zur Seite. Lukas wurde gegen seine ihn umzingelnden Mitreisenden gedrückt, roch Parfüm und Rasierwasser, Schweiß und Mundgeruch, spürte Ellbogen und Weichteile, und dachte nicht daran, dass ihn die Nähe der anderen vor einem schmerzlichen Sturz bewahrt hatte. Stattdessen sinnierte er wieder darüber, dass er nur wegen dieser Frau die stickige Enge dieser überfüllten U-Bahn ertragen musste.

✲

Rosanna hörte geduldig zu und sagte nichts. Diese Fähigkeit hatte sie schon als Kind entwickelt. Damals missverstand man ihr Verhalten als folgsam und freundlich. Später, als Erwachsene, unterstellte man ihr dafür zuweilen Antriebslosigkeit und einen Mangel an eigener Meinung. In Wahrheit empfand sie es als sinnlos, jemandem zu widersprechen, der sowieso kein Gegenargument hören wollte. Außerdem hatte ihre Nachbarin, die sie beim Betreten des Treppenhauses sofort abgefangen hatte, völlig recht: Rosanna hatte heute Morgen vergessen, die Mülltonnen zum Straßenrand zu rollen. Jetzt musste man zwei Wochen warten, bis die ohnehin schon überfüllten Abfallbehälter endlich geleert wurden, und das war nicht nur ärgerlich, sondern unhygienisch, und alle Mietparteien würden darunter leiden.

Während die Nachbarin, eine gestresste Mutter von drei kleinen Kindern, die selten lächelten, auch die Rücksichtslosigkeit der anderen Mieter zu beklagen begann, verspürte Rosanna kurzzeitig den Drang, von ihrer Nahtoderfahrung zu erzählen, fand aber keinen eleganten Weg, dieses Thema in die Litanei alltäglicher Ärgernisse einzubetten.

Als Rosanna eine gefühlte Stunde später endlich ihre Wohnung betrat, überkam sie statt der erwarteten Erleichterung ein Gefühl von Verlorenheit. Der Tag hatte ihr ein Wechselbad der Gefühle beschert, in dem sie nun unterzugehen drohte. Innerhalb weniger Stunden war sie beinahe gestorben, dann von einem alles überstrahlenden Lebenswillen beseelt worden und mit einem klaren Ziel vor Augen an jenem Mensch gescheitert, der aus irgendeinem rätselhaften Grund im Mittelpunkt der ihr auferlegten Aufgabe stand.

Rosanna rieb sich über die Stirn, hinter der sie nun doch jenen Kopfschmerz spürte, den der Arzt ihr fast sehnsüchtig angekündigt hatte. Als sie durch den Flur ins Schlafzimmer wanderte, wurde ihr sogar ein wenig schwindelig. Sie hielt sich einen Moment lang am Türrahmen fest, dann kickte sie die hochhackigen Schuhe von ihren Füßen, verärgert über ihren Körper, der sie jetzt, da sie wieder allein war, im Stich lassen wollte.

Erschöpft ließ sie sich auf ihr Bett fallen und schloss die Augen. In Gedanken sah sie wieder Lukas' Gesicht über sich, seine tränennassen Augen und sein ungläubiges Lächeln, weil sie wieder aus eigener Kraft atmete.

Als er später vor ihr auf der Straße gestanden hatte, war diese Verletzlichkeit aus seinen Zügen verschwunden. Trotzdem hatte Rosanna bemerkt, dass es Lukas eine gewisse Anstrengung gekostet hatte, sie von der Nutzlosigkeit ihres Unterfangens zu überzeugen. Wollte er insgeheim, dass sie ihn eines Besseren belehrte? Und hätte es sie nicht vielmehr beunruhigen müssen, wenn er ihr Angebot ohne Zögern begrüßt und in Anspruch genommen hätte?

Draußen war es inzwischen so dunkel geworden, dass nur mehr der Schein einer entfernten Straßenlaterne das Zimmer erhellte. Rosanna knipste die Nachttischlampe an. Sie betrachtete den Bücherstapel daneben. Während sie darüber nachdachte, was sie davon bereits gelesen oder nach der Hälfte weggelegt hatte, schoss ihr durch den Kopf, dass Lukas keinen Ehering getragen hatte. Für dieses Detail hatte sie nach ihrer Scheidung einen Blick entwickelt. Nicht, dass ihr das irgendeinen Vorteil verschafft hätte. Vielmehr war es zu einem bloßen Reflex geworden, sich zu vergewissern, ob ein Mann vergeben war. Dass Lukas zumindest ungebunden genug lebte, um sich kein Symbol auf den Finger zu stecken, weckte bei Rosanna jedoch kein Interesse. Es passte bloß in das Bild, das sie sich bisher von ihm gemacht hatte. Jemand, der sich nicht scheute oder dem es sogar gefiel, andere Leute vor den Kopf zu stoßen, tat sich ganz bestimmt schwer darin, Beziehungen aufzubauen, geschweige denn zu erhalten. Vermutlich tröstete er sich damit, dass er klüger war als die anderen, wirklichkeitsnäher, allergisch gegen jene Augenwischerei, die sich andere gefallen ließen, um die unbequemen Wahrheiten des Lebens nicht sehen zu müssen. Insgeheim, da war Rosanna ganz sicher, bedauerte Lukas jedoch seine selbst verschuldete Einsamkeit, auch wenn er sie als selbst gewählt bezeichnen würde. Wahrscheinlich rechtfertigte er die Tatsache, dass er nur bei laufendem Fernseher einschlafen konnte, mit beruflicher Überlastung, anstatt zuzugeben, dass er sich nach dem Klang anderer Stimmen sehnte. Und die meisten Auseinandersetzungen, in die er verwickelt war, provozierte er garantiert, um wenigstens eine Spur jener Leidenschaft zu erleben, die in seinem Leben fehlte. So jemand, fand Rosanna, hatte wirklich dringend Hilfe nötig. Lukas konnte von Glück reden, dass sie niemand war, der leicht aufgab. Jedenfalls hatte Rosanna beschlossen, so jemand von nun an nicht mehr zu sein. Und allein das erfüllte sie bereits mit genug neuer Kraft, um weiter daran zu glauben, dass ihr Überleben kein Zufall gewesen sein konnte.

✵

Die Antilope hatte keine Chance. Die zwei vorgestreckten Pranken landeten auf ihrem Hinterteil und krallten sich fest. Ein Weglaufen war unmöglich. Ruhig, fast gedankenverloren schnappten die Kiefer des Löwen über dem Genick seiner Beute zu und schüttelten sie ein paarmal.

Lukas blinzelte und stellte fest, dass er mal wieder vor laufendem Fernseher eingeschlafen war. Anstatt den Apparat auszuschalten, verfolgte er eine Zeit lang die Dokumentation über das Leben in der afrikanischen Steppe, welches anscheinend vor allem aus genüsslich zelebrierten Momenten der Qual bestand. Während Lukas darüber nachdachte, wer sich so etwas Ekelhaftes ansah, begann sein Magen zu knurren. Dann erinnerte er sich, dass er ein Tiefkühlgericht in den Backofen gelegt hatte.

Erschrocken fuhr er hoch, als ein Blick auf seine Armbanduhr ihm sagte, dass es inzwischen zwei Stunden später war. Instinktiv sog er die Luft ein, in Erwartung dicken Rauchs, der aus dem Backofen der bestimmt längst verqualmten Küche wabern musste. Dass Lukas überhaupt nichts roch, lag daran, dass er vergessen hatte, den Herd einzuschalten. Und die gefrorene Pizza, die er zur Seite gelegt hatte, während er den Backofen vorheizen wollte, ließ sich nur noch mit labberiger Widerspenstigkeit aus der Schachtel ziehen, bevor sie Lukas aus der Hand glitt und mit der belegten Seite nach unten auf dem Fußboden landete. Als er die Schachtel benutzen wollte, um die Pizza vom Boden zu lösen und in den Mülleimer zu befördern, fiel sein Blick auf die eingestanzten Nummern auf dem Pappkarton. Sie verwiesen auf ein Verfallsdatum, das bereits vor einem Jahr abgelaufen war. Lukas lächelte dünn. Das Schicksal meinte es wirklich gut mit ihm.

Als Rosanna zur gleichen Zeit wie Lukas ihren Kühlschrank öffnete, empfing auch sie gähnende Leere. Im Gegensatz zu Lukas wollte sie sich darüber jedoch nicht ärgern. Vielmehr betrachtete sie es als willkommene Rechtfertigung, den Pizzaservice anzurufen. Fröhlich bestellte sie all das, was sie sich noch während ihrer Ehe, aber ganz bestimmt seit ihrer Scheidung versagt hatte, um ihr Gewicht zu halten. Angst, fett und damit in den Augen der modernen Welt automatisch unansehnlich zu werden, verspürte Rosanna nicht mehr. Sie wollte nicht einmal ins Bad rennen, um Make-up und Frisur zu überprüfen, damit der Pizzabote bloß nicht den Eindruck bekäme, sie würde sich gehen lassen.

Rosanna öffnete das Fenster und ließ die klare Abendluft herein, um sie gierig einzuatmen. War das vielleicht eine weitere Nebenwirkung ihres heutigen Erlebnisses? Dass ihr völlig egal war, was andere über sie dachten?

Ihr Blick fiel auf das Display ihres Handys. Dort wurden fünf Nachrichten angezeigt, die im Verlauf des Tages eingegangen waren. Alle stammten von Kira. In ihrem typischen leiernden Tonfall erklärte sie, dass sie sich zunehmend Sorgen machte, weil Rosanna sich nicht meldete. Der Chef sei auch schon ganz nervös, und die Intriganten aus der Kaffeeküche verbreiteten voller Freude Gerüchte über eine vorzeitige Entlassung. »Langsam fällt's mir echt nicht mehr so leicht, cool zu bleiben«, beendete Kira ihre letzte Nachricht, ohne sich irgendwie anders anzuhören als sonst. Auch ihre Erleichterung über Rosannas Rückruf sorgte für keine hörbare Gefühlsaufwallung, aber genau dafür hätte Rosanna ihre Freundin am liebsten fest umarmt – schließlich hatte sie heute schon genug durchgemacht und nicht mehr die Kraft, Empörung oder Hysterie einzudämmen. »Wahnsinn«, wiederholte Kira nur ab und an, während Rosanna ihr so knapp wie möglich den Grund für ihre Abwesenheit schilderte. Die Rolle, die Lukas dabei gespielt hatte, erwähnte Rosanna nicht, um Nachfragen zu vermeiden, auf die sie selbst erst einmal Antworten finden musste.

Als Kira sich damit verabschiedete, dass sie sich dann ja morgen wiedersähen, zögerte Rosanna. Der Gedanke an ihren ungeliebten und heftig umkämpften Arbeitsplatz reizte einen instinktiven Fluchtreflex. Zu ihrer Erleichterung fand sie einen schnellen Ausweg. Nachdem der Sensenmann sie zwar kurz, aber sehr unsanft angerempelt hatte, besaß doch wohl niemand einen besseren Grund als sie, sich vorläufig krankzumelden.

»Neid«, kommentierte Kira knapp.

Beschwingt von der Aussicht auf ein paar weitere freie Tage, fühlte Rosanna sich sogar mutig genug, um mit dem Pizzakurier zu flirten. Dass dessen breites Grinsen mit ihrer zu eilig zugeknöpften und daher einen ungewollten Einblick gewährenden Bluse zusammenhing, bemerkte Rosanna erst später. Die Laune verdarb es ihr nicht.

Während sie große, Käse ziehende Stücke von

ihrer Pizza abbiss, schaltete sie das Radio ein und konnte ihr Glück nicht fassen. Eins ihrer Lieblingslieder hatte gerade angefangen: Toto's »Make believe«. Natürlich sang sie lauthals mit.

☼

Lukas stöhnte schmerzerfüllt auf. Beim Versuch, den Sender zu wechseln, war er so ruckartig vorwärtsgeschnellt, dass er sein Schienbein kräftig am Tisch angeschlagen hatte. Verdammt, er konnte dieses Toto-Lied einfach nicht mehr hören. Früher hatten Jane und er es immer und immer wieder gespielt. Auf einer Party hatten sie sich dazu nämlich erstmals geküsst. Erst später war Lukas aufgefallen, dass es in »Make believe« um eine längst zerbrochene Liebesbeziehung ging. Jane hatte das nichts ausgemacht. Über Lukas' Aberglauben hatte sie sich bloß amüsiert.

Lukas stand auf und ging zum Radio. Er war zwar davon überzeugt, dass die Tränen in seinen Augen immer noch von seinem schmerzenden Schienbein stammten, drückte aber trotzdem auf die Taste für die Senderwahl, um Toto das Wort abzuschneiden. Nach einer Weile atmosphärischen Rauschens fand der automatische Suchlauf das nächste klare Signal.

»So close … yet so far away«, sang eine melancholische Männerstimme. Dies war kein Lied, zu dem Jane und er jemals getanzt hatten. Aber Daryl Hall war einer ihrer Lieblingssänger gewesen.

Zufall, dachte Lukas. Nichts weiter.

Anstatt noch einen anderen Sender zu suchen, schaltete er das Radio aus. Seinem Schienbein ging es wieder gut. Seine Augen tränten immer noch.

7

»Du fängst doch jetzt wohl nicht an zu flennen?«, fragte der alte Mann im Rollstuhl.

»Es rührt mich eben, wenn jemand neunundneunzig Jahre alt wird«, erwiderte Lukas.

»Echt erstaunlich, besonders bei dem Essen, das die hier servieren«, knurrte Fritz.

Lukas war daran gewöhnt, dass sich Fritz über alles und jeden beklagte, aber besonders gern über das Altersheim, in dem er seit fast zwanzig Jahren lebte. Lukas konnte das nachvollziehen, aber im Augenblick hoffte er, die Laune des alten Mannes wenigstens ein bisschen aufbessern zu können.

»Willst du nicht dein Geschenk aufmachen?«

»Ich erwarte nichts Besonderes.«

»Ein Glück.«

»Hast dir richtig Gedanken gemacht, was?«

»So was liegt mir nicht.«

Fritz grinste. Dass Lukas sich auf seine Provokationen einließ, machte ihm immer große Freude. Seine zitternden Hände hatten große Mühe, das Geschenk auf seinem Schoß auszupacken, aber aus Erfahrung wusste Lukas, dass man sich besser davor hütete, Fritz zu helfen.

Als er den breiten dunklen Holzrahmen ausgewickelt hatte, schwieg Fritz eine Weile und betrachtete das kleine Schwarzweißfoto in der Mitte. Es zeigte ein hübsches, einfaches Haus, das oberhalb eines weiten Strandes stand, von dem sich das Meer gerade zurückzog. Zwei kleine Jungen in ärmellosen Unterhemden und hochgekrempelten Hosen standen in einer Sandburg und zeigten fröhlich zum Haus hinüber.

»Ich hab's vergrößern lassen, so gut es ging«, erklärte Lukas.

»Damit ich auch noch was sehe, meinst du?«

»Damit man überhaupt was sieht. Das Original ist schrecklich klein.«

»Was man von diesem Rahmen nicht behaupten kann.«

»So kannst du's wenigstens nicht so leicht verlegen.«

»Wenn du mir 'ne Kette dranmachst, häng ich's mir um den Hals.«

Lukas seufzte. »Freust du dich wenigstens ein bisschen?« Er deutete auf die beiden Jungen am Strand. »Du hast mir doch erzählt, wie glücklich du damals warst.«

Fritz zuckte mit den Achseln. »Mein Bruder ist bestimmt glücklicher.«

Lukas schwieg. Er wusste, dass Fritz' Bruder Herbert schon vor Jahren verstorben war – so wie alle Menschen, die Fritz einmal etwas bedeutet hatten. Dass dies ein nachvollziehbarer Grund war, sich das eigene Ende herbeizuwünschen, sah Lukas ein. Gleichzeitig glaubte er bei jedem seiner Besuche zu erkennen, dass in Fritz immer noch ein letzter Rest an Lebenswille steckte. Wie sonst konnte man erklären, dass der mittlerweile Neunundneunzigjährige so vieles überstanden hatte, was andere längst ins Grab getrieben hätte?

Fritz Gievenbeck hatte den Ersten Weltkrieg als Kind und den Zweiten als kurz nach der Hochzeit eingezogener Mann in den sogenannten besten Jahren überstanden, damit verbunden zwei Schussverletzungen, einen in den Kopf eindringenden Bombensplitter sowie eine Malariainfektion, außerdem in den Jahrzehnten danach einen Motorrad- und einen Autounfall, einen Herzinfarkt und eine zweimal zurückkehrende Krebserkrankung. Inzwischen litt er an chronischen Schmerzen im ganzen Körper, und seine Hände versagten ihm manchmal den Dienst, obwohl die Ärzte dafür keine eindeutige Ursache feststellen konnten.

Abgesehen von den körperlichen Blessuren hatten auch zahlreiche seelische Erschütterungen ihre Spuren hinterlassen. Fritz' erste große Liebe war noch vor der Hochzeit an einer Lungenentzündung gestorben, seine erste Ehefrau bei der Explosion eines Blindgängers kurz nach Ende des Zweiten Weltkriegs. Seine zweite Ehe hatte drei Kinder hervorgebracht, war aber an Fritz' häufigen Seitensprüngen zugrunde gegangen.

Eigentlich hatte er seine zweite Ehefrau nie wirklich geliebt, seine Kinder dafür umso mehr. Ein Gefühl, das diese angesichts seiner geradezu chronischen Untreue gegenüber ihrer Mutter jedoch nicht erwidern konnten. Sein ältester Sohn hatte ihn eines Morgens nach der Rückkehr von einem weiteren Schäferstündchen verprügelt und aus dem Haus gejagt. Seine Tochter hatte ihm irgendwann verziehen, aber ein paar Jahre später aus ihrem eigenen Haus gejagt, nachdem er sich dort mit ihrem aus seiner Sicht untauglichen Ehemann geprügelt hatte. Sein jüngster Sohn, Carl, hatte Fritz aufgrund dessen häufiger Abwesenheiten schon als Kind kaum gekannt und später kein Interesse mehr gezeigt, den Mann, den alle seinen Vater nannten, kennenzulernen.

Lukas hatte ein paarmal versucht, Fritz' Nachkommen ausfindig zu machen, um ein Wiedersehen zu erwirken, war jedoch entweder an der strikten beiderseitigen Ablehnung eines solchen Vorhabens gescheitert oder im Fall von Carl daran, dass dieser nach Amerika ausgewandert war und den Kontakt zu seiner Familie abgebrochen hatte.

Herbert war nach dem frühen Tod ihrer Eltern die einzige Konstante in Fritz' Leben geblieben. Und nachdem Fritz sich in zahlreichen Berufssparten als Aushilfe über Wasser gehalten hatte, eröffnete er zusammen mit seinem Bruder einen Fotoladen, in dem sie Apparate verkauften und reparierten, Filme entwickelten und Passfotos anfertigten. Der sich im Lauf der Jahre einstellende Erfolg des Geschäfts überraschte beide Brüder, zumal sie über kein besonderes kaufmännisches Geschick verfügten. Dafür hatten sie jedoch genug Charme und Mut, Kunden an sich zu binden und Konkurrenten aus dem Feld zu schlagen. Aus einem Geschäft wurde eine ganze Kette, die in mehreren Städten Gewinne einfuhr.

In dieser Zeit verliebte sich Fritz, so wie es seine Art war, alle paar Monate unsterblich, blieb aber die ganze Zeit in jenem Haus wohnen, das er gemeinsam mit Herbert gekauft hatte und das die Brüder an ihr Elternhaus erinnerte, von dem nach Ende des Zweiten Weltkriegs nichts als Schutt und Asche übrig geblieben war. Das kleine Haus am Meer, das ihren Eltern als Feriendomizil gedient hatte, konnten Fritz und sein Bruder hingegen fünfzig Jahre später wieder in ihren Besitz bringen, wenn auch zu einem gnadenlos überteuerten Preis, den jenes Ehepaar verlangte, das ihren Eltern das Haus kurz nach dem Krieg spottbillig abgeknöpft hatte. Doch als die beiden Brüder im folgenden Sommer dort ihren Jahresurlaub verbringen wollten, erlitt Herbert einen Schlaganfall, der sein Sprachzentrum lahmlegte, und innerhalb weniger Tage danach einen zweiten, der ihn umbrachte. Das Haus am Meer blieb deshalb verschlossen, und Fritz fuhr nie wieder dorthin, auch wenn er es sich oft vorgenommen hatte.

»Mein Angebot steht«, sagte Lukas, in Erwartung einer üblichen boshaften Zurückweisung. »Ich würde dich hinfahren, und sei es nur für einen Tag.«

»Kannst du mich mal mit deinem Gutmenschtum in Ruhe lassen? Ich adoptiere dich nicht mehr – wann kapierst du das endlich?«

»Ich weiß genau, dass du gern noch mal dorthin zurück möchtest.«

»Du weißt gar nichts.« Fritz' Blick ging ins Leere. Lukas war nicht sicher, ob der alte Mann sich in seinen Gedanken verloren hatte oder seinen Besucher loswerden wollte. Viele ihrer Gespräche hatten so geendet. Bereits ihr erstes, um genau zu sein. Die Bitte, über sein schon fast ein Jahrhundert dauerndes Leben einen Artikel schreiben zu dürfen, hatte Fritz nur ein müdes Lächeln entlockt. Beantwortet hatte er anfangs nur die Fragen, die ihm angenehm gewesen waren. Die anderen ließ er in gelassenem Schweigen untergehen. Fritz hatte allerdings nicht mit Lukas' Hartnäckigkeit gerechnet und auch nicht mit seiner Warmherzigkeit. Als er erkannt hatte, dass Lukas nicht bloß Zeilen füllen wollte, sondern aufrichtig an seinem Leben interessiert war, erlaubte Fritz nach und nach Einblicke in seine Vergangenheit, die ihm manchmal sogar selbst die Augen öffneten.

Bald begann Fritz sich auf Lukas' Besuche zu freuen. Aber als Lukas erklärte, er wolle nicht nur einen Artikel, sondern ein ganzes Buch über ihn verfassen, begann Fritz sich Sorgen um den jüngeren Mann zu machen. Lukas hatte nämlich auch ihm Fragen über seine Vergangenheit beantwortet und mehr verraten, als Fritz lieb gewesen war. Er wusste daher, dass die regelmäßigen Besuche, während sie ihn zwar freuten und halfen, die Zeit zu vertreiben, für Lukas unverzichtbar waren. Nicht um einen Artikel oder ein Buch zu schreiben, sondern um jemanden in seinem Leben zu haben, der ihn davon abhielt, in seinen eigenen Ängsten und Zweifeln zu versinken. Lukas mochte anderen Menschen gegenüber unfreundlich oder zynisch erscheinen, aber jemand wie Fritz übertraf ihn darin mühelos und konnte ihn deshalb auch in Schach halten. Ohne ihn, so fürchtete Fritz, würde Lukas außer Kontrolle geraten. Diese Aussicht ärgerte Fritz schon deshalb, weil sie ihm Verantwortung aufzwang. Dabei hatte er sich einer solchen sein ganzes Leben lang immer wieder entzogen. Und selbst wenn er sich diesmal dazu bekennen wollte, würde sein verbrauchter Körper wahrscheinlich die Notbremse ziehen.

»Alles in Ordnung?«, fragte Lukas.

»Ging mir nie besser«, fauchte Fritz. Er wusste nicht, wie lange er vor sich hin geschwiegen hatte. Einen Moment lang fragte er sich sogar, warum dieses gerahmte Foto auf seinem Schoß lag. Fritz räusperte sich und kratzte mit einem Fingernagel über einen auf seinem Pullover eingetrockneten Marmeladenfleck. »Scheiße«, sagte er.

»Ich hol einen Lappen mit warmem Wasser.«

»Wenn du dich auch noch um meine dreckigen Unterhosen kümmern möchtest ...«

Lukas zwinkerte ihm zu. »Später vielleicht.« Dann verließ er das Zimmer und trat auf den Altersheimflur hinaus.

✲

»Hi.«

Lukas erstarrte. Der junge Mann mit der Umhängetasche schlenderte gemächlich auf ihn zu und schob dabei seine Sonnenbrille in die Haare zurück.

»Dominik«, sagte er erklärend. »Aus der Redaktion?«

Lukas musterte ihn ungläubig. »Was machen Sie hier?«

Dominik lächelte. »Du kannst mich ruhig duzen.«

»Was machen Sie hier?«, wiederholte Lukas demonstrativ, ohne Dominik damit abschrecken zu können.

»Frau Adams hat gesagt, wenn ich dich zu Hause nich' finde, sollte ich's mal hier probieren.«

»Und wieso?«

»Weil sie sich Sorgen um dich macht?«

»Verschwinden Sie«, knurrte Lukas und drehte sich um. Er betrat den Waschraum und zog ein Papierhandtuch aus dem Halter. Der war jedoch so prall gefüllt, dass das Tuch abriss. Wütend zupfte Lukas das nächste heraus, das aufgrund des Vorratsgewichts ebenfalls zerfetzte.

»Du musst das mit Gefühl machen«, riet Dominik, der ihm unauffällig gefolgt war.

Lukas fuhr herum. »Haben Sie nicht gehört, was ich gesagt habe? Sie sollen verschwinden!«

»Ich dachte, du meinst das nich' so.«

Lukas fluchte und zupfte nun mehrere Büschel Papiertücher aus dem Spender.

»Bist du eigentlich freiwillig hier, soziales Engagement oder was?«

Lukas antwortete nicht, befeuchtete die Papiertücher kurz unter dem Wasserhahn und drängte sich an Dominik vorbei.

Als er den Flur hinuntermarschierte, war Dominik ihm bald wieder auf den Fersen.

»Frau Adams sagt, ich könnte 'ne Menge von dir lernen.«

»Wie wär's mit Zuhören?«

»Du bist komisch«, sagte Dominik.

»GEHEN – SIE – WEG!«, schrie Lukas ihm ins Gesicht.

Der junge Mann lächelte. Nicht beleidigt oder enttäuscht, sondern wie jemand, der die Sprache eines fremden Landes nicht beherrschte.

Lukas seufzte und kehrte kopfschüttelnd in Fritz' Zimmer zurück.

»Was soll das denn werden?«, fragte Fritz, als Lukas sich ihm mit den feuchten Papiertüchern näherte. »Damit reibst du nur alles noch tiefer rein.«

»Stimmt«, ertönte Dominiks Stimme.

»Wer ist denn das?«, fragte Fritz.

»Ich bin der Dominik«, antwortete Lukas' Nervensäge. »Sind Sie der Opa?«

»Der kleine Bruder«, erwiderte Fritz trocken.

Lukas atmete tief ein und aus. Die Papierhandtücher hatten sich beim Reiben auf der dicken Wolle des Pullovers zerfranst und kleine, klebrige Rollen hinterlassen.

»Die Situation hat sich nicht verbessert«, kommentierte Fritz.

Dominik trat näher. »Soll ich mal?«

»Jetzt hör gut zu«, fauchte Lukas ihn an. »Ich habe dir nichts beizubringen. Frau Adams muss sich um mich keine Sorgen machen. Und du bist hier nicht erwünscht. Verstehst du?«

»Ist das normal?«, fragte Dominik und deutete auf Fritz.

Der alte Mann rührte sich nicht mehr. Sein Kopf mit dem langen, schlohweißen Haar war auf seine Brust gesunken.

»Fritz?« Lukas berührte ihn an der Schulter, rüttelte ihn ein wenig hin und her, aber der Neunundneunzigjährige öffnete seine Augen nicht.

Mit verschränkten Armen beobachtete Dominik Lukas' Bemühungen. »Der macht nur Spaß, oder?«, fragte er.

8

Der Rettungswagen traf innerhalb weniger Minuten ein. In der Zwischenzeit war Fritz wieder zu Bewusstsein gekommen und hatte sich mit einer Kanonade von Schimpfwörtern darüber beschwert, dass Lukas ihn ins Krankenhaus befördern lassen wollte, aber die Rettungssanitäter hatten die Entscheidung bekräftigt. Lukas hatte sich bemüht, Ruhe zu bewahren, doch im Gegensatz zu Fritz' unregelmäßigen, schwachem Puls begann sein eigener zu rasen. Dass Dominik nicht von seiner Seite wich, hatte Lukas beim Einsteigen in den Rettungswagen zwar wahrgenommen, aber nicht mehr unterbinden können. Die Angst, Fritz zu verlieren, war sogar stärker als seine Wut.

*

Jetzt rissen die Sanitäter die Hintertüren des Wagens auf und holten Fritz auf der rollbaren Trage heraus. Während Lukas und Dominik auf die Straße sprangen, um den Sanitätern in die Notaufnahme nachzueilen, verließ Rosanna das Krankenhaus. Sie hatte den Arzt, der sie gestern behandelt hatte, um die

Ausstellung einer einwöchigen Krankschreibung gebeten, und wollte sich nun auf den Weg zur Redaktion machen, um nach Lukas' Privatadresse zu fragen. Dass sie ihm jetzt persönlich begegnete, erfüllte sie erneut mit Zuversicht.

Lukas war mit seinen Gedanken eigentlich bei Fritz, der trotz seiner andauernden Proteste unheimlich blass im Gesicht war, und bei Dominik, der Lukas auf Schritt und Tritt folgte wie ein aus dem Tierheim geretteter Cockerspaniel. Dass sich nun auch noch Rosanna ihrer Truppe anschloss, rief in Lukas das Gefühl hervor, schon zu lange zu duldsam gewesen zu sein.

»Damit haben Sie jetzt nicht gerechnet, was?« Ihr Lächeln hätte unter anderen Umständen gewinnend sein können.

»Wen hast du denn noch eingeladen?«, fragte Fritz von der Bahre aus. »Wenn das hier eine Überraschungsparty für mich werden soll, hätte ich mir einen Ort mit besser sortierter Bar gewünscht.«

Dominik lächelte Rosanna freundlich zu. »Sie sind die Freundin, richtig?«

»Nein«, sagte Rosanna.

»Schwester?«

»Auch nicht.«

»Blind Date?«

»HÄLTST DU ENDLICH DIE KLAPPE?!«, fuhr Lukas Dominik an.

In diesem Moment kippte Fritz' Kopf wieder zur Seite, und sein Mund klappte auf, als hätte man zwischen den Kiefern ein Gummiband durchschnitten.

»Und erneuter Herzstillstand«, bemerkte einer der beiden Sanitäter in einem unpassenden Singsang.

Die rollbare Trage wurde abrupt angehalten, damit die Sanitäter mit der Herzmassage beginnen konnten. Als Fritz wieder zu sich kam, erkundigte er sich, in welcher Hölle er denn gelandet wäre; der Geruch von Desinfektionsmitteln sei ihm noch aus dem Altersheim vertraut.

Ein Arzt trat auf sie zu, fragte den Einlieferungszustand ab und bedeutete den Sanitätern, Fritz in einen der Untersuchungsräume zu schieben. Als Lukas ihnen folgen wollte, auf Nachfrage jedoch das Fehlen einer verwandtschaftlichen Beziehung zum Patienten eingestehen musste, bat der Arzt ihn, draußen zu warten – zusammen mit seinen Freunden.

Grimmig betrachtete Lukas die beiden.

»Der Oldie hat also heute Geburtstag?«, fragte Dominik schließlich.

Lukas steuerte auf die Stuhlgruppe in einem Wartebereich zu. Als Rosanna und Dominik sich rechts und links neben ihn setzten, stand Lukas wieder auf.

»Vielleicht was trinken?«, schlug Dominik vor. »Flüssigkeit hält jung.«

Lukas ballte seine Fäuste und atmete tief ein und aus.

»Als mein Opa starb«, erinnerte sich Dominik,

»war ich gerade auf Barbados.« Er seufzte. »Mann, war das heiß da. Hab gesoffen ohne Ende.«

Rosanna warf ihm einen befremdeten Blick zu.

»Hunger hätte ich jetzt eigentlich auch«, redete Dominik ungerührt weiter. Er nickte Lukas zu. »Bei Kräften bleiben ist total wichtig, besonders in Krisenzeiten.«

»Ich würde jetzt wirklich gern allein sein«, presste Lukas unter Aufbietung seiner letzten Reserven an Beherrschung hervor.

»Ich kann ja was aus der Kantine holen«, bot Dominik an, hielt dann inne und begann seine Hosen- und Jackentaschen zu durchsuchen. »Schade, keine Kohle. Wer spendiert was?«

Rosanna hatte zwar Geld dabei, aber nicht den Eindruck, Lukas jetzt mit einem heißen Kaffee und einer Rosinenschnecke helfen zu können.

»Wir sollten vielleicht besser irgendwo anders hingehen«, überlegte Dominik laut. »Dieses Krankenhausessen ist doch immer voll tödlich.«

Lukas starrte ihn an wie einen Flugreisenden, der nicht merkte, dass er beim Durchqueren des schmalen Mittelgangs jedem Passagier sein Handgepäck gegen den Hinterkopf schlug.

»Im Augenblick können wir hier sowieso nichts machen«, entschied Dominik. »Ich weiß, das klingt 'n bisschen hart, aber – in dem Alter ist's ja sowieso manchmal besser, wenn's …« Er strich mit dem Zeigefinger über seine Kehle. »Von wegen nich' mehr leiden und so.«

Lukas musste sich setzen. Er spürte genau, wie sich in seinem Hals alle Schimpfwörter dieser Erde sammelten, um in einer gewaltigen Eruption auf diesen begriffsstutzigen Gefühlstölpel niederzuprasseln. Aber um all seinen Vorwürfen freien Lauf zu lassen, hätte es einer Anstrengung bedurft, zu der Lukas sich einfach nicht mehr durchringen konnte. Nicht jetzt. Nicht, während Fritz vielleicht die letzte ärztliche Untersuchung seines Lebens über sich ergehen lassen musste, um dann ausgerechnet an seinem Geburtstag dahinzuscheiden.

Während Dominik weitere Allgemeinplätze aneinanderreihte, wanderte Lukas' Blick zur Seite. Rosannas dunkle Augen ruhten auf ihm. Wie lange schon? Sie ließen ihn nicht einmal los, als er stirnrunzelnd in ihnen eine Absicht zu lesen versuchte. Stattdessen schienen sie eine merkwürdige Energie abzustrahlen, in der Lukas sich ganz allmählich entspannte. Konnte es sein, dass auch Rosanna Dominik hasste? Schon oft hatte Lukas festgestellt, dass eine besondere Verbindung zwischen zwei Menschen aus der gemeinsamen Abneigung gegen einen dritten entstehen konnte.

Dominik zog sein Handy hervor. »Nur kurz in der Redaktion anrufen, damit die wissen, wo ich bin. Muss ja noch was abliefern für morgen.« Die missbilligenden Blicke von Lukas und Rosanna versuchte er mit einem beruhigenden Lächeln abzuwehren. »Keine Angst, von wegen Handy und so. Das is' genau wie im Flieger in Wahrheit völlig egal. Die Herzlungenmaschinen laufen bestimmt alle störfrei weiter.« Er drückte eine Schnellwahltaste und meldete sich. »Hi, der Dommi hier. Wollte nur … Was? Sag noch mal – ganz miese Verbindung hier!«

Während Dominik seine eigene Lautstärke steigerte, fragte sich Lukas, ob der junge Mann wohl grundsätzlich ein netter Kerl war. Dann fasste er den Entschluss, ihm endlich eine zu knallen.

Als Dominik jedoch aufstand, um ein paar Schritte beiseitezugehen, des besseren Empfangs wegen, blieb sein Fuß an etwas hängen. Er stolperte und schlug mit dem Gesicht auf dem Boden auf; seine rechte Hand hielt immer noch das Mobiltelefon in die Höhe.

»Nichts passiert!«, rief Dominik freudestrahlend in die Runde und erhob sich erstaunlich rasant, um dann erneut ins Taumeln zu geraten und staunend zu beobachten, wie das Blut aus seiner gebrochenen Nase auf den verdreckten PVC-Boden tropfte.

»Schwester?«, rief Rosanna und winkte einer Krankenhausangestellten, die Dominik flink das Handy abnahm und ihn in einen Untersuchungsraum führte.

Lukas sah den beiden schweigend hinterher. Genau wie Rosanna freute er sich über das kleine Missgeschick, das Dominik widerfahren war. Anders als Rosanna hatte Lukas dem furchtbaren Quälgeist jedoch kein Bein gestellt.

9

»Der Arzt will ihn morgen wieder entlassen«, freute sich Lukas, während er vergeblich einer Kellnerin winkte. Das Café war weder besonders groß noch voller Gäste, trotzdem schien die Bedienung zu beschäftigt, um auf Lukas' Winken zu reagieren.

»Und warum ist Herr Gievenbeck immer in Ohnmacht gefallen?«

»Wissen die nicht. Deshalb sagen sie, es läge an seinem Alter.«

»Gut, dass Sie bei ihm waren, als er bewusstlos wurde«, sagte Rosanna.

»Reiner Zufall.«

Sie lächelte. »Meinen Sie?«

Lukas seufzte und nahm einen Bissen von seinem Kuchenstück. Nach einer Weile sagte er kauend: »Danke übrigens.«

»Wofür?«

»Ihr Fuß war zur rechten Zeit am rechten Ort.«

Rosanna senkte verlegen den Blick. »Ich wollte Ihrem Freund nicht wehtun.«

»Er ist nicht mein Freund, sondern mein Konkurrent. Traurig, was?«

»Ich wollte jedenfalls nur verhindern, dass er noch mehr Lärm macht.«

»Ist Ihnen gelungen.« Lukas stopfte sich ein weiteres Stück Kuchen in den Mund.

»Hoffentlich hatte er nicht allzu große Schmerzen.«

»So schlimm kann's nicht gewesen sein«, meinte Lukas. »Schließlich wollte er ja gleich wieder in die Redaktion fahren.«

»Sie aber nicht. Immer noch Probleme mit der Chefin?«

Lukas warf Rosanna einen nervösen Blick zu. »Warum sind *Sie* denn nicht an Ihrem Arbeitsplatz?«

»Bin krankgeschrieben.«

»Haben Sie niemanden, der auf Sie wartet? Ehemann? Freund? Haustier?«

»Wenn Sie wissen wollen, ob ich Single bin –«

»Das weiß ich schon.«

Rosanna sah ihn beleidigt an. »Ist das so offensichtlich wie bei Ihnen?«

»Na ja«, erwiderte Lukas. »Ich habe jedenfalls kein Interesse –«

»Ich auch nicht«, fiel Rosanna ihm schnell ins Wort. »Ich bin nur hier, um herauszufinden, wie ich Ihnen helfen kann.«

»Aber Sie haben mir bereits geholfen«, wehrte Lukas ab. »Sie haben mir Dominik vom Hals geschafft.«

»Das kann unmöglich der Grund gewesen sein, weshalb ich meinen Unfall überlebt habe.«

Lukas zuckte die Achseln und lächelte. »Und wenn doch?«

»Wenn das Universum so funktionieren würde …«

»So funktioniert es seit Jahrtausenden. Der eine frisst den anderen. Und wenn man nicht rechtzeitig zuschnappt, wird man schon von jemand anderem verdaut.«

Rosanna fixierte ihn. »Sie haben also Angst, dass Dominik Ihnen den Job wegnimmt?«

Lukas machte eine wegwerfende Handbewegung. »Wird nicht passieren. Meine Chefin versucht mich nur einzuschüchtern, damit ich mich zusammenreiße.«

»Wieso zusammenreißen? Was ist passiert?«

Lukas schwieg eine Weile. Dann schob er den Teller mit dem Rest des Kuchenstücks von sich weg. »Das ist jetzt der Punkt, an dem Sie glauben, irgendein schweres Trauma entdecken zu können. Eins, bei dessen Bewältigung mir bisher niemand helfen konnte, aber das Sie selbstverständlich aus meiner Welt schaffen werden.«

»Irgendwas zu verbergen haben Sie bestimmt.«

Lukas winkte der Kellnerin, die ihn weiter fröhlich übersah.

»Muss Ihnen doch nicht peinlich sein«, beharrte Rosanna. »Wir alle tragen irgendwas mit uns herum.«

Demonstrativ warf Lukas einen Blick zur großen Uhr, die über der schummrig beleuchteten Kuchentheke des Cafés hing, und stellte fest, dass sie vor Stunden stehen geblieben sein musste.

»Soll ich *Ihnen* die Rechnung bringen?«, rief Lukas der Kellnerin zu.

»Mein Mann hat mich vor dreieinhalb Jahren verlassen«, sagte Rosanna plötzlich und sah Lukas direkt in die Augen. Ihre Traurigkeit wirkte weder aufgesetzt noch fehl am Platz, obwohl Lukas bis vor wenigen Sekunden noch beides erwartet hätte. »Ich weiß«, fuhr Rosanna mit leicht heiserer Stimme fort, »das ist lange her. Ich weiß auch, dass Lars es vielleicht nicht verdient, dass man ihm so lange hinterhertrauert. Aber eigentlich trauere ich auch nicht ihm hinterher, sondern der Zukunft, die ich mit ihm haben wollte.« Rosanna versuchte zu lächeln, während sich ihre Augen mit Tränen füllten. »Sie werden es vielleicht nicht für möglich halten, aber bei mir lief mal alles reibungslos. Und meine Zukunft ... war schön.« Sie rieb sich eine Träne aus dem Augenwinkel und verwischte dabei ihren Lidstrich an ihrer Schläfe zu einem dicken Komma. »Sehen Sie?« Sie lächelte entschuldigend. »Das mit dem Zusammenreißen will mir auch noch nicht so gelingen.«

Lukas sah sie schweigend an. Dann trat die Kellnerin an ihren Tisch und fragte mit Nebelhornstimme: »Sonst noch was?«

✲

Es war kein Mitleid und ebenso wenig ein bloßer Anflug von Anstand, der Lukas dazu bewegte, Rosanna nach Verlassen des Cafés noch durch den Park zu begleiten. Es war auch nicht so, dass er sich ihr verpflichtet fühlte, weil sie ihm ihr Herz ausgeschüttet hatte. Eigentlich war Lukas dies eher unangenehm. Obwohl er von Berufs wegen geübt darin war, anderen Menschen Geheimnisse zu entlocken, entwickelte er oft eine gewisse Sprachlosigkeit, wenn sein Gesprächspartner zu weinen anfing. Wie sollte Lukas damit umgehen, wo er selbst doch alles tat, um Tränen zu vermeiden, schon gar einem Fremden gegenüber?

Fritz war natürlich eine Ausnahme, angesichts all der Katastrophen in seinem Leben. Rosannas Erlebnisse waren dagegen gewöhnlich, vielleicht durch zu viele Seifenopern in ihrer Wirkung herabgewürdigt und damit der Lächerlichkeit preisgegeben. Trotzdem hatten sie Lukas betroffen gemacht. Vielleicht, weil sie sich für ihren Schmerz nicht schämte.

»Riechen Sie, wie klar die Luft ist?«, sagte Rosanna, während sie tief den allgegenwärtigen Blütenduft einatmete.

»Sie ist nicht klar«, erwiderte Lukas. »Wenn Sie die Emissionswerte anschauen –«

Rosannas mitleidiger Blick ließ ihn verstummen. »Was wollen Sie tun – aufhören zu atmen?«, fragte sie.

»Nein«, antwortete Lukas. »Aber vielleicht können Sie sich ja für etwas begeistern, das weniger angreifbar ist?«

»Sie glauben nicht, dass ich da etwas finde, oder?«

Lukas schüttelte den Kopf. »Bin nicht gerade 'ne Stimmungskanone.«

»Scharfschützen werden auch gebraucht.«

Er musste wider Willen lachen. »Wie heißen Sie eigentlich?«

»Dass Sie das doch noch wissen wollen«, scherzte Rosanna und nannte ihren Vornamen.

»Ist das so wie Madonna, oder gibt's da noch einen Nachnamen?«

Rosanna verzog das Gesicht. »Barte.«

»Wenn er ihnen nicht gefällt, warum haben Sie dann nicht wieder Ihren Mädchennamen angenommen?«

»Das *ist* mein Mädchenname.«

Lukas runzelte die Stirn. »Hat Ihnen der Name Ihres Exmanns noch weniger gefallen?«

»Nein. Aber da er wieder verheiratet ist, stand die Vorstellung, mit seiner neuen Frau verwechselt zu werden, nicht sehr weit oben auf meiner Wunschliste.«

»Wie ist sie denn so, seine neue Frau?«

»Hab sie nie kennengelernt.«

»Kein Interesse?«

»Nein.«

Lukas nickte. »Sie wollen sie hassen können und sich das nicht von möglicher Sympathie verderben lassen.«

»Wieso sollte ich sie hassen?« Rosanna lächelte. »Vielleicht war's ja gut so, dass Lars sich für jemand anderen entschieden hat.«

»Ich bin sicher, das zu glauben macht es einfacher.«

»Nicht wirklich.«

Lukas fixierte sie. »Warum glauben Sie dann daran?«

Rosanna blieb stehen. »Sie denken, es ist einfacher, wütend zu sein?«

Lukas lächelte dünn. »Nicht wirklich.«

Sein Blick erfasste ein kleines Flugzeug, das über einer Wiese kreiste und von einem begeistert lachenden Jungen ferngesteuert wurde. Als Kind hatte sich Lukas auch immer solch ein Spielzeug gewünscht, ohne es aber je bekommen zu haben. Noch als Erwachsener hatte er manchmal vor Schaufenstern mit solch fernlenkbaren Flugzeugen gestanden und daran gedacht, sich diesen Wunsch doch noch zu erfüllen. Aber der Gedanke, zusammen mit anderen Kindern in einem Park wie diesem mit einer Fernsteuerung in der Hand gen Himmel zu starren, hatte ihn stets weitergehen lassen.

Rosanna trat neben ihn und sah ebenfalls zu dem kleinen Flugzeug empor. »Sie haben mir immer noch nicht gesagt, wie ich Ihnen helfen kann.«

»Vielleicht ist mir nicht zu helfen.«

»Drama-Queen.«

Lukas schmunzelte. »Wenn Sie ein paar Millionen zu viel herumliegen haben, könnten Sie versuchen, den Zeitungsverlag zu kaufen, und als neue Geschäftsführerin verhindern, dass immer mehr Personal eingespart wird, Agenturmeldungen persönliche Recherche ersetzen und prominente Schwangerschaften eine größere Chance auf die Titelseite haben als die Verabschiedung folgenreicher Gesetze.«

»Okay«, seufzte Rosanna. »Beruflich ist Ihnen also nicht zu helfen. Dann aber bestimmt privat. Sie sind unglücklich verliebt? Oder auch verlassen worden?«

»Bitte«, jammerte Lukas, »verkuppeln Sie jemand anderen.«

»Was gefällt Ihnen denn so an der Einsamkeit?«

»Wer sagt, ich wäre einsam?«

»Ein Hund zählt nicht.«

»Ich habe keinen Hund.«

»Eine Katze?«

»Auch nicht.«

»Einen Vogel ...«

Lukas schüttelte den Kopf. »Ich habe kein Haustier, aber – tut mir leid, einsam fühle ich mich trotzdem nicht.«

»Sie haben ja sich.«

Lukas zog eine Grimasse. Er war soeben in einen Hundehaufen getreten. Angewidert betrachtete er die Profilsohle seines stinkenden Schuhs.

»Vielleicht ist *das* ja meine Aufgabe«, freute sich Rosanna. »Ich soll Ihre Seelenverwandte finden.«

Lukas warf ihr einen genervten Blick zu, während er den Dreck unter seiner Schuhsohle an einer Steinkante abzustreifen versuchte.

»Es würde natürlich helfen, wenn Sie mir ein paar Vorlieben verrieten. Vielleicht haben Sie einen bestimmten Typ?«

Lukas antwortete nicht. Sein Blick ging wieder zu dem Spielzeugflugzeug, das in der Ferne elegante Kreise zog.

»Ich merke schon, Sie wollen lieber überrascht werden«, schlussfolgerte Rosanna aus seinem Schweigen.

Lukas wollte etwas erwidern, ahnte aber, dass es sinnlos wäre. Stattdessen zuckte er die Schultern und ging einfach davon.

»Hey! Und jetzt?«

Lukas antwortete nicht.

»Sie lassen mich einfach hier stehen?«

»Das erscheint mir sicherer«, rief Lukas ihr über die Schulter zu.

»Sie haben Angst vor mir?«, rief Rosanna erstaunt zurück.

»Hätten Sie an meiner Stelle auch«, erwiderte Lukas.

Rosanna beobachtete ihn ungläubig, konnte ihm aber aus irgendeinem unerfindlichen Grund nicht böse sein. Zumal sie wusste, dass sie ihn wiedersehen würde. Als er im Café kurz auf der Toilette verschwunden war, hatte sie in seiner Jacke seinen Ausweis gefunden und seine Adresse notiert.

»Sie können nicht vor mir davonlaufen«, warnte sie ihn fröhlich.

»Ich probier's trotzdem, okay?«

Lukas steuerte eilig auf den Ausgang des Parks zu.

Nicht weil er Rosannas Gesellschaft entkommen wollte, sondern ihren zu neugierigen Fragen. Schließlich erschien sie ihm mindestens so hartnäckig wie er selbst. Und obwohl er es zu seiner Verwunderung bedauerte, sich ihr entziehen zu müssen, war ein klarer Schnitt jetzt garantiert das Beste. Bevor noch jemand wirklich verletzt werden könnte.

In der Ferne hörte er ein merkwürdiges Summen. Er ging weiter, aber das Summen wurde immer lauter. Lukas blieb stehen und schaute sich um, bis er feststellen musste, dass es keine Monsterbiene war, die einen Kamikazekurs auf ihn eingeschlagen hatte, sondern das Spielflugzeug. Mit erstaunlicher Geschwindigkeit schoss es auf ihn hinunter. Noch bevor er ausweichen konnte, traf es ihn bereits hart an der Stirn und streckte ihn zu Boden.

10

»Ich hoffe, Sie fühlen sich jetzt nicht in Ihrem Wahnsinn bestärkt«, sagte Lukas, während er auf dem Wannenrand in Rosannas Badezimmer saß.

»Keine Sorge«, erwiderte Rosanna ruhig, während sie die kleine Platzwunde unter seinem Haaransatz verpflasterte. »Dass wir uns heute vor dem Krankenhaus wieder begegnet sind oder dass Ihnen ein Flugzeug auf den Kopf fällt, wenn Sie mich ignorieren wollen – das ist bestimmt alles reiner Zufall.«

»Pech.«

»Oder Ihr Glück.«

»Seit wann tut Glück so weh?«

Rosanna lächelte und schwieg.

Als Lukas vom Wannenrand aufstand, fiel ihm das Taschenbuch auf, das auf der Fensterbank neben der Badewanne lag. Dem gewellten Papier zufolge musste es schon oft während eines heißen Schaumbads gelesen worden sein. Auf dem Cover war ein gezeichnetes halb nacktes Liebespaar zu sehen, das im wirklichen Leben mindestens vier Stunden täglich im Fitnessstudio hätte verbringen müssen.

»Lodernde Leidenschaft«, las Lukas amüsiert.

»Kennen Sie nicht, was?«

»Nur die Fortsetzung: Sagenhafte Syphilis.«

Rosanna nahm ihm das Taschenbuch weg. »Würden Sie jetzt bitte mein Badezimmer verlassen?«

»Wollen wir uns nicht duzen?«

»Lieber nicht«, erwiderte Rosanna.

»Warum nicht? Dieses Siezen hat so etwas Altbackenes. Als wären wir in irgendeinem amerikanischen Film aus den Vierzigerjahren.«

»Damals hatten die Leute noch Stil«, schwärmte Rosanna. »Trugen die ganze Zeit maßgeschneiderte Anzüge, elegante Kostüme und ausgefallene Hüte.«

»Diskriminierten Frauen, Ausländer und all diejenigen, die andere Auffassungen von Politik vertraten – oh, Moment mal, eigentlich hat sich nur der Kleidungsstil verändert.«

Rosanna schob Lukas auf den Flur.

»Was haben Sie vor?«, fragte er.

»Haben Sie Hunger?«

»Nett, dass Sie fragen.«

Rosanna schenkte ihm ihr charmantestes Lächeln. »Wenn Sie was kauen, reden Sie nicht so viel.«

✲

Mit der fließenden Bewegung eines Zauberkünstlers öffnete Rosanna den Backofen und warf eine Fertigpizza aufs Blech, um sich umzudrehen und die Ofentür mit einem sportlichen Hackentrick wieder zu schließen.

»Zwölf bis vierzehn Minuten«, sagte sie fröhlich.

»Geht nichts über eine liebevoll zubereitete Mahlzeit«, erwiderte Lukas.

»Ist umsonst, also halten Sie die Klappe.«

Er lächelte. Rosannas Humor gefiel ihm. Und seinen konnte sie wohl auch ertragen. Als sie die Küche verließ, fragte sich Lukas dennoch, warum er immer noch hier war.

✵

Lukas betrat das Wohnzimmer, wo Rosanna vor einem Regal mit einer alten Stereoanlage hockte.

»Waren Sie eigentlich schon immer so?«, fragte er und versuchte sich nicht von der Fototapete irritieren zu lassen, die eine verschneite Winterlandschaft zeigte.

»Wie denn?«

»Haben Sie schon vor Ihrem Unfall an Zeichen und Bestimmung und so was geglaubt?«

Rosanna überlegte. »Ab und zu.«

»Zum Beispiel?«

»Wenn ich eine bestimmte Entscheidung treffen soll – und dann sehe ich irgendwo etwas, das wie eine Hilfestellung ist, zum Beispiel ein Werbeplakat für ein Buch oder einen bestimmten Film.«

»Dann ist das also ein Wink des Schicksals, wenn ich ein Wespennest auf dem Balkon finde und die Ankündigung für einen neuen »Terminator«-Film entdecke?«

»Ha, ha, ha«, lachte Rosanna demonstrativ gelangweilt. »Sie wissen genau, was ich meine. Der neue, viel bessere Job, der einem überraschend angeboten wird, nachdem man aus dem alten gefeuert wurde. Der Freund fürs Leben, den man an einem Ort kennenlernt, um den man sonst immer einen Bogen gemacht hat. Das Flugzeug, das man verpasst und dann abstürzt ...«

»Sie glauben ernsthaft, dass das alles eine tiefere Bedeutung hat?«

»Was sonst?«

»Überlegen Sie doch mal! Bei all den Millionen von Menschen, sollte da wirklich irgendjemand sitzen und deren Schicksale nicht nur steuern, sondern so punktgenau miteinander verstricken, dass sich daraus für jeden Einzelnen ein wie auch immer gearteter Sinn ergibt?«

Rosanna lächelte. »Wer weiß?«

»Okay«, gab Lukas zurück. »Sie haben jetzt nur vorteilhafte Beispiele genannt. Was ist mit den Augenblicken, in denen man die falsche Entscheidung trifft? Ein Desaster verursacht. Sie wissen schon: Der Job, der einem nicht angeboten wird. Der Freund fürs Leben, den man eben nicht kennenlernt. Das Flugzeug, in das man einsteigt, obwohl es abstürzen wird.«

»Das ist dann auch Schicksal.«

Lukas lächelte grimmig. »Wirklich? So leicht nehmen Sie das hin?«

»Das würde ich gern.« Sie zwinkerte ihm zu.

»Wäre es nicht viel befreiender, zu wissen, dass alles, was geschieht, so oder so geschehen wäre?«

»Nein, das wäre entsetzlich.«

Die plötzliche Wut in Lukas' Stimme jagte Rosanna einen Schauder über den Rücken. Gleichzeitig verspürte sie Mitleid mit ihm und hatte das Gefühl, etwas klären zu müssen. »Verstehen Sie mich nicht falsch – ich glaube durchaus daran, dass man sein Schicksal beeinflussen kann. Allerdings nur bis zu einem gewissen Punkt.«

Sie wandte sich ihrer Stereoanlage zu und schaltete das Radio ein. Die brüchige Stimme einer älteren Frau ertönte. Begleitet von einem kleinen Streichorchester und einer leisen Rhythmusgruppe, sang sie davon, dass sie ein bisschen zu viel redete und ein bisschen zu laut lachte, aber was konnte man schon anderes tun, am Ende einer Liebesbeziehung?

Rosanna schloss mit einem wissenden Lächeln die Augen. Lukas erstarrte. Warum wurde im Radio ausgerechnet jetzt ein Lied gespielt, das ihm noch aus seiner Kindheit bekannt war?

»Billie Holliday«, sagte Rosanna und öffnete die Augen. »Sehr traurig. Sie war ganz oben. Und dann kamen die Drogen. Sie verlor alles. Durfte nicht mal mehr auftreten und singen. Und als sie völlig verarmt und vereinsamt war, musste sie elendig in einem Krankenhauszimmer sterben.«

»Während Polizisten neben ihrem Bett standen, um sie festzunehmen, falls sie sich wieder erholt hätte«, ergänzte Lukas.

Rosanna sah ihn überrascht an.

»Meine Eltern waren große Fans«, erklärte er. »Ich habe Hollidays Lebensgeschichte oft genug erzählt bekommen. Und ich konnte nie verstehen, warum ein Mensch sich alles selber kaputt macht.« Er biss sich auf die Lippen. »Woher wussten *Sie*, was mit Billie Holliday passiert ist?«

»Wikipedia«, beichtete Rosanna und brachte Lukas damit zum Lachen.

Während »The End of a Love Affair« weiterspielte, schloss Rosanna wieder die Augen. Sachte begann sie sich im Takt zu wiegen. Lukas wurde auf einmal bewusst, wie nahe er vor ihr stand, und wollte zurücktreten. Stattdessen streckte er eine Hand aus, um Rosannas Haar zu berühren und die heruntergefallene Strähne von ihrem rechten Auge wegzustreichen, neben dem immer noch das Komma aus verschmierter Wimperntusche zu sehen war. Aber da Rosanna, verloren in der Musik, zurückschwankte, griff Lukas' Hand ins Leere und fiel tiefer, mitten auf Rosannas Brust.

Irritiert öffnete Rosanna die Augen.

»Ähm …«, sagte Lukas verlegen und merkte erst jetzt, dass seine Hand immer noch auf ihrer Brust ruhte. Ruckartig zog er sie weg. »Die Pizza … müsste fertig sein, oder?«

Wütend streckte Rosanna ihre Hand aus, packte zwischen seine Beine und drückte zu. »Glaube schon«, fauchte sie. Dann stampfte sie an ihm vorbei in die Küche.

✲

Ein paar Minuten später saßen sie auf dem kleinen Sofa im Wohnzimmer und aßen von der Pizza, die am Rand verbrannt war und in der Mitte noch enttäuschend kalt.

»Einen Schluck Wein?«, fragte Rosanna. »Oder können Sie sich dann gar nicht mehr beherrschen?«

Lukas stöhnte auf. »Ich habe doch gesagt, dass es mir leidtut. Sie übrigens noch gar nicht. Dabei haben Sie nicht gerade gefühlvoll zugegriffen.«

»War wohl 'ne große Enttäuschung für Sie«, erwiderte Rosanna.

Sie legte den Rest ihrer Pizza auf den Teller zurück und stellte fest, dass ein Stück Schinken zwischen ihren Backenzähnen festsaß.

Lukas goss sich Mineralwasser ein, nahm einen Schluck und musste mit der in seinem Hals aufsteigenden Kohlensäure kämpfen.

»Tut's denn noch weh?«, fragte Rosanna schließlich.

»Hab eigentlich kaum was gespürt«, erwiderte Lukas.

»Ich auch nicht.« Als er sah, wie sie sich über ihre eigene Bemerkung amüsierte, konnte auch Lukas sich ein Grinsen nicht verkneifen. Trotzdem wurde ihm langsam mulmig, als er daran dachte, wie der Abend weitergehen könnte. Auch Rosanna bereitete dies Kopfzerbrechen. Sie hatte keinen besonderen Plan verfolgt, als sie Lukas nach dem Flugzeugabsturz hergebracht hatte. Eigentlich wollte sie bloß einen Weg finden, um ihrer Schicksalsaufgabe endlich gerecht zu werden.

Ach, hör doch auf, spottete eine Stimme in Rosannas Kopf. Du weißt ganz genau, was hier los ist. Und worin deine Aufgabe besteht.

Lukas lächelte sie an. Nicht, um zu flirten, sondern weil er nicht wusste, in welche Richtung er das Gespräch steuern sollte. Eigentlich suchte er nach einem Weg, sich schnell und unkompliziert zu verabschieden. Als Rosanna aufstand, um sich für einen kurzen Gang ins Badezimmer zu entschuldigen, überlegte Lukas, ob dies seine Chance war.

✲

Rosanna sah sich tief in die Augen, als könnte sie in ihrem Spiegelbild einen Hinweis darauf finden, was sie tun sollte. Ganz ehrlich, Lukas war nicht ihr Typ. Er glaubte, dass alles schiefging, was schiefgehen konnte, und hatte den ganzen Tag über viel geredet, aber so gut wie nichts über sich verraten. Lars hatte sie von Anfang an mit seinem Optimismus mitgerissen und gern über sich gesprochen. Trotzdem fühlte sie sich Lukas näher, als es bei Lars je der Fall gewesen war. Lukas' Galgenhumor hatte etwas Entwaffnendes und sprach jenen Teil von ihr an, in dem sie all ihre Enttäuschungen versteckte. Lars hatte es stets vermieden, dieser Dunkelheit in ihr Beachtung zu schenken, weil er es für nutzlos hielt, sich düsteren Gedanken hinzugeben, und auch Rosanna davon überzeugen wollte. Aber hatte er damit nicht sogar recht? Bestand nicht die Gefahr, dass jemand wie Lukas sie immer tiefer in die Dunkelheit aus Zweifeln und Verbitterung hinunterzog?

Vielleicht war die Anziehung, die sie ihm gegenüber spürte, bloß ein Ausdruck von Dankbarkeit – immerhin hatte Lukas ihr das Leben gerettet. Hinzu kam ihre Überzeugung, dafür bestimmt worden zu sein, sein Leben verändern zu müssen. Konnte es sein, dass sie sich ihre Gefühle für Lukas in Wahrheit nur einbildete?

Erst jetzt entdeckte sie die verwischte Wimperntusche neben ihrem Auge. Für Rosanna sah der Fleck nicht aus wie ein Komma, sondern wie die Träne im Gesicht eines Clowns. Aber ihr war weder zum Weinen zumute, noch wollte sie jemanden zum Lachen bringen. Als sie einen Waschlappen aus dem Badezimmerschrank zog, um das verwischte Make-up zu entfernen, rutschte etwas zwischen den Handtüchern heraus und fiel auf den Boden. Rosanna hob die kleine Packung mit Kondomen auf. Im Spiegel fand sie ihren Gesichtsausdruck unheimlich komisch.

✲

»Ich muss jetzt wirklich gehen«, sagte Lukas, als Rosanna mit aufgefrischtem Make-up ins Wohnzimmer zurückkam. Er ärgerte sich über sein schlechtes Timing. Rosanna hatte sich offensichtlich für ihn zurechtgemacht, und seine abrupte Verabschiedung würde sie verletzen. Aber wenn er jetzt bliebe, würde er womöglich gar nicht mehr gehen.

Also stand er auf. Dabei wurde ihm jedoch schwindelig. Er ergriff die Lehne des Sofas und schüttelte kräftig seinen Kopf, als könnte er sich damit wieder stabilisieren. Die bunten Lichterketten an den Dächern der Schneehütten auf der Fototapete wirbelten vor seinen Augen durcheinander wie ein psychedelischer Traum aus den 60ern.

»Alles okay?«

»Mir ist so ein bisschen schlecht.«

Rosanna sprang auf. »Ich hätte Sie doch ins Krankenhaus bringen sollen.«

»Vielleicht war's die Pizza«, scherzte Lukas.

Rosanna grinste und wies auf das Sofa. »Sie sind nur zu schnell aufgestanden. Legen Sie die Beine hoch, dann läuft das Blut wieder in den Kopf.«

Lukas versuchte der Anweisung zu folgen, doch das Sofa war viel zu kurz für ihn, sodass er sich zusammenkrümmen und seine Beine über die hohe, harte Armlehne baumeln lassen musste.

»So wird das nichts«, urteilte Rosanna. »Kommen Sie.«

✲

Ihr Schlafzimmer war erstaunlich geräumig, fast so groß wie das Wohnzimmer und ebenso amateurhaft mit einer Fototapete beklebt.

»Besser?«, fragte Rosanna, als Lukas auf ihrem Doppelbett lag und entgeistert die Geier an der Wand anstarrte, die geduldig auf einem knorrigen Wüstenbaum hockten und aussahen, als warteten sie auf den nächsten Touristen, der sich verirren und zur Mittagessenszeit verdurstend unter den kahlen Ästen zusammenbrechen würde.

»Sehr sommerlich«, sagte Lukas. »Ein schöner Kontrast zu den schneebedeckten Weihnachtsbäumen im Wohnzimmer.«

Rosanna zuckte mit den Achseln. »Ich liebe Weihnachten.«

»Ich auch. Endlich mal niemand da, dem man ausweichen muss.«

Rosanna sah ihn befremdet an. Einen Moment lang fragte sie sich, ob sie die richtige Entscheidung getroffen hatte, als sie aus dem Badezimmer zurückgekehrt war.

»Wollen wir fernsehen?«, schlug sie vor, um das unangenehme Schweigen zu durchbrechen. Sie deutete zu einem kleinen Apparat auf der Kommode gegenüber dem Bett.

Lukas hielt das für eine unter den gegenwärtigen Umständen merkwürdige, aber hilfreiche Idee, um das Gespräch noch mal neu zu starten.

Leider landeten sie zur fortgeschrittenen Stunde bei einer Telefonsex-Reklame nach der anderen. Dass sich Rosanna in Ermangelung einer anderen Sitzgelegenheit zu Lukas aufs Bett gesetzt hatte, machte die ordinären Anpreisungen schnellen simulierten Geschlechtsverkehrs noch peinlicher. Zum Glück fand Rosanna in ihrem Regal eine DVD, die sie mit Lukas' Zustimmung eilig einlegte.

Während William Shatner versuchte, Joan Collins vor einem tödlichen Unfall zu retten, den Leonard Nimoy für den weiteren Verlauf der Menschheitsgeschichte für unerlässlich hielt, fragte Rosanna, die bislang auf der Bettkante gekauert hatte, ob es für Lukas in Ordnung wäre, wenn sie es sich ein wenig gemütlicher machte. Da er in *ihrem* Bett lag, fand er es unnötig, um Erlaubnis gefragt zu werden. Zudem war er ein wenig enttäuscht, weil sie offensichtlich nicht bemerkt hatte, dass ihm ihre Nähe gar nicht mehr so unangenehm war.

Während sie auf den Bildschirm starrten, ließ etwas Lukas jedoch keine Ruhe. »Kann ich Sie was fragen?«

»Tun Sie doch schon.«

»Warum … haben Sie ein Doppelbett?«

»Mehr Platz«, antwortete Rosanna gleichmütig. »Besonders wenn hier noch jemand übernachtet.«

Lukas überlegte, hakte dann aber nicht nach, um bei einer Gegenfrage nicht lügen zu müssen; die Wahrheit hätte ihn schließlich wie einen Mönch oder impotent wirken lassen. Rosanna wollte ihrerseits nicht von all den Nieten erzählen, die sie nach der Scheidung gezogen hatte. Besonders ernüchternd war es mit dem Sachbearbeiter aus der Abteilung für Schadensmeldungen gelaufen, den sie nach einer Weihnachtsfeier mit nach Hause genommen hatte.

Nicht einmal Kira hatte ihr das zugetraut. Schließlich fanden alle, dass der Mann aussah wie eine Mischung aus Brad Pitt und George Clooney. Leider verhielt er sich Rosanna gegenüber im Bett wie eine Mischung aus Al Bundy und Homer Simpson. Gefühlt hatte sie nur einen dumpfen Schmerz, während sich der vermeintliche Traumtyp auf, unter und hinter ihr die ganze Nacht lang abrackerte. Deshalb hatte sie ihn schon nach dem ersten Mal eigentlich nach draußen komplimentieren wollen. Andererseits war er während der Weihnachtsfeier wirklich nett zu ihr gewesen. Und die Aussicht, am Heiligabend vielleicht nicht allein aufzuwachen, hatte sie durchhalten lassen, bis er neben ihr erschöpft zusammengebrochen war. Am nächsten Morgen schreckte sie jedoch hoch, weil ihr Bettgefährte soeben die Wohnungstür hinter sich laut ins Schloss gezogen hatte.

✵

Als die ersten Sonnenstrahlen auf die ausdauernd wartenden Geier fielen, war die DVD längst zu Ende. Lukas wusste nicht, wer den Fernseher ausgestellt hatte oder als Erster eingeschlafen war. Rosanna erinnerte sich ebenfalls nicht daran. Sie wusste nur, dass zwischen ihnen nichts passiert war. Und dies hatte nicht an Lukas' kleiner Kopfverletzung gelegen. Sie beide hatten ihre Chance verpasst, so einfach war das. Und der Morgen mit seinem grellen Sonnenlicht und all den Geräuschen der erwachenden Stadt nahm den Versuchungen und Gedankenspielen der Nacht den letzten Zauber.

Vorsichtig drehte sich Rosanna zu Lukas und sah durch ihre verstrubbelten Haarsträhnen, dass er an seinem Pflaster knibbelte.

»Willst du's nicht lieber drauf lassen?«, murmelte sie leise, doch in diesem Moment zog Lukas es bereits ab. Er wandte sich Rosanna zu und deutete fragend auf seine Wunde.

»Wie sieht's aus?«

»Du wirst es überleben.« Sie blinzelte, als die Sonne in ihre Augen schien. Lukas hob seine Handfläche, um ihr Schatten zu spenden.

»Schon gut«, sagte sie.

»Wie du meinst. Aber wundere dich nicht: Das Gegenlicht verpasst mir vielleicht einen Heiligenschein.«

Rosanna musste lachen. Ihr Knie stieß unabsichtlich gegen seinen Oberschenkel. In der Nacht war es zu vielen solcher Berührungen gekommen. Lukas erinnerte sich, dass er einmal im Halbschlaf Rosannas Atem in seinem Nacken gespürt hatte, woraufhin er vorsichtig von ihr weg in Richtung Bettkante gerutscht war. Er selbst hatte nicht gemerkt, dass Rosanna zu einem anderen Zeitpunkt sanft seine Hand von ihrem Bauch genommen hatte. Jetzt aber rückten sie nicht auseinander.

Noch wagten sie zwar nicht, einander anzusehen, aber irgendwann suchte seine Hand nach ihrer, und langsam verschränkte sie ihre Finger in seinen.

Als Rosanna sich schließlich über ihn beugte, spürte sie, wie seine Hand die empfindliche Haut unter ihrer Achsel herabwanderte. Sein Mund war weich und geduldig, nicht schmal und zittrig wie vor zwei Tagen auf der Straße. Aber Rosanna hatte ohnehin das Gefühl, dass sie es diesmal war, die Lukas neues Leben einhauchte.

11

Die sich bereits erwärmende Luft des noch jungen Frühlingstags strömte durch das gekippte Fenster ins Schlafzimmer. Rosanna lüftete die Decke von ihrem verschwitzten Körper und betrachtete den leise vor sich hin schnarchenden Mann in ihrem Bett. Sie hoffte, dass Lukas sie nicht fragen würde, wie er gewesen war. Lars hatte das oft getan, und da Rosanna es für sinnlos hielt, in diesem Punkt zu lügen, war er manchmal sehr beleidigt aufgestanden. Nicht, dass sie in Lukas' Fall hätte lügen müssen – aber trotzdem, sie fand die Frage einfach unpassend.

Lukas spürte, dass Rosanna sich neben ihm aufsetzte und aus dem Bett stieg. Er entschied, seine Augen noch geschlossen zu halten, weil er mit einem quälenden Gedanken aufgewacht war. Natürlich war es unmöglich für ihn, Jane zu betrügen. Dennoch fühlte es sich so an. Und er blieb an diesem absurden Gedanken hängen wie eine Plattenspielernadel an einem Sprung in einer Vinylrille, wahrscheinlich weil er seinerzeit über Janes Betrug auch nur mit großer Mühe hinweggekommen war.

Rosanna ging zum Fenster, um die Rollläden leise

hinunterzulassen und den Tag noch eine Weile auszusperren. In der Fensterscheibe spiegelte sich ihr nackter Körper, und sie hielt inne, um sich zu mustern. Sie fand eigentlich immer irgendetwas, das sie störte – aber heute Morgen nicht. Stattdessen gelangte sie zu der seltenen Überzeugung, dass sie sich gefiel.

Als sie wieder zu Lukas unter die Decke schlüpfte, drückte sein Schuldgefühl, seit fünf Jahren ein ständiger Begleiter, weiter auf ihn nieder. Doch die Gewissheit, jene Freiheit nicht zu verdienen, um die er seit gestern Abend kämpfte, verflüchtigte sich mit jeder weiteren Berührung Rosannas. Er schmiegte sich an sie und öffnete endlich seine Augen, um gierig die Wärme ihres Lächelns zu empfangen.

Dabei war Rosanna insgeheim ein bisschen mulmig zumute. Schließlich hatte sie die Erfahrung gemacht, dass Männer nach einer ersten gemeinsamen Nacht zwei mögliche Verhaltensweisen an den Tag legten. Entweder sie verloren ihr Interesse und machten sich schleunigst aus dem Staub. Oder sie verfielen vorschnell in überzogene Begeisterung und sprachen von Liebe – um dann später das Interesse zu verlieren. Sie war gespannt, in welche Kategorie Lukas fallen würde und wie sich das mit ihrer Schicksalsaufgabe vertrüge. Oder hatte sie die bereits erfüllt? Aber konnte das Universum wirklich verlangt haben, dass sie mit ihrem Lebensretter bloß ins Bett stieg? Der sich dabei einstellende recht halbseidene Eindruck passte irgendwie nicht zu der majestätischen Erleuchtung, die man seiner Bestimmung zuschrieb.

»In einem Buch wäre dieser Morgen ein echt schwieriges Kapitel«, sagte Lukas. »Denn je mehr man über Sex redet ... Irgendwie gleitet so was immer ab, findest du nicht?«

Rosanna zwickte ihn in die Seite. »Gib's doch zu, dass du gern mal in ›Lodernde Leidenschaft‹ reinlesen würdest.«

»Ich mein's ernst. Jetzt ist schließlich genau der Augenblick, in dem alles furchtbar schwierig werden kann.«

Rosanna strich mitleidig über seinen Bart. »Du musst nicht versuchen, bei mir zu punkten.«

»Würde ich auch nie tun.«

Sie lächelte, drehte sich zu ihm und stützte sich auf ihren Ellbogen. Ihr Haar fiel in sein Gesicht. Er strich es zurück und hielt es sanft nach hinten, um sie ernst anzusehen.

»Ich werde dir heute nicht sagen, dass ich mich in dich verliebt habe.«

Rosanna sah ihn erstaunt an.

»Aber ich möchte nicht gehen«, fuhr Lukas leise fort. »Macht dir das ein bisschen Angst?«

Rosanna sah keinen Grund zu lügen. Sie nickte.

»Mir auch«, erwiderte er und lächelte befreit. Auch Rosanna spürte Erleichterung durch ihren Körper strömen. Es schien ihr, als hätten sie und Lukas mit vereinten Kräften ein Hindernis überwunden, an dem sie vorher jeder für sich zu oft gescheitert waren. Rosanna wollte noch nicht so weit gehen, sich für glücklich zu halten, aber sie hatte das Gefühl, dass es dazu durchaus kommen könnte. Die Vorstellung, ihre Schicksalsaufgabe erfüllt zu haben, indem sie sich auf Lukas einließ, verlor ihre Anrüchigkeit. Vielleicht, dachte Rosanna, war dies nicht der Augenblick, in dem alles furchtbar schwierig werden konnte, sondern wunderbar einfach. Die Zukunft würde sie allerdings eines Besseren belehren.

12

Lukas konnte sich an keinen April mit solch beständigem Sonnenschein zurückerinnern. Die Bäume blühten über Nacht auf, und der noch bis vor Kurzem schneidende Wind umspielte einen bis in die Abendstunden mit sanfter Wärme, als kündigte er bereits den Sommer an. Angespornt davon verbrachten Rosanna und Lukas die nächsten Tage wie einen Urlaub. Sie verschwendeten keinen Gedanken an ihre perspektivarmen Jobs und verdrängten Existenzängste, wann immer sie Geld aus den Bankautomaten zogen. Sie schliefen lang, machten ausgedehnte Spaziergänge, legten sich ins Gras (obwohl Lukas die Angst vor Zeckenbissen mit anschließender Hirnhautentzündung plagte), gingen schwimmen, kochten gemeinsam (Aufwendigeres als Fertigpizzas), ließen sich zusammengekuschelt in Kinos selbst solche Filme gefallen, die sie sonst nie angeschaut hätten, lauschten Musik aus dem Radio und Rosannas ungewöhnlicher CD-Sammlung, arbeiteten sich bis tief in die Nacht durch weitere »Star Trek«-Staffeln und hatten so viel Sex wie hormongeschwängerte Teenager, aber sehr viel besseren.

Da Lukas behauptete, seine Wohnung wäre klein und ungemütlich, blieben sie die ganze Zeit bei Rosanna. Dass es noch einen anderen Grund gab, schien offensichtlich, doch Rosanna wollte genauso ungern nachfragen, wie Lukas eine Erklärung abzugeben geneigt war. Zu viel Lebenszeit hatten sie beide unglücklich verbracht, als dass sie das Risiko eingehen wollten, sich durch nörgelnde Wahrheiten aus ihrem Zustand gefühlstrunkener Hoffnung herausholen zu lassen. Handys blieben aus und die Post unbeachtet.

Lukas und Rosanna stellten sich auch keine Fragen, weder zu ihrer Vergangenheit noch zu ihrer Arbeit, ihren Hoffnungen und Träumen, denn all das hätte die Illusion ihrer sorglosen Zweisamkeit empfindlich stören können. Es genügte ihnen, beieinander zu sein und sich zu genießen, zu lachen und manchmal einfach nur zu schweigen, Hand in Hand, Haut an Haut.

Dann kam der Abend, an dem sie beschlossen, einen Spaziergang durch die Stadt zu machen.

13

Begeisterte Schreie erfüllten die mit den Gerüchen von Süßem und Gebratenem geschwängerte Luft, als die Wagen der Achterbahn über den Schienenverlauf donnerten.

»Hast du Angst?«, fragte Rosanna.

Lukas zuckte die Achseln. »Man weiß nie, wie genau die Sicherheitsvorschriften beachtet werden.«

»Sieht nicht so aus, als ob hier gleich alles in sich zusammenbricht.«

»Sieht das jemals so aus?« Lukas seufzte.

»Warum denkst du immer gleich, das Schlimmste würde passieren?«

»Weil es das für gewöhnlich tut.«

»Wäre ich dann hier?« Sie lächelte, und Lukas wollte sich gern überzeugen lassen. In der vergangenen Woche hatte er Grundsatzdiskussionen vermieden, aber natürlich bemerkt, dass Rosanna jemand war, der eher unüberlegt in eine Situation hineinmarschierte. Lukas hingegen überlegte so lange, dass die Situation oft vorbei war, wenn er endlich entschieden hatte, sich ihr zu stellen. Seine Hoffnung, die größtmögliche Sicherheit zu erzielen, raubte ihm somit die Chance auf viele Erfahrungen, die ihm geholfen hätten, bessere Entscheidungen zu treffen. Die Woche mit Rosanna hatte ihn zumindest so weit beeinflusst, dass er aus diesem Kreislauf ausbrechen wollte.

Also nickte er zum Kartenhäuschen für die Achterbahn hinüber und bedeutete Rosanna mit einem mutigen Lächeln, ihm zu folgen.

Eigentlich hatte er den Rummelplatz gar nicht aufsuchen wollen. Aber in der Stadt hatte ein derartiges Gedränge geherrscht, dass Rosanna und ihm der Weg nach Hause versperrt gewesen war und das Besuchermeer sie durch die Nacht zu den bunten, blinkenden Lichtern des Riesenrads getrieben hatte.

Auf dem Weg zur Achterbahn passierten Lukas und Rosanna ein kleines Zelt mit einem hölzernen Eingangsportal. Bemalt war dieses mit einem überdimensionalen scharf geschnittenen Gesicht, dessen tief liegende Augen unheilvoll funkelten, während zu beiden Seiten ausgestreckte Handflächen bereit zu sein schienen, die Passanten zu packen und einer hungrig im Zelt wartenden Kreatur einzuverleiben. Verschnörkelte Buchstaben über dem Portal versprachen: »Der große Shandu sagt deine Zukunft voraus!«

Rosanna wollte Lukas weiterziehen, doch der blieb stehen und betrachtete das Zelt des Wahrsagers mit vergnügter Geringschätzung.

»Das ist *die* Gelegenheit«, freute er sich.

Rosanna wies ihn darauf hin, dass der Andrang vor der Achterbahn gerade nachgelassen hatte, doch

Lukas ließ sich nicht beirren. »Ich will hören, was der Kerl zu sagen hat.«

»Warum? Du glaubst doch nicht mal an Horoskope.«

»Aber du glaubst an Bestimmung. Und der große Shandu offensichtlich auch.«

Rosanna zögerte.

»Was ist?« Lukas zwinkerte ihr zu. »Hast du etwa Angst?«

Rosanna verschränkte die Arme. »Ich weiß, was du vorhast. Aber nur weil ein paar Scharlatane Gutgläubige abzocken, glaube ich trotzdem an Dinge, die man nicht erklären kann.«

»Vielleicht kann uns der große Shandu damit weiterhelfen.«

Rosanna sah ihn an. »Was ist, wenn er's kann? Wäre das nicht ziemlich furchtbar für dich?«

Lukas lächelte nur. »Wollen wir?« Und schon marschierte er auf den Zelteingang zu.

✲

Der große Shandu besaß tatsächlich eine Kristallkugel. Das Innere des Zelts roch zudem nach Räucherstäbchen und war mit so vielen flackernden Kerzen erleuchtet, dass Lukas nun nicht mehr in erster Linie befürchtete, Opfer einer routinierten Abzocke zu werden, sondern eines sich rapide ausbreitenden Feuers. Zahlreiche Stapel verstaubter Bücher über schwarze Magie boten sich als leicht verfügbarer Brennstoff genauso an wie der schwarze, vermutlich seit Urzeiten nicht mehr gewaschene und daher müffelnde Umhang des großen Shandu. Der war übrigens eher klein, sodass seine Größe entweder in seinem speziellen Talent oder seinem persönlichen Wahn begründet liegen mochte. Auch das gemalte Bild seines bedrohlichen, verschlagenen Gesichts über dem Zelteingang entsprach nicht oder nicht mehr der Wirklichkeit. Statt über scharf geschnittene Züge zu verfügen, war der große Shandu bereits als Mittdreißiger diätresistent verfettet, und die vielleicht früher einmal imposant wallende schwarze Mähne hatte sich von seinem Kopf komplett verzogen, vielleicht aus Scham, wie Lukas hämisch überlegte.

Zu guter Letzt verströmte auch Shandus Stimme keinerlei tiefen und volltönenden Zauber, sondern hätte mit ihrem hellen, kehligen Klang jedem Besucher des Zeltes sofort die letzte Illusion geraubt, wäre sie nicht regelmäßig heiser geraucht worden – was dem Atem des Mannes unbestreitbar anzuriechen war.

Rosanna tat bereits ihr Hinterteil weh. Der mit Pentagrammen bestickte Teppich, auf dem sie und Lukas vor Shandu und seiner Kristallkugel Platz genommen hatten, war durchgesessen und der Boden darunter kalt und uneben. Am liebsten wäre Rosanna aufgestanden und gegangen, doch Lukas schien entschlossen, den Wahrsager zu Ende anzuhören, auch wenn er ihm kein Wort glauben wollte.

Der große Shandu atmete tief aus, schloss die

Augen und breitete seine Handflächen über der Kristallkugel aus. »Ihr Weg hierher war … beschwerlich.«

»Oh ja«, sagte Lukas. »Die Stadt ist gerammelt voll.«

»Nicht der Weg zu mir«, verbesserte der große Shandu. »Der Lebensweg, den Sie beide bis zum heutigen Tag beschritten haben.«

Lukas winkte ab. »Wir klagen alle gern auf hohem Niveau.«

»Dennoch«, beharrte der große Shandu, »dass Sie beide hier sind, grenzt an ein Wunder.«

Lukas lächelte mit gespieltem Mitgefühl. »Läuft nicht so gut für Sie, was?«

Der große Shandu lächelte gutmütig. »Es macht mir nichts aus, dass Sie sich über mich lustig machen. Die wenigsten glauben an meine Kräfte, wenn sie mein Zelt betreten. Aber wenn sie es verlassen«, er machte eine bedeutungsschwangere Pause, »ist nichts mehr, wie es einmal war.«

»Man ist garantiert um ein paar Euro leichter«, sagte Lukas.

»Nicht jeder hat den Mut, seiner Zukunft ins Auge zu sehen«, erwiderte Shandu gleichmütig.

»Wir sind da ganz gelassen.« Lukas griff nach Rosannas Hand, aber sie zog sie weg. Der Geruch der Räucherstäbchen verursachte ihr Kopfschmerzen. Und dass Lukas nur bestätigt haben wollte, was er längst dachte, enttäuschte sie. Die ganze Woche über hatten sie es geschafft, das Thema Schicksal aus ihren Unterhaltungen auszuklammern. Rosanna hatte nicht einmal mehr daran gedacht. Lukas schien es jedoch die ganze Zeit nicht losgelassen zu haben.

Shandu presste seine Handflächen zusammen und schloss wieder die Augen. »Ich sehe«, begann er und ließ sich viel Zeit beim tiefen Ein- und Ausatmen, »dunkle Wolken …«

»Ist bestimmt die Schlechtwetterfront, von der sie in den Nachrichten gesprochen haben.«

Shandu und Rosanna warfen Lukas einen missbilligenden Blick zu.

»Wäre nicht ungewöhnlich für April«, sagte er achselzuckend.

»Ich sehe außerdem … Wasser …«

»Regen?«, warf Lukas ein.

»Wellen«, fuhr Shandu mit seiner heiseren Stimme fort. »Ein gewaltiges, tosendes Meer. Und … Sie!« Er deutete mit einem Wurstfinger auf Rosanna. »Sie gehen darin unter, drohen zu ertrinken, die Wellen schlagen über Ihren Kopf, und alles, was Sie sehen, ist Dunkelheit …«

Rosanna starrte den Wahrsager erschrocken an. Dann lächelte sie abwehrend, aber für Lukas war der Spaß nun vorbei.

»Was soll das?«, knurrte er den großen Shandu an. »Ich hab ja gleich gedacht, Sie wären besser in der Geisterbahn aufgehoben. Aber wenn Sie glauben, Sie könnten uns auf so billige Weise Angst einjagen –«

»Was ich sehe, muss kein wahrhaftiges Meer sein«, verkündete der große Shandu. »Vielleicht ist es ein Bild für das Leben im Allgemeinen.«

Lukas schnaubte verärgert und ergriff Rosannas Hand. »Komm, wir gehen.«

Aber der Wahrsager zeigte erneut mit seinem Finger auf Rosannas Gesicht. »Sie sind verloren, wissen nicht weiter …«

»So wie Sie im Augenblick, stimmt's?« Lukas zwinkerte Rosanna beruhigend zu. »Improvisieren ist eben nicht jedermanns Stärke.«

»Und Sie«, fauchte der große Shandu und zeigte auf Lukas, »müssen lernen, alles zu verlieren, bevor –«

»Bevor ich wieder alles gewinnen kann, meinen Sie? Hey, den Spruch hatte ich auch schon mal auf einem Kalender. Oder war's in einem Glückskeks?«

Rosanna wurde ein wenig schwindelig, als Lukas sie auf die eingeschlafenen Füße zog. Ihrer Ansicht nach hatte der Wahrsager aus Wut über Lukas' Respektlosigkeit übertrieben. Zudem wusste sie, dass der große Shandu nur eine große Show abzog. Das war ja wohl ganz klar. Dennoch musste Rosanna zugeben, dass es ihr nicht leichtfiel, über die Warnung hinwegzugehen. Wenn einem der eigene Untergang prophezeit wurde, und sei es noch so vage und allgemeingültig, konnte das einem irgendwie den Tag versauen.

Und der Wahrsager war noch nicht fertig. Bevor Rosanna und Lukas sein Zelt verlassen konnten, rief er ihnen hinterher: »Es gibt allerdings einen Weg, wie Sie das große Unheil in Ihrer Zukunft vermeiden können!«

Lukas gähnte. »Müssen wir ein Buch von Ihnen kaufen oder eine CD?«

Shandu schüttelte den Kopf. Sein Mund verzog sich zu einem traurigen Lächeln. »Sie beide müssen sich trennen.«

»WAS?« Lukas lachte wütend auf.

Der Wahrsager deutete entschuldigend auf die Kristallkugel. »Das Unheil, das Ihnen bestimmt ist, trifft Sie nur gemeinsam. Wenn sich Ihre Wege wieder trennen, werden Sie unbehelligt weitergehen können.«

»Moment mal ...« Rosanna starrte den großen Shandu fassungslos an. »Das Schicksal hat uns doch zusammengeführt!«

»Das glaube ich nicht«, entgegnete der Wahrsager ruhig. »Sieht eher so aus, als hätten Sie sich über den Willen des Schicksals hinweggesetzt.«

»Das ist doch Blödsinn«, schimpfte Lukas und trat drohend auf Shandu zu, bis ein schmerzerfülltes Fauchen sie alle drei zusammenschrecken ließ. Lukas war einer fetten schwarzen Katze auf den Schwanz getreten, die nun beleidigt zwischen Rosannas Füßen hindurch zum Ausgang des Zeltes schlich.

»Haben Sie vielleicht noch eine Leiter, unter der ich durchgehen kann?«, fragte Lukas den großen Shandu wütend.

»Diese Katze habe ich nie zuvor gesehen«, murmelte der, und die Sorge in seiner Stimme kam Rosanna unheimlich ehrlich vor.

Lukas versuchte ein ironisches Lächeln. »Und jetzt zur Achterbahn, okay?«

Rosanna schob sich an ihm vorbei und warf dem großen Shandu einen bohrenden Blick zu. »Sie müssen sich irren.« Sie deutete auf Lukas. »Er hat mein Leben gerettet.«

Der Wahrsager lächelte mitfühlend. »Sind Sie da ganz sicher?«

»Was soll das?«, fuhr Lukas ihn an. »Wollen Sie damit etwa sagen, es war *meine* Schuld, dass sie von einem Auto angefahren wurde?«

Der große Shandu wies entschuldigend auf seine Kristallkugel. »Ich kann Ihnen nur sagen, was ich sehe. Wenn Sie zusammen bleiben, wird das Schicksal Sie dafür bestrafen.«

14

»Das ist doch total lächerlich«, protestierte Lukas, als sie das Zelt verlassen hatten und an den Jahrmarktständen vorbeischlenderten. »Der Typ war einfach sauer, dass ich ihn nicht ernst genommen habe. Also hat er sich mit seinen Schlechte-Laune-Parolen gerächt. Nichts weiter.«

»Denke ich auch«, erwiderte Rosanna.

»Der Arsch weiß überhaupt nicht, wovon er spricht. Der war bloß eifersüchtig! Hast du nicht gemerkt, wie er dich die ganze Zeit angegafft hat? Wenn er wirklich magische Kräfte gehabt hätte, wärst du mit einem Fingerschnippen nackt gewesen.«

Rosanna lächelte. Sie hatte sich wieder beruhigt und wollte Lukas gerade erklären, dass sie keine Sekunde daran dachte, den Rat des großen Shandu zu befolgen, als sie von den an ihr vorbeiströmenden Besuchern angerempelt wurde. Rosanna verlor das Gleichgewicht, und die blinkenden und rotierenden Lichter des Rummelplatzes verursachten ihr ein Schwindelgefühl.

Lukas hielt sie fest und führte sie aus dem Getümmel, damit sie in der Lücke zwischen zwei Ständen ein wenig zur Ruhe kommen konnte.

»Besser?«, fragte er dann.

Rosanna nickte. Sie ergriff seine Hände und sah ihm selbstsicher in die Augen. »Kein Wahrsager der Welt hat über uns Macht, okay? Nichts von dem, was er gesagt hat, wird eintreten. Und ich lasse mich grundsätzlich von niemandem erschrecken, der sich einen Badezimmervorleger umhängt, um geheimnisvoller zu wirken.«

Lukas lachte. »Wenigstens hat er verhüllt, was darunter war. Ich wette, ein Hawaii-Hemd.«

»Oder ein Harry-Potter-T-Shirt.« Rosanna lachte. »Weißt du was?«, sagte sie schließlich. »Es ist mir egal, ob es Schicksal war oder nicht. Ich bin einfach froh, dass wir uns begegnet sind.«

»Ich liebe dich«, erwiderte er und war darüber genauso perplex wie Rosanna, die unwillkürlich einen Schritt zurücktrat. Lukas wollte sie wieder an sich ziehen und seine spontane Bemerkung vorsichtshalber abmildern, als er plötzlich einen Luftzug spürte. Er drehte den Kopf nach rechts in Richtung Achterbahn. Etwas blitzte auf, als das Licht einer blinkenden Leuchtreklame von einer glatten Oberfläche zurückgeworfen wurde, und im nächsten Augenblick hallte ein lautes Klirren in seinen Ohren, während gleichzeitig irgendetwas auf seine linke Gesichtshälfte spritzte.

Lukas erkannte erst anhand der auf dem Boden liegenden Scherben und der an der Seitenwand des Wurfbudenstands herablaufenden schäumenden Flüssigkeit, dass eine zumindest halb volle Bierflasche an Lukas' Nase vorbeigeflogen und hier zerschellt war. Hätte Rosanna sich nicht aus seiner Umarmung gelöst, wäre sie von der Flasche mit voller Wucht am Kopf getroffen worden.

»Alles in Ordnung?«, keuchte Lukas.

Rosanna nickte, genauso erschrocken wie er.

Keiner von ihnen musste aussprechen, was sie beide in diesem Augenblick hörten, obwohl sie es unbedingt hatten verdrängen wollen: die Worte eines selbstgefälligen Schaustellers, der sich als Möchtegern-Nostradamus aufspielte.

»Schulligung«, rief ein Mann, der mit einem Freund aus der Achterbahn ausgestiegen war und ein Grinsen unterdrückte, während er verstohlen zu Lukas und Rosanna hinübersah. »Is' mir irgendwie aus der Hand gerutscht.«

»Ist ja nichts passiert«, sagte sein Freund beruhigend. »Nur dem Bier.« Was die beiden so komisch fanden, dass sie gemeinsam in schallendes Gelächter ausbrachen.

Lukas dachte nicht darüber nach, was er tun würde, als er auf die beiden Männer zumarschierte. An einer Unterhaltung war er jedenfalls nicht interessiert. In ihrem alkoholisierten Zustand hätten die beiden ohnehin nicht begriffen, dass sie um ein Haar einen Menschen schwer verletzt, wenn nicht sogar getötet hätten. Und obwohl Lukas sich in seinem Leben noch nie richtig geprügelt hatte, schien er jetzt damit anfangen zu müssen.

Sein anvisiertes Opfer war jedoch nicht nur flink,

sondern auch beunruhigend gut in Form – ein Detail, das Lukas im Eifer des Gefechts dummerweise entgangen war. Der Mann duckte sich unter Lukas' Kinnhaken mühelos weg und verpasste ihm einen harten Schlag in die Magengrube. Lukas blieb die Luft weg. Er keuchte, versuchte einzuatmen, konnte es aber nicht. Er taumelte rückwärts und fiel zu Boden, was die Betrunkenen entsetzlich komisch fanden. Wenigstens begann Lukas durch den Schmerz des Aufpralls zu husten und damit Luft in seine Lungen zu pumpen. Als er seine Augen wieder öffnete, beugte sich Rosanna erschrocken über ihn. Die Männer standen immer noch in der Nähe und zeigten grinsend auf ihn, bevor sie weitertorkelten, vermutlich um sich Biernachschub zu besorgen.

Rosanna half Lukas auf die Füße.

»Ich fühle mich gerade sehr männlich«, versuchte er zu scherzen.

»Ist toll, oder?«, antwortete Rosanna und grinste. Sie hoffte, jene Angst verbergen zu können, die sich auch in Lukas auszubreiten begann wie eine heimtückische Infektion.

15

Auf dem Heimweg waren sie recht gut darin, keine zu langen Pausen entstehen zu lassen. Ihre Hände verschränkten sich immer wieder, ihr Lächeln war voller Zuversicht und Bestätigung, aber jeder von ihnen wusste, dass die Unbeschwertheit der letzten Tage verloren war.

Als sie den Wahrsager verlassen hatten, waren sie beide entschlossen gewesen, seine Warnung abzuschütteln wie ein lästiges Insekt. Der Vorfall mit der Flasche hatte ihr jedoch eine Glaubwürdigkeit verliehen, über die sie nicht so einfach hinweggehen konnten. Erst recht nicht, da sie erst vor wenigen Tagen etwas erlebt hatten, das inzwischen auch Lukas insgeheim gern als Wink des Schicksals betrachtet hätte.

Hatte das Universum sie wirklich nicht zusammengeführt? Und bestand ihre einzige Chance, zukünftigem Unheil zu entgehen, darin, sich zu trennen?

Lukas weigerte sich mit aller Kraft, das zu glauben. Gleichzeitig machte es, besonders im Hinblick auf seine Vergangenheit, auf schreckliche Weise Sinn.

Er fragte sich, ob er Rosanna verraten sollte, was damals zwischen Jane und ihm passiert war, fürchtete aber, damit alles noch viel schlimmer zu machen. Ohnehin hatte er trotz aller Gesten der Zuneigung das Gefühl, dass Rosanna dabei war, sich innerlich von ihm zurückzuziehen. Hatte er durch sein Liebesgeständnis schon genug zerstört?

Tatsächlich hatte dies Rosanna zwar irritiert, aber nicht von Lukas weggetrieben. Im Gegenteil, sie hoffte, dass sie gemeinsam herausfinden könnten, was sein Geständnis wirklich bedeutete, um es am Ende zu bekräftigen.

Was sie verunsicherte, war das Phänomen sogenannter sich selbst erfüllender Prophezeiungen – also angekündigte Geschehnisse, die man anschließend selbst unbewusst herbeiführte und mit einer Bedeutung auflud, die sie in Wahrheit gar nicht hatten. Aber wenn Rosanna eine in Haaresbreite an ihrer Nase vorbeifliegende Bierflasche in dieser Kategorie verschwinden lassen wollte, konnte sie dann ernsthaft ihren überlebten Autounfall weiterhin als Zeichen betrachten? Steckte nicht vielmehr schiere Willkür dahinter, dem einen Ereignis mehr Bedeutung beizumessen als dem anderen? Musste sie nicht beide Vorfälle als schicksalhaft betrachten – oder keinen davon?

Egal, wie sie es drehen oder wenden wollte, Rosanna fühlte sich auf einmal in einem elenden Teufelskreis gefangen, aus dem sie nur mit einer klaren Entscheidung ausbrechen konnte. Und zu der würde sie nur gelangen, wenn sie ein Risiko einging.

»Übernachten wir heute mal bei dir?«, fragte sie

Lukas, und ihm fiel keine Ausrede mehr ein. Natürlich würde Rosanna in seiner Wohnung nichts entdecken, was sein Geheimnis offenbaren würde. Aber sie würde sicher anfangen, Fragen zu stellen. Und sie verdiente es nicht, dass er ihr noch länger auswich. Während der letzten Woche hatte Lukas ab und zu die Hoffnung verspürt, Rosanna nicht die ganze Wahrheit erzählen zu müssen. Er hatte das Gefühl gehabt, damit vielleicht das Richtige zu tun. Nach dem heutigen Abend war er jedoch davon überzeugt, ihr nichts verschweigen zu dürfen.

Als Rosanna ihn bat, vorher noch kurz in ihrer Wohnung ein paar Sachen einzupacken, konnte Lukas sich über die Verzögerung nicht freuen. Die Gewissheit, durch den Besuch beim Wahrsager alles zerstört zu haben, lastete tonnenschwer auf ihm. Offensichtlich war es ihm unmöglich, aus Fehlern zu lernen.

16

Rosanna betrat ihr Wohnzimmer und warf die Post, die sie aus dem Briefkasten gefischt hatte, auf den Stapel der anderen ungelesenen Briefe, die im Verlauf der letzten Woche eingetroffen waren. Dabei rutschten die Umschläge auseinander und fielen auf den Boden. Als sie sie aufhob, erkannte Rosanna, dass einer der Briefe von ihrem Vermieter stammte. Der schickte für gewöhnlich nur einmal im Jahr die Nebenkostenrechnung. Rosanna runzelte die Stirn und öffnete den Umschlag. Sie las das kurze Schreiben und steckte es schweigend wieder zurück.

»Schlechte Nachrichten?«, fragte Lukas.

Rosanna machte eine wegwerfende Handbewegung. »Mein Vermieter hat mir gekündigt. Eigenbedarf.« Lächelnd fügte sie hinzu: »Noch ein Grund mehr, endlich deine Wohnung anzuschauen.«

Lukas starrte sie an. Bevor er etwas erwidern konnte, klingelte das Telefon. Rosanna zögerte, nahm dann aber den Hörer ab.

»Hi.« Kiras Stimme war so gelassen wie immer, als sie darauf hinwies, Rosanna innerhalb der letzten Woche mehrfach auf die Mailbox und den Anrufbeantworter gesprochen zu haben, ohne zurückgerufen worden zu sein. »Dachte schon, du magst mich nicht mehr«, sagte Kira gespielt beleidigt. Rosanna erklärte, dass sie viel unterwegs gewesen wäre und einfach mal alles abgeschaltet hätte, ohne böse Hintergedanken.

Kira hatte sich so etwas schon gedacht und ermutigte ihre Freundin, sich ruhig noch ein bisschen mehr Zeit zu gönnen. Rosanna lachte, konnte sich aber nicht des Eindrucks erwehren, dass Kira trotz ihres scheinbar ungerührten Tonfalls irgendwie anders klang als sonst. Da Lukas hinter ihr unruhig durch das Wohnzimmer wanderte, beschloss Rosanna jedoch, nicht nachzufragen und das Gespräch schnellstmöglich zu beenden.

»Aber du bist nicht sauer?«, fragte Kira unvermittelt.

Rosanna wusste nicht, was sie meinte. Kira erinnerte sie an die vielen Nachrichten, die sie offenbar noch nicht abgehört hatte.

»Was ist denn los?«, wollte Rosanna nun doch wissen. Als sie im nächsten Moment eine Klospülung hörte, wurde ihr klar, warum sich Kiras Stimme anders anhörte. »Geht's dir nicht so gut?«

»Wieso?«

»Weil du von deinem Badezimmer aus telefonierst.«

»Ist nicht *mein* Badezimmer«, verbesserte Kira.

Rosanna bemerkte, dass Lukas demonstrativ gähnte, aber sie war zu neugierig, um nicht weiter nachzuhaken. »Wo, zum Teufel, bist du denn?«

»Deshalb habe ich ja gefragt, ob du sauer bist«, entgegnete Kira. Auf einmal ahnte Rosanna, weswegen ihre Freundin schon die ganze Woche mit ihr hatte sprechen wollen.

»Eigentlich ist Ulli 'n ganz cooler Typ«, beteuerte Kira. »Und sein Haus ist der absolute Wahnsinn.«

»Du bist beim Chef«, schnaubte Rosanna ungläubig. »Du bist mit ihm ausgegangen ...«

»Ja, zuerst fand ich's auch irgendwie komisch, aber wie gesagt – der Ulli ist gar nicht so übel. Halt so'n bisschen wie dein Lars.«

»Ist er nicht!«, zischte Rosanna, und Lukas warf ihr einen verdutzten Blick zu. »Und selbst wenn«, lenkte Rosanna ein, »umso mehr Grund für dich, sofort wegzurennen, so weit wie möglich!«

Kira seufzte. »Ich weiß, es sieht von außen nicht gerade so aus, als wären wir füreinander geschaffen. Aber das ist mir egal. Außerdem ist er von mir total hin und weg. Er hat sogar schon vom Heiraten gesprochen. Abgefahren, oder?«

Rosanna war sprachlos. Lukas ging nervös die im Regal aufgestellten Bücher durch, von denen eins umfiel, worauf die anderen wie eine Reihe von Dominosteinen umkippten. Nur mit Mühe konnte er sie davon abhalten, aus dem offenen Seitenteil des Regals zu Boden zu fallen.

»Begeisterung hört sich anders an«, meinte Kira.

»Wieso soll ich begeistert sein?«, gab Rosanna zurück. »Ich glaube, du machst einen Riesenfehler!«

»Ulli gibt sich echt viel Mühe, auch im Bett«, hielt

Kira dagegen. »Ich könnte mir echt vorstellen, seinen Antrag anzunehmen.«

»Das glaube ich jetzt nicht. Nach ein paar Tagen denkt doch wohl keiner ans Heiraten! Das meint der doch gar nicht ernst«, schimpfte Rosanna. »Der nutzt dich aus – so wie alle anderen.«

Am anderen Ende herrschte einen Moment Stille. Dann erklang wieder Kiras Stimme, und diesmal hörte sie sich nicht nur aufgrund der gekachelten Badezimmerwände fremd an. »Nur weil du's nicht hinkriegst, musst du anderen nicht alles vermiesen.«

»Das tue ich doch gar nicht.«

»Ich muss jetzt auflegen.«

»Kira –«

Aber ihre Freundin hatte das Gespräch beendet.

Lukas zeigte auf seine Uhr. »Fahren wir doch lieber ein anderes Mal zu mir.«

»Nein.« Rosanna schüttelte entschieden den Kopf. »Bringen wir's endlich hinter uns.«

Lukas nickte wie ein Soldat, der zu einer Mission aufbrach, von der er nicht zurückkehren würde.

✲

Lukas' Wohnung war tatsächlich klein und ungemütlich. Vor allem aber wirkte sie kalt und unfertig.

»Wann bist du eingezogen?«, fragte Rosanna angesichts der kahlen Wände und spärlichen Möblierung.

»Vor ungefähr fünf Jahren.«

Rosanna überlegte. »Du bist bestimmt viel unterwegs.«

»Eigentlich nicht.«

»... aber den ganzen Tag in der Redaktion.«

»Eigentlich«, erklärte Lukas, »arbeite ich ziemlich oft hier. Bin so 'ne Art fester Freier.«

»Und vor lauter Stress bist du noch immer nicht zum Auspacken gekommen, was?«

Lukas räusperte sich leise. »Um ehrlich zu sein, gibt's da nicht viel mehr.«

Rosanna deutete erstaunt auf eine große Regalwand, die bis auf ein paar Bücher leer war.

»Die stand schon hier drin, als ich einzog.«

Rosanna lachte ungläubig und suchte nach einer Zustandsbeschreibung, die Lukas nicht verletzen würde. Wieder kam er ihr mit einer Erklärung zuvor.

»Ich versuche einfach, so wenig Ballast wie möglich anzusammeln.«

»Wieso? Wirst du polizeilich gesucht?«

»Nicht, dass ich wüsste.«

Sie lachten sich an und wussten, dass ihnen beiden nicht dazu zumute war.

»Auch geschieden. Ist es das?«, fragte Rosanna.

Lukas schüttelte den Kopf.

»Was dann?«

Lukas versuchte, die richtigen Worte zu finden, aber seine Stimme versagte ihren Dienst. Müdigkeit vernebelte seinen Verstand, und er fühlte sich zu schwach, um jetzt die Antwort zu geben, die sie brauchte.

»Ein anderes Mal«, bat Lukas. »Okay?«

Rosanna musterte ihn enttäuscht. Offensichtlich hatte Lukas aus gutem Grund bislang vermieden, mit ihr herzukommen. Die Anonymität seiner Wohnung schien auch seine Persönlichkeit zu verschlucken, all das, was sie an ihm für liebenswert gehalten hatte. Dass er ihr das Gefühl gab, sie auf Distanz halten zu wollen, verletzte sie noch mehr.

Als er sie fragte, ob sie nicht einfach schlafen gehen könnten, rechnete Lukas nicht damit, dass sie ihn so einfach vom Haken lassen wollte. Zu seiner Verwunderung protestierte sie nicht einmal. Aber ein gutes Zeichen, das wusste Lukas, war das keineswegs.

✲

Lukas' Bett war zu schmal für zwei. Trotzdem oder gerade deshalb hatte die Enge Rosanna und Lukas dazu veranlasst, miteinander zu schlafen. So mussten sie wenigstens kein weiteres Gespräch beginnen. Aber keiner von ihnen war wirklich bei der Sache gewesen. Mit der gegenseitigen Versicherung, einfach zu müde zu sein, hatten sie mittendrin voneinander abgelassen und Rücken an Rücken aufs Einschlafen gewartet.

Als Lukas tatsächlich angefangen hatte, ruhig und gleichmäßig zu atmen, war Rosanna vorsichtig aufgestanden und aus dem Schlafzimmer geschlichen. Aber auch ihre ungestörte Suche nach Anhaltspunkten, die Aufschluss über all das hätten geben können, was Lukas ihr bislang nicht erzählt hatte, blieb vergeblich. Keine alten Fotos. Keine aufbewahrten Briefe oder ausgedruckten E-Mails. Keine Andenken. Keine persönlichen Widmungen in den wenigen Büchern, die ohnehin nur Sachliteratur waren. Entweder war Lukas der kaltherzigste Mensch, den sie je getroffen hatte – was sie nicht glaubte –, oder er hatte vor fünf Jahren nicht nur ein neues Leben angefangen, sondern eins, das keinerlei Erinnerungen bewahren sollte.

Man musste natürlich kein Hellseher sein, um dahinter eine tiefe Verletzung zu vermuten. Es war klar, dass Lukas in einem Zustand andauernder Traurigkeit lebte, und wer konnte das besser nachvollziehen als Rosanna? Was ihr aber Angst machte, war nicht die Frage, was genau Lukas widerfahren war, sondern warum er sich davon nicht lösen wollte. Hätte nicht längst ein natürlicher Selbsterhaltungstrieb das wie auch immer beschaffene Trauma verdrängen müssen, zumindest weit genug, um die Suche nach neuer Lebensfreude zu ermöglichen?

Wie lange hatte das bei ihr gedauert? Ein, zwei Jahre? Okay, so richtig gut hingekriegt hatte sie das auch nicht, aber so sehr wie Lukas hatte sie sich nicht hängen lassen. Oder machte sie sich das nur vor?

Rosanna betrat die Küche und öffnete den Kühlschrank, fand aber nichts darin außer einer fast ausgedrückten Tube Tomatenmark. Ihre Hoffnung auf einen großen Becher Schokoladeneis blieb unerfüllt.

Im Badezimmer setzte sie sich auf den geschlossenen Klodeckel und grübelte. Dann stand sie auf und betrachtete sich eine Zeit lang im mit Zahnputzspuren beschmierten kleinen Spiegel. Erst jetzt fiel ihr auf, dass sie nackt war. Sie nahm das als Beweis dafür, dass sie sich in Lukas' Gegenwart trotz allem immer noch wohlfühlte. Gleichzeitig kam sie sich schutzlos vor, all dem ausgeliefert, was am nächsten Tag auf sie einprasseln würde wie saurer Regen. Sie wusste nicht, wie sie sich Kira verständlich machen konnte. Sie hatte keine Ahnung, ob sie in der Lage sein würde, ihren Arbeitsplatz zu retten – oder ob das überhaupt einen Sinn hatte. Sie war unsicher, wie es mit Lukas weitergehen konnte, und ob sie sich diesen ganzen Schlamassel selbst eingebrockt hatte, mit dieser unbeirrbaren Überzeugung, es gäbe so etwas wie Schicksal und dass dieses Schicksal es darüber hinaus auch noch gut mit ihr meinen könnte.

Aber in einem Punkt war sie ganz sicher. Sie würde sich nicht damit zufriedengeben, wie Lukas in einem Vakuum zu leben. Sie würde sich nicht damit begnügen, Stillstand als Lebensperspektive willkommen zu heißen. Sie würde die Antwort auf ihre Fragen suchen und finden, um jeden Preis.

17

Am nächsten Morgen erwachte Lukas neben einem Zettel, auf den Rosanna nur geschrieben hatte, sie würde sich später melden. Lukas konnte es ihr nicht verdenken. Der tiefe Schlaf, in den er vor Erschöpfung gefallen war, hatte ihn vermutlich noch feiger erscheinen lassen. Jetzt fühlte er sich ein wenig stärker. Der Abstand zu den Geschehnissen vom Vorabend half ihm wenigstens, vernünftiger zu sein. Vielleicht konnte er sogar lernen, das Unbehagen zu ignorieren, das seit gestern Abend an seiner Zuversicht nagte. Natürlich kam es ganz darauf an, was als Nächstes passieren würde. Aber die Aussicht, doch noch eine Chance zu haben, war verlockend genug. Schon dachte Lukas wieder daran, Rosanna nicht alles zu erzählen, was mit Jane passiert war. Vielleicht würde sie ihn ja auch bloß auslachen, wenn er alles verriet. Er war erstaunt, was für eine schöne Vorstellung das war. Aber da er schon jetzt spürte, wie sehr er Rosanna vermisste, klammerte er sich bereitwillig daran.

✲

Als er die Redaktion betrat, überraschte ihn die Geschäftigkeit, mit der seine Kollegen von einem Büro ins nächste eilten, Ausdrucke lasen, Anmerkungen notierten und auf ihre Monitore starrten. Für gewöhnlich herrschte solcher Eifer erst gegen Nachmittag, je näher der Redaktionsschluss rückte, nicht schon kurz nach Dienstbeginn.

Auch in seinem eigenen Büro haute bereits jemand hektisch auf die Computertastatur.

»Morgen«, murmelte Lukas.

»Hey«, gab Dominik zurück, ohne seinen Schreibprozess zu unterbrechen.

Lukas deutete auf Dominiks Nase. »Sieht man ja gar nichts mehr.«

»Was? Ach, so. Nee.« Dominik tippte weiter.

»Woran schreibst du denn da?«

Dominik lächelte wie ertappt. »Wie geht's denn deinem alten Freund?«, wechselte er das Thema.

»Fritz? Och, der ist wieder aus dem Krankenhaus raus. Schon letzte Woche. Muss ihn mal wieder besuchen.«

Dominik nickte und tippte bereits weiter.

»Also? An was für einem Artikel arbeitest du?«

Dominik winkte ab. »Schon fertig.«

»Lass mal sehen.«

»Nicht nötig.«

»Was denn? Du sollst doch was von mir lernen.« Lukas beugte sich über Dominiks Schulter und spähte auf den Monitor. Schon anhand der Überschrift wusste er, dass er sich gleich gewaltig aufregen würde.

»IM HANDUMDREHEN GESUND?«, las Lukas entsetzt. »WUNDERHEILER MIT ERFOLGSGARANTIE?« Lukas riss Dominiks Hand von der Maus und scrollte selbst hinunter, um bei einem bereits in den Artikel eingefügten Foto des breit grinsenden Waldemar Herrlichter anzuhalten.

Dominik verschränkte seine Arme. »Du warst ja nicht da, und jemand musste den Artikel fertig machen.«

Lukas antwortete nicht, sondern las im Eilverfahren, was Dominik geschrieben hatte. »Das kann doch wohl nicht …« Er schnaubte wütend. »Das habe ich nie geschrieben! Du hast alles komplett verändert.«

»Nur ein bisschen lesefreundlicher gemacht.«

»Für diesen Scharlatan ganz bestimmt.« Lukas war erschüttert. »Das ist ja die reinste Werbung für den Kerl. Du stellst überhaupt nicht in Frage, was für eine Show der abzieht!«

»Ich bleibe objektiv«, verteidigte sich Dominik, »so wie es sich für eine ausgewogene Reportage gehört.«

»Was ist daran ausgewogen? Zeile für Zeile sprichst du von beeindruckenden Behandlungserfolgen!«

»Die er ja auch hat.«

»Wie bitte? Hast du meine Recherchen überhaupt nicht beachtet?«

Dominik seufzte. »Die waren so einseitig …«

»Einseitig?!«

Dominik kratzte sich unbehaglich hinter dem

Ohr und spähte auf den Flur hinaus, als wünschte er sich Unterstützung herbei.

»Jetzt pass mal gut auf«, knurrte Lukas. »Die Story gehört mir. *Ich* schreibe den Artikel.«

»Aber das wollte Eva nicht.«

Lukas fasste es nicht. »Eva? Seit wann duzt ihr euch?«

»Kann ich nichts für – sie hat's mir einfach angeboten.«

»Na prima ...«

Dominik hob abwehrend seine Hände. »Und ich hab gleich darauf hingewiesen, dass du nicht begeistert sein wirst, wenn ich deinen Artikel umschreibe. Aber Eva hat nun mal darauf bestanden.«

»Weil ich nicht da war.«

Dominik nickte zögerlich.

»Aber jetzt bin ich da«, fauchte Lukas. »Und dieser Artikel wird auf keinen Fall ...« Ihm fiel plötzlich etwas auf. Unter der letzten Zeile stand sein Name.

»Das ist ja wohl das Allerletzte«, schimpfte Lukas mit erstickter Stimme. »Dieser Müll soll auch noch unter meinem Namen veröffentlicht werden?«

Jetzt schreckte auch Dominik zusammen. »Was?« Er kniff seine Augen zusammen und entdeckte, dass Lukas recht hatte. »Alter, ey«, lachte Dominik und kratzte sich an seinem zauseligen Kinnbart. »Hätte ich beinahe vergessen zu ändern.«

»Wird sowieso nicht gedruckt«, erklärte Lukas bestimmt. Dann stürmte er aus dem Büro und marschierte wutschäumend den Gang hinunter, direkt auf Evas Tür zu. Schwungvoll drückte er die Klinke herunter und warf sich nach vorn, nur um von der abgeschlossenen Tür unsanft abgebremst zu werden.

Entnervt ging Lukas zur nächsten Tür und betrat das Vorzimmer, in dem Evas Sekretärin gerade so genussvoll eine Tasse Kaffee trank, als wäre sie in einem Werbespot.

»Wo ist sie?«, zischte Lukas und deutete auf die Verbindungstür zum Büro der Ressortchefin.

»Außentermin«, erwiderte die Sekretärin, während sie Lukas herablassend musterte.

»Wann kommt sie wieder?«

»Schwer zu sagen.«

Lukas lächelte säuerlich. Er zog sein Handy hervor und wählte Evas Nummer. Nach ein paar Freizeichen meldete sich die Mailbox.

»Sie hatte mir schon gesagt, dass sie nicht drangehen würde.«

»Wieso? Weil sie wusste, dass ich mich melde?«

»Über Sie haben wir gar nicht gesprochen«, erwiderte die Sekretärin und genehmigte sich eine weitere Tasse Kaffee.

Lukas beugte sich lächelnd vor. »Wenn Sie mit Eva sprechen, sagen Sie ihr, sie soll mich umgehend zurückrufen. Und erinnern Sie sie daran, dass ich weiß, wo sie wohnt.«

Als Lukas das Vorzimmer verlassen wollte, hörte er noch einmal die abgeklärte Stimme der Sekretärin. »Sie übernachtet heute sowieso nicht zu Hause.«

Lukas sah die Sekretärin argwöhnisch an. »Sondern?«

»Hat sie nicht gesagt.«

»Ach nein?«

Die Sekretärin zuckte die Achseln. »Hinterlassen *Sie* uns immer Ihre Hoteladresse, wenn Sie in den Urlaub fahren?«

Lukas starrte die Frau an. Während er sich langsam abwandte, bemühte er sich, diesen Rückschlag nur für einen Zufall zu halten.

18

Die Frühlingssonne gaukelte auch an diesem Tag ein Sommergefühl vor, während der gleichzeitige Wind einen frösteln ließ. Rosanna zog den Kragen ihrer dünnen Jacke enger um den Hals und versuchte, auf der Sonnenseite der Straße zu laufen und den Schatten der Bäume und Häuser auszuweichen, an denen sie vorbeischlenderte.

Als sie heute Morgen an ihrem Arbeitsplatz erschienen war, hatten sie die üblichen mitleidigen Blicke der Mobber getroffen. Vermeintlich freundliche Nachfragen zu ihrem Gesundheitszustand hatten nicht die Enttäuschung über ihre Rückkehr verhehlen können, aber Rosanna kümmerte das nicht. Sie wollte den Kollegen noch nicht die Genugtuung geben, sie loszuwerden, aber im Verlauf der Nacht hatte sie die Entscheidung getroffen, ihre Kündigung einzureichen. Rosanna wusste, dass sie damit ein Risiko einging, aber dazu war sie eher bereit, als sich weiterhin der ständig lauernden Erniedrigung an einem Arbeitsplatz auszusetzen, der sie ohnehin nicht glücklich machte.

Bevor sie aber ihren Chef darüber in Kenntnis

setzte, bat sie Kira, ihr ins Treppenhaus zu folgen, um dort ungestörter reden zu können.

»Ich möchte nicht, dass dir jemand wehtut«, begann Rosanna, während ihre Freundin sie mit unbewegter Miene ansah und sich auf eine Treppenstufe setzte wie ein Kind, das eine Gardinenpredigt seiner Eltern über sich ergehen lassen muss.

»Ist einfach nur so, dass …« Rosanna atmete gepresst aus. »Vielleicht hast du recht. Vielleicht ist Lars ja wirklich kein so übler Typ.«

»Ulli.«

»Was?« Erst jetzt bemerkte Rosanna ihren Versprecher und errötete. »Meine ich ja. Jedenfalls … Du musst tun, was du für richtig hältst. Und ich auch. Ich hoffe nur, dass wir Freundinnen bleiben können.« Das hoffte Rosanna wirklich, nicht nur, weil sie im Augenblick keine andere hatte. Allerdings standen die Chancen nicht schlecht, dass sie und Kira sich aus den Augen verlieren würden, sobald sie nicht mehr zusammen arbeiteten. In diesem Moment hätte es Rosanna jedoch gereicht, wenn Kira zumindest versprochen hätte, den Kontakt zu halten.

Stattdessen entgegnete Kira mit scheuem Blick: »Ich flieg raus.«

Rosanna glaubte, sich verhört zu haben, aber Kira bestätigte, dass ihr Chef und Geliebter sie heute Morgen über die Kündigung informiert hatte. Ulli hatte erklärt, wie unangenehm ihm das Ganze wäre, aber da man in der Firma bereits über ihre Affäre sprach, durfte er nicht den Eindruck erwecken, Kira deswegen bei der Auswahl der einzusparenden Mitarbeiter zu bevorzugen.

»Aber du bleibst«, verriet Kira und hob wieder einen Mundwinkel zu ihrem typischen schiefen Lächeln. »Dafür hab ich gesorgt.«

Rosanna schüttelte ungläubig den Kopf. Bevor sie Kira über die Zwecklosigkeit ihrer Hilfe aufklären konnte, hörten sie Schritte. Ihr Chef, Ulli Schaller, spazierte aus dem Büro und tat so, als hätte er gar nicht erwartet, sie hier zu finden. In Wahrheit war ihm mit hundertprozentiger Sicherheit in der Kaffeeküche davon berichtet worden.

Er zwinkerte ihnen zu. »Konspirative Treffen während der Arbeitszeit?«

»Geben Sie Kira meinen Job«, erwiderte Rosanna.

»Bitte?«

»Sie müssen Stellen einsparen – und ich überlasse meiner Freundin meine.«

Kira sah Rosanna verständnislos an. Schaller begann nervös an seiner Unterlippe zu nagen.

»So einfach geht das nicht«, sagte er.

»Und wie das geht.«

»Rosanna ...« Kira griff unbeholfen nach ihrer Hand.

»Schon gut«, sagte Rosanna und wandte sich wieder an den Chef. »Sie werden Kira behalten, und Sie werden sie fair behandeln. Mehr als fair. Sie werden sie in Schutz nehmen, vor all den Aasfressern, die Sie in diesem Betriebsklima selber herangezüchtet haben. Und es ist mir egal, ob jemand Sie beschuldigt, Ihrer Geliebten einen Vorteil zu verschaffen. Denken Sie lieber daran, wie gefährlich das für Sie werden kann, wenn herauskäme, dass Sie eine Mitarbeiterin herauswerfen, nachdem Sie mit ihr geschlafen haben!«

»Okay«, sagte Schaller ruhig. »Aber ich glaube nicht, dass Kira den Job überhaupt behalten will.«

»Er hat recht«, bestätigte Kira und lächelte so fröhlich, wie Rosanna sie noch nie gesehen hatte. »Erst mal ziehe ich bei Ulli ein. Und dann ...«

»Wir wollen nichts überstürzen«, versprach Schaller. »Aber ich hoffe natürlich, dass Kira es sich mit der Verlobung nicht anders überlegen wird.«

Rosanna hielt es nicht aus. Sie griff Kiras Arm und zog sie von Schaller weg. »Das geht alles viel zu schnell – kapierst du denn nicht? Mach nicht denselben Fehler wie ich!«

»Manchmal«, entgegnete Kira wieder ruhig wie eh und je, »muss man einfach spontan sein.«

»Du bist nicht spontan«, blaffte Rosanna. »Du denkst einfach nicht nach! Überleg doch mal, was für Konsequenzen das für dich haben wird.«

Kira zuckte die Achseln. »Die Zukunft kann man jederzeit ändern. Wenn's mir nicht gefällt, mach ich eben was anderes.«

»Das sagst du jetzt, wo du noch jung bist.«

Kira legte tröstend ihre Hände auf Rosannas Schultern. »Keine Angst. Du hattest recht – Ulli ist nicht wie Lars.« Sie lächelte. »Alles wird gut. Du musst nur ein bisschen Vertrauen ins Universum haben.«

✲

Das fiel Rosanna derzeit jedoch nicht gerade leicht. Viel attraktiver erschien ihr die Aussicht, nichts mehr dem Zufall zu überlassen. Deshalb hatte sie heute gekündigt, deshalb hatte sie gestern Lukas' Wohnung verlassen, und deshalb war sie nun unterwegs, um etwas nachzuholen, was sie schon lange hatte tun wollen.

Viel zu lange, und nicht erst seit ihrem Unfall, hatte sie darüber nachgedacht, was sie für andere tun konnte, anstatt ihre eigenen Bedürfnisse zu ergründen. Auch wenn Rosanna sich immer als emanzipiert bezeichnet hätte, so war sie während ihrer Ehe doch vor allem um Lars' Wohlergehen bemüht gewesen und nicht um ihr eigenes. Rückblickend betrachtet musste sie sich außerdem eingestehen, dass sie sich mit der Zeit immer mehr von den Vorstellungen und Lebensansichten ihres Ehemanns hatte beeinflussen lassen, bis sie schließlich in genau dieselbe Scheinunabhängigkeit geraten war wie so viele andere Frauen vor ihr. Umso ernüchternder war es gewesen, plötzlich auf sich allein gestellt zu sein und zu erkennen, wie sehr Lars sie beherrscht hatte, auch wenn er seine zunehmende Bevormundung als Fürsorge und Unterstützung betitelt hätte. Noch ernüchternder war es jedoch, dass Rosanna sich nach der Scheidung nicht selten unter das schützende Dach solcher angeblicher Liebesbezeugungen zurückgesehnt hatte. So gesehen konnte sie fast von Glück reden, dass Lukas sie auf Abstand hielt und zur Eigenständigkeit zwang.

Während sie noch darüber nachdachte, hatte sie bereits die Straßen der Innenstadt hinter sich gelassen und war in einem Wohnviertel gelandet. Die Luft war nicht mit Autoabgasen durchsetzt, sondern roch blumig und gesund, und statt Presslufthämmern und wütendem Hupen trug der Wind nur ab und zu mit einer beruhigenden Selbstverständlichkeit das Lachen und Weinen von Kindern heran.

Rosanna war noch nie hier gewesen, auch wenn sie das Viertel kannte und auf dem Stadtplan oft betrachtet hatte. Lars und sie wären hierhergezogen, hätte er Rosannas Wunsch rechtzeitig nachgegeben. Mit den großen Vorgärten, hübschen Häusern und den von vielen Bäumen gesäumten Straßen schien hier die Welt noch in Ordnung zu sein, zumindest auf den ersten Blick.

Ein stechender Schmerz durchzuckte Rosannas Knöchel und strahlte bis zum Knie hinauf, als sie umknickte und auf den Bürgersteig stürzte. Ihre Handflächen brannten vom Aufprall, genauso wie ihre Knie. Toll, dass sie ausgerechnet heute einen Rock angezogen hatte! Als Rosanna aufstehen wollte, tat ihr Fuß so weh, dass sie sich sofort wieder hinsetzte. Aus der aufgeschürften Haut auf ihren Knien und ihren Händen trat bereits Blut aus. Verärgert betrachtete sie die Stelle, wo der Asphalt aufgebrochen und zur Stolperfalle geraten war. »Alles in Ordnung?«

Rosanna drehte ihren Kopf zu jenem Haus um, vor dem sie hingefallen war. Eine Frau, die ein paar Jahre jünger war als sie, stellte die Gießkanne ab, mit der sie eben noch ihr Rosenbeet gewässert hatte, und eilte heran.

»Der harte Winter und das Salz«, erklärte sie und deutete auf das Loch im Bürgersteig. »Ich habe schon x-mal bei der Stadt angerufen, und immer versprechen die, jemanden vorbeizuschicken. Bevor noch was passiert.«

»Ich hätte besser aufpassen müssen«, sagte Rosanna und versuchte wieder aufzustehen. Ohne den sanften Griff der Frau um ihren Oberarm wäre sie gleich wieder zusammengesackt. Ihr Knöchel schwoll bereits an.

»Tut mir wirklich leid«, beteuerte die Frau. »Am besten kommen Sie mit ins Haus und legen den Fuß ein bisschen hoch.«

»Nicht nötig«, log Rosanna, aber auch für ihre inzwischen blutigen Handflächen und die aufgescheuerten Knie versprach die Frau schnelle Hilfe. Ihr Lächeln war so ehrlich und voller Wärme, dass Rosanna sich nicht weiter wehrte. Die Frau legte einen Arm um Rosannas Schultern und führte sie die wenigen Meter durch den bunt blühenden, gepflegten Vorgarten zum Eingang des makellos weiß gestrichenen Hauses mit den blauen Fensterläden.

19

»Willst du gar nicht fragen, wie's mir geht?«, erkundigte sich Fritz gelangweilt, nachdem er sich eine gefühlte Stunde lang Lukas' Ärger über seine Ressortchefin und seinen angedrohten Nachfolger Dominik angehört hatte.

»Wie geht's dir denn?«, fragte Lukas und lächelte.

»Blendend.« Fritz fuhr sich mit einer ironisch affektierten Geste durch sein langes, dünnes weißes Haar, das an einer Seite noch vom Schlafen abstand, und deutete mit dem Daumen über seine Schulter zu einem Bett, in dem ein ausgezehrter, mit Altersflecken übersäter Mann besorgniserregend schnarchte. »Wo ich doch jetzt wieder einen Zellengenossen hab, den ich überleben kann.«

»Regelmäßige Gesellschaft tut dir bestimmt gut.«

»Und wie! Besonders wenn es jemand ist, der seine Körperfunktionen nicht mehr unter Kontrolle hat.«

Lukas wusste nicht, was er sagen sollte. Weitere Beschönigungen seiner Lebensumstände hätten Fritz zu Recht nur herausgefordert. Stattdessen zog Lukas sein Diktiergerät aus der Jackentasche.

»Soll das ein Witz sein?«, knurrte Fritz.

»Wieso?«

»Du wirst keinen Artikel über mich veröffentlichen. Und ein ganzes Buch erst recht nicht.«

»Und das weißt du, weil ...«

Fritz gähnte bloß mit weit offenem Mund.

»Nur zu deiner Beruhigung –«

»Ich muss nicht beruhigt werden.«

»Dann zu deiner Information: Selbst wenn ich derzeit Probleme mit meinem Arbeitgeber habe, werde ich trotzdem jemanden für deine Lebensgeschichte interessieren.«

»Ist mir egal. Und das meine ich nicht in der für dich typischen selbstmitleidigen, passiv-aggressiven Art und Weise, sondern ganz ehrlich.«

Lukas schüttelte den Kopf. »Nur weil dir angeblich nichts mehr wichtig ist –«

»Ist es wirklich nicht. Hätte ich sonst so lange überlebt?«

Lukas seufzte und wandte seinen Blick ab. Fritz machte eine wegwerfende Handbewegung. »Das ist das Geheimnis eines langen Lebens: Es muss einem einfach alles scheißegal sein. Irgendwas zu bedauern macht nur krank und hässlich.«

Fritz lächelte gelassen. Dann rülpste er laut genug, dass sein Zimmergenosse mit dem Schnarchen aufhörte und ihm einen angewiderten Blick zuwarf.

»Hauptsache, einer hier hat Spaß«, bemerkte Lukas.

Fritz schwieg. Sein Blick ging nachdenklich ins Leere.

Nach einer Weile berührte Lukas sanft seine Hand. »Fritz?«

Der alte Mann funkelte ihn an. »Was ist denn?«

»Nichts, ich dachte nur …«

»Willst du mich schon wieder ins Krankenhaus bringen?«

»Nur wenn's nötig ist.«

Fritz rieb sich die Augen und murmelte. »Du könntest mich woanders hinbringen.«

Lukas sah ihn erstaunt an.

»Dein Angebot …« Fritz deutete zu dem gerahmten Foto, das Lukas ihm zum Geburtstag geschenkt hatte und das nun an einer Wand lehnte. »Fährst du mich hin?«

Lukas zögerte.

»Was ist, schon vergessen? Wer hat denn hier Alzheimer?«

»Du hast kein Alzheimer«, widersprach Lukas.

»Jetzt lenk nicht ab. Wann können wir los?«

Lukas erklärte ihm, dass er selbstverständlich zu seinem Angebot stünde, aber laut Auskunft der Heimleiterin der Arzt im Krankenhaus Fritz jegliche Aufregung und Anstrengung untersagt hätte.

Fritz lachte geringschätzig. »Was soll passieren? Dass ich nicht hundert werde?«

»Warten wir doch einfach, bis sich dein Zustand stabilisiert hat.«

»Du meinst, bis ich mich gar nicht mehr bewegen kann? Hübsch zusammenfaltbar für die Kiste?«

Lukas legte beruhigend eine Hand auf Fritz' Arm. »Ich verspreche dir, wir fahren.«

»Morgen?«

»Nein.«

»Übermorgen? Nächste Woche? WANN?«

Der Zimmergenosse murmelte empört etwas vor sich hin.

»Dreh dich um und halt dein Maul!«, bellte Fritz in seine Richtung. »Und wenn du wieder anfängst, die Bude vollzustinken, dreh ich dir den Sauerstoff ab!«

»Fritz ...«, begann Lukas.

»Ich brauch deine Ermahnungen nicht!«

»Das weiß ich –«

»Und deine ständigen Besuche brauch ich auch nicht!«

»Okay«, sagte Lukas betont gleichmütig.

»Ich mein's ernst!«, schrie Fritz ihn an, mit einer unbekannten Schärfe, die Lukas zusammenzucken ließ. »Scher dich zum Teufel!«

»Versteh doch!«

»Ich verstehe sehr gut! Du hast Angst, dass ich abkratze. Weil du dann ganz allein bist! Aber ich bin nicht dein Freund! Ich bin auch nicht dein Vater! Und schon gar nicht dein verdammter Kummerkasten!« Fritz' Augen waren weit aufgerissen, und aus seinem Mund spritzte Speichel wie bei einem Tollwütigen. »ICH BIN ES SATT, KAPIERST DU? ICH WILL NICHT MEHR! MACH, WAS DU WILLST, ABER LASS MICH ENDLICH IN FRIEDEN! HAST DU DAS VERSTANDEN? HAST DU DAS ENDLICH VERSTANDEN?«

Lukas hörte noch im Treppenhaus, wie Fritz die Hasstirade fortsetzte, während ein Pfleger in sein

Zimmer eilte, um ihn daran zu hindern, aus dem Rollstuhl zu steigen.

Fritz' plötzlicher Wutausbruch schockierte Lukas, aber die Beleidigungen störten ihn nicht. Er fragte sich, ob das ein Zeichen für sein großes Verständnis für den alten Mann war – oder ein Beweis für seine eigene fortschreitende Abstumpfung. Und sollte Letzteres der Fall sein, war das ein Grund zur Erleichterung? Vielleicht hatte Fritz recht damit, dass es besser war, wenn einem nichts mehr etwas bedeutete. Immerhin konnte einen dann auch nichts und niemand mehr verletzen.

Als Lukas das Altersheim verließ und in den späten Frühlingsnachmittag hinaustrat, musste er daran denken, dass Fritz in einem Punkt ganz bestimmt recht hatte: Er würde das geplante Buch über das Leben des alten Mannes nie beenden. Tatsächlich, so musste sich Lukas eingestehen, hatte er das auch nie ernsthaft vorgehabt. Das Ganze war nur ein wohlklingender Vorwand gewesen, um sich von der eigentlichen Frage abzulenken, was er mit seinem Leben nach Jane anfangen könnte. Und zu seiner Bestürzung musste Lukas sich eingestehen, dass er diesbezüglich immer noch kein bisschen klüger war.

Eine Zeit lang beobachtete er die Autos, die an ihm vorbeirasten. Seine Gedanken kehrten zu Eva zurück und seiner Demütigung, für die sie Dominik benutzt hatte. Lukas zog sein Handy hervor, um nachzuprüfen, ob Eva ihn inzwischen zurückgerufen hatte – was nicht der Fall war. Er stellte fest, dass ihn diese Missachtung kaltließ. Dass Rosanna sich auch nicht gemeldet hatte, beunruhigte ihn hingegen – und machte ihm zugleich Hoffnung. Es gab also doch noch etwas, das ihm wichtig war. Es blieb nur die Frage: Wie lange konnte er sich daran noch festhalten?

20

Das weitläufige Wohnzimmer war gemütlich und geschmackvoll möbliert. Die breite Fensterfront erlaubte den Blick in einen großen Garten mit saftig grünem Rasen und bunten Blumen sowie einem Sandkasten, in dem das zweijährige Mädchen spielen konnte, das derzeit mit einem Bilderbuch auf dem Wohnzimmerteppich saß. In Abständen lugte es über den Buchrand zu Rosanna hinüber, die auf einem weichen Sofa saß und ihren verletzten Fuß auf einem Extrakissen ausruhte, obwohl er nicht mehr wehtat und auch abgeschwollen war. Möglicherweise lag das an der Wirkung der Salbe, die die Hausherrin Carolin eilig herangeschafft hatte, vielleicht aber auch daran, dass die Verletzung nicht schwer genug gewesen war.

Nun kam Carolin mit einem dampfenden Becher Kakao aus der Küche und stellte ihn auf einen Untersetzer vor Rosanna auf den Tisch, neben eine kleine Schale mit Sahne und einen Glasteller mit Gebäck.

»Sie machen sich viel zu große Umstände«, sagte Rosanna.

»Nicht der Rede wert«, meinte Carolin und erwiderte das verschwörerische Lächeln ihrer zweijährigen Tochter, die nach einem kurzen Blick zu Rosannas Fuß wieder die Nase in ihr Bilderbuch steckte.

»Und, wohnen Sie auch in der Gegend?«, fragte Carolin und nahm sich einen Keks.

Rosanna zögerte. »Ich würde gern.«

»Schön hier, nicht?« Carolin lächelte. »So ruhig. Nette Nachbarn.«

»Und viel Grün«, fügte Rosanna hinzu und fühlte sich dabei ziemlich dämlich.

»Das war meinem Mann und mir sehr wichtig.« Carolin warf einen beiläufigen Blick auf Rosannas leeren Ringfinger.

»Wir suchen hier auch was«, sagte Rosanna schnell. »Mein Freund und ich.« Und als fühlte sie sich dazu gezwungen, fügte sie hinzu: »Wir heiraten bald. Nächsten Monat.«

»Herzlichen Glückwunsch«, sagte Carolin und strahlte Rosanna an, die sich darüber fast so freute, als entsprächen ihre Worte der Wahrheit.

»Was machen Sie denn beruflich?«, fragte Carolin.

»Immobilienmaklerin«, log Rosanna. »Mein Freund auch.« Sie lächelte. »Deshalb bin ich hier herumgelaufen. Immer auf der Suche nach geeigneten Objekten.«

»Also, wir wollen nicht verkaufen«, sagte Carolin und lachte mit gespieltem Bedauern. Rosanna kicherte mit.

»Jetzt müssen Sie aber mal probieren«, drängelte Carolin und gab mit einem Löffel eine ordentliche Portion Sahne auf den Kakao.

»Nicht so viel«, protestierte Rosanna.

»Ich nehm nie weniger«, erklärte Carolin. Was Rosanna angesichts der perfekten Figur der Frau für eine Lüge hielt.

»Liegt in der Familie.« Carolin deutete auf ihre Wespentaille. »Selbst nach der Geburt konnte ich weiter essen, was ich wollte.«

»Beneidenswert.«

»Hoffentlich ist's beim nächsten Mal genauso.«

»Sind Sie …«

Carolin nickte und strahlte wieder. »Vierter Monat. Ich weiß, man sieht noch nichts. Als ich Stella erwartete, war's dasselbe.« Sie verzog das Gesicht, als wollte sie eine besonders gute Pointe untermauern. »Man wollte mir die Schwangerschaft kaum glauben.«

Rosanna versuchte, das amüsant zu finden. Der Name des kleinen Mädchens auf dem Fußboden verwirrte sie. »Ihre Tochter heißt Stella?«

»Ja«, strahlte Carolin. »Ursprünglich kam die Idee von meinem Mann, aber ich fand sie auch gleich toll.«

Rosanna spürte, wie ihre Augen zu brennen begannen. Sie holte ein Taschentuch und schnäuzte sich.

»Alles in Ordnung?«

»Heuschnupfen.«

»Sie Arme«, sagte Carolin voller Mitgefühl, um dann plötzlich zu schmunzeln. »Schon komisch.«

»Bitte?«

»Ich musste gerade daran denken, dass ich früher nie gedacht hätte, mal in der Vorstadt zu wohnen, mit Kindern und so. In der Schule war ich total wild und gegen alles Kleinbürgerliche.« Carolin lachte wieder. »Aber wie das Leben so spielt …«

Rosanna griff nach einem Keks, der in ihren angespannten Fingern zerbröckelte, was Stella vergnügt glucksen ließ.

»Was denn, Schatz?«, fragte Carolin ihre Tochter beschwingt. »Freust du dich?«

»Ich muss jetzt gehen«, sagte Rosanna und stand auf. Das Stechen in ihrem Knöchel kehrte zwar zurück, aber Rosanna wollte nicht mehr länger warten.

»Sie haben immer noch nicht von Ihrem Kakao probiert«, beschwerte sich Carolin.

»Tut mir leid«, murmelte Rosanna. »Ein Termin. Ich muss wirklich los.«

Sie schleppte sich zum Wohnzimmerausgang, bedankte sich noch einmal pflichtschuldig für die fürsorgliche Gastfreundschaft und humpelte weiter zur Haustür. Beinahe wäre sie erneut in das Schlagloch auf dem Bürgersteig getreten, als sie sich noch einmal umdrehte, in der Angst, dass Carolin ihr mit der kleinen Stella auf dem Arm zum Abschied hinterherwinken wollte.

Aber die Haustür blieb geschlossen.

21

Durch die Milchglasscheiben des Hauseingangs konnte Lukas schon von der Straße aus sehen, dass jemand vor seiner Wohnungstür wartete. Vielleicht hatte Rosanna seine Anrufe missachtet und war einfach hergekommen, weil ihr Handy-Akku den Geist aufgegeben hatte.

Als Lukas die Treppe hinaufstürmte, musste er allerdings feststellen, dass es Dominik war, der auf der Fußmatte saß und gegen die Wohnungstür lehnte.

»Was willst du hier?«, herrschte Lukas ihn an.

Dominik schüttelte fassungslos den Kopf, während er nach den richtigen Worten suchte. Der sonstige Ausdruck entspannter Dauerfröhlichkeit war von seinem jungenhaften Gesicht verschwunden. Stattdessen erkannte Lukas darin eine Mischung aus Panik und Enttäuschung, die umso schlimmer wirkte, weil Dominik offenbar beides kaum kannte.

»Mein Artikel«, seufzte er.

»Du meinst: *mein* Artikel?«, verbesserte Lukas.

Dominik nickte unglücklich. »Du weißt es schon?«

»Was?«

»Er erscheint morgen! Unter deinem Namen!« Dominik rappelte sich auf und packte Lukas an seinem Jackenkragen. »Ich hab echt für dich gekämpft, weil – es is' ja nich' mehr dein Artikel, sondern meiner. Aber die Arschlöcher wollten einfach nich' nachgeben!«

Lukas verstand nicht. »Moment mal, warum wollten die unbedingt, dass *mein* Name unter deinem Artikel steht?«

»Weil ich nur'n besserer Azubi bin – und du den bekannteren Namen hast. Jedenfalls haben die das behauptet.«

Lukas schnaubte ungläubig. Hatte Eva auch das eingefädelt, als weitere Demütigung? Schlimm genug, dass ihm der Artikel weggenommen und dessen Absicht ins Gegenteil verkehrt worden war. Jetzt musste er auch noch aushalten, dass ihm eine Meinung zugeschrieben wurde, die zu vertreten er nie bereit gewesen war.

Lukas sah auf die Uhr.

»Zu spät«, sagte Dominik. »Is' schon alles im Druck. Außerdem würden die sowieso nix mehr ändern, das haben die mir alle total klargemacht.« Seine Augen füllten sich plötzlich mit Tränen. »Was wird denn jetzt aus meiner Karriere?«

»Gehste eben zu einer anderen Zeitung«, sagte Lukas.

»Die nehmen mich doch alle nicht mehr. So was spricht sich rum, also, mein Benehmen!« Er seufzte so tief, dass die wabernde Alkoholwolke, die er dabei ausstieß, Lukas Übelkeit verursachte.

»Du hast ja getrunken.«

»Macht man doch so, oder? Also, wenn man gerade gefeuert worden ist, mein ich ...«

»Die haben dich rausgeworfen?«

»Nur weil ich unseren Chefredakteur 'n bisschen beleidigt hab. Aber ich dachte, der sähe so was wie'n Profi. Dass ich aber auch immer so emotional reagieren muss«, jammerte Dominik. »Kannst du mir nich' beibringen, so cool zu bleiben wie du?«

Da Dominik keine zwei Schritte machen konnte, ohne zu taumeln oder hinzufallen, führte Lukas ihn in seine Wohnung. Mit eilig gekochtem Kaffee wollte er den jungen Mann ein wenig ausnüchtern und umgehend wieder auf den Weg schicken.

»Is' das geil hier«, lobte Dominik begeistert die kahlen Wände und die spärliche Möblierung. »Hier lässt sich's arbeiten. Alles aufs Wesentliche reduziert. Keine Ablenkung. Nur Konzenra... Korenza...tion.«

»Trink schnell aus«, befahl Lukas und schob den dampfenden Kaffeebecher näher an Dominik heran.

Es klingelte an der Tür.

»Oh, deine Frau?«, fragte Dominik.

Lukas warf ihm einen finsteren Blick zu, stand auf und verließ die Küche.

Als er die Wohnungstür öffnete, stand Rosanna vor ihm.

»Und ich dachte schon, du würdest gar nicht mehr –«

Weiter kam Lukas nicht. Rosanna fiel ihm um den Hals und hielt sich so sehr an ihm fest, dass er kaum noch Luft bekam.

»Was ist passiert?«

»Heyyy«, grölte Dominik ihnen entgegen, während er aus der Küche stolperte.

»Trink deinen Kaffee!«, bellte Lukas ihn an.

»Is' noch so heiß.«

Rosanna musterte ihn, sah dann zu Lukas.

Der hob abwehrend die Hände. »Frag nicht.«

»Ach, nicht mal das?«, entgegnete Rosanna, plötzlich gereizt.

»Wir hatten einen furchtbar schlechten Tag«, erklärte Dominik.

Lukas nickte Rosanna zu. »Du wohl auch.«

»Muss schön sein, verheiratet zu sein«, seufzte Dominik.

Lukas schüttelte den Kopf. »Wir sind nicht –«

»Das sollte ein Lob sein«, erklärte Dominik und legte beruhigend eine Hand auf Lukas' Arm.

»Würdest du jetzt bitte deinen Kaffee austrinken und verschwinden?«

»Hab ich was Falsches gesagt?«

»Diese Frage brauchst du grundsätzlich nicht zu stellen. Die Antwort ist immer Ja.«

Dominik stieß wieder eine Alkoholwolke aus und sah Rosanna hilfesuchend an. »Ich weiß gar nicht, was er hat. Schließlich sitzen wir in einem Boot. Wir beide sind –«

Rosanna wandte sich ab und sah Lukas enttäuscht an. »Vielleicht sollte ich später wiederkommen.«

»Aber wieso? Trinken Sie doch erst mal 'n Kaffee«, lud Dominik sie ein.

Lukas packte ihn und schob ihn in die Küche. Dann kam er zu Rosanna zurück und atmete tief durch, bevor er über seinen Schatten sprang. »Ich muss mit dir reden.«

Rosanna sah ihn gespannt an. »Über was?«

»Alles«, gestand Lukas.

Für einen Moment hatte Rosanna das Gefühl, dass es die richtige Entscheidung gewesen war, direkt herzukommen.

»Ich muss dir auch was erzählen«, erwiderte sie.

»Ich geh so lange ins Nebenzimmer«, bot Dominik an, der schon wieder aus der Küche gelatscht kam. »Ich mach auch den Fernseher ganz laut.«

»Wie wär's, wenn du einfach verschwindest?«, schlug Lukas vor.

»Und wohin? Wenn meine Mutter erfährt, dass ich gefeuert wurde ...«

»Deine Mutter?«

»Ja, was? 'ne eigene Wohnung war zu teuer. Und eigentlich verstehen wir uns total gut.«

Rosanna hob entnervt ihre Hände und wandte sich zur Tür. »Das geht so nicht.«

»Warte.«

»Du hast doch bestimmt 'ne Couch, auf der ich übernachten könnte«, sagte Dominik. »Ich mach mich auch ganz klein!«

Lukas stöhnte verärgert, schob Dominik diesmal ins Wohnzimmer und schloss die Tür sofort zweimal hinter ihm ab.

Rosanna verzog das Gesicht. »Ich hätte doch nicht herkommen sollen.«

»Warte«, widersprach Lukas. »Wir reden hier und jetzt.«

Aber als er ansetzen wollte, bekam er kein Wort heraus. Zu viel schien davon abzuhängen, alles so auszudrücken, dass er damit nichts ruinierte. Er versuchte es erneut, kam aber sofort wieder ins Stocken.

»Weißt du«, sagte Rosanna erschöpft, »ich kapier's auch so.«

»Tust du nicht.«

»Doch. Wir beide sind Emotionskrüppel. Wir bilden uns die absonderlichsten Dinge ein, um Gründe zu finden, warum wir zusammenbleiben sollten oder nicht. Wir stolpern durchs Leben, ohne jeden Plan, und selbst wenn wir denken, wir hätten einen, finden wir garantiert einen Weg, um uns selber ein Bein zu stellen.«

»So sehe ich uns überhaupt nicht«, entgegnete Lukas empört.

»Sondern?«

»Wir sind bloß … gigantische Pechvögel.«

»Und selber an überhaupt nichts schuld – willst du das etwa sagen?«

Lukas gab keine Antwort. Dass sie ihn für selbstmitleidig und albern hielt, machte sein Geständnis nicht gerade einfacher. Dann ertönten die dramatischen Klänge der »Carmina Burana«, die Lukas in einem Anflug von Geschmacklosigkeit als Klingelton seines Handys eingestellt hatte.

»Geh ruhig dran«, sagte Rosanna sarkastisch. Ein Blick aufs Display sorgte dafür, dass Lukas den Anruf tatsächlich entgegennahm. Und während er der Stimme am anderen Ende lauschte, musste er daran denken, dass sein Klingelton eigentlich ganz passend war.

22

Da es keinen Verwandten oder Bekannten gab, der sich um Fritz kümmerte, hatte Lukas vor einiger Zeit eingewilligt, seine Telefonnummer für Notfälle anzugeben. Damals hatte er nicht damit gerechnet, dass er infolgedessen die Nacht damit verbringen würde, durch die Straßen rund ums Altersheim zu marschieren, um den alten Mann ausfindig zu machen.

Die Heimleiterin, eine massive Endvierzigerin, deren Gesicht zunehmend Ähnlichkeiten mit ihrem Bullterrier aufwies, hatte Lukas in einem erstaunlich entspannten Tonfall mitgeteilt, dass Fritz auf mysteriöse Weise aus dem Heim verschwunden war. Sein Zimmergenosse hatte entweder nicht bemerkt, dass Fritz sich aus dem Staub gemacht hatte, oder kein Interesse daran, seine Flucht zu unterbinden. Weit konnte ein schwerkranker, an den Rollstuhl gefesselter Neunundneunzigjähriger kaum gekommen sein, aber die Heimleiterin bat Lukas trotzdem, bei der Suche zu helfen – schließlich war die Nachtschicht ihrer Pfleger schon bei der Versorgung der Heiminsassen unterbesetzt.

Rosanna hatte angeboten, Lukas zu begleiten, was

er abgelehnt hatte, da er sich die Fortsetzung ihrer Auseinandersetzung zu einem besser geeigneten Zeitpunkt wünschte. Allerdings verfügte Rosanna über ein Auto, mit dem sie die Gegend rund ums Altersheim natürlich leichter und schneller absuchen konnten als zu Fuß. Zudem wollte Rosanna Lukas jetzt nicht allein lassen oder gar gemeinsam mit Dominik auf seine Rückkehr warten müssen.

Je länger sie aber durch die zu dieser Zeit vom Feierabendverkehr befreiten Straßen kurvten, desto sinnloser kam ihnen das gesamte Unterfangen vor. Fritz schien wie vom Erdboden verschluckt. Lukas' Idee, sämtliche Taxiunternehmen nach einem Kunden mit Rollstuhl zu befragen, förderte ebenfalls keinen Anhaltspunkt zutage. Vielleicht hatte der alte Mann mit einer solchen Recherche gerechnet und seinen Fahrer bestochen. Natürlich konnte es auch sein, dass Fritz absichtlich oder versehentlich irgendeine Garagenabfahrt heruntergerollt oder im Schatten einer Hecke nach einem erneuten Herzanfall gestorben war. Die örtlichen Krankenhäuser meldeten keinen Notpatienten, auf den Fritz' Beschreibung passte. Und die Polizei, die die Heimleiterin nur ungern verständigte, versprach zwar, sich umzuschauen, verwies aber ebenfalls auf eine Personalknappheit, die eine konzentrierte Suchaktion so wahrscheinlich machte wie eine der Aufgabe angemessene Bezahlung.

»Wie konnte es überhaupt dazu kommen?«, ärgerte sich Lukas, während er durchs Beifahrerfenster starrte. »Wie kann ein fast hundertjähriger Kerl unbemerkt aus seinem Zimmer, den Gang hinunter, in den Fahrstuhl, aus dem Fahrstuhl heraus, durch das Foyer und durch den Ausgang gelangen, mit einem recht schwergängigen Rollstuhl, den er aus eigener Kraft doch kaum bewegen konnte?«

»Vielleicht ist er stärker, als alle dachten«, erwiderte Rosanna.

Lukas rieb sich müde über das Gesicht. »Wahrscheinlich hat er irgendeinen Idioten angehalten und dafür bezahlt, ihn ans Meer zu fahren. Weil ich mich geweigert habe.«

»Jetzt hör auf, dir Vorwürfe zu machen.«

»Du meinst, ich bin nur ein Pechvogel, der an überhaupt nichts schuld ist?«

Rosanna warf ihm einen genervten Blick zu, wollte aber auf die Provokation nicht eingehen. Sie schaltete das Radio ein. Die Doobie Brothers sangen »What a fool believes«.

»Mein Lieblingslied«, sagte Lukas ironisch.

Rosanna drückte die Sendersuchlauftaste. »Ironic« von Alanis Morissette ertönte. Rosanna suchte weiter. »Who wants to live forever«, fragte sich Freddie Mercury, was Rosanna in der gegenwärtigen Situation ebenfalls unpassend fand. Die Beatles forderten auf der nächsten Station »Let it be«, und Sting riet auf der folgenden Frequenz nachdrücklich »If you love somebody set them free«. Rosanna fasste es nicht. Es musste doch wenigstens ein Sender etwas spielen, das sie nicht auf die Vorhersage des großen Shandu beziehen konnte! Aber auf der nächsten Station trällerte Lilly Allen »Fuck you« und auf der übernächsten beschwor Jennifer Rush theatralisch ihre große Liebe in »Destiny«. Als auf einer weiteren Station auch noch Totos »Make believe« erklang, hämmerte Lukas selbst auf die Suchlauftaste, woraufhin Simon & Garfunkel »Fifty ways to leave your lover« aufzählten.

Rosanna schaltete das Radio aus. Eine Weile waren sie beide froh, nur das Motorengeräusch des Wagens zu hören. Dann sahen sie sich an und mussten nervös lachen. Aber nicht für lange. Lukas' Augen weiteten sich. Rosanna folgte seiner Blickrichtung fast zu spät. Panisch trat sie auf das Bremspedal. Das Heck ihres Wagens rutschte weg, sodass sie plötzlich parallel auf jenen LKW zuschrammten, der auf ihrer Fahrspur mit einem platten Reifen und kaum wahrnehmbaren Warnblinklicht abgestellt worden war. Rosanna lenkte hektisch in die andere Richtung, was eine abrupte weitere Drehung ihres Wagens zur Folge hatte, bis sie und Lukas kräftig durchgeschüttelt in umgekehrter Fahrtrichtung auf dem Bürgersteig neben dem LKW zum Stehen kamen.

Atemlos starrten sie einander an. Bis auf den Schrecken in ihren Knochen war ihnen nichts passiert. Und sicher war der Beinaheunfall ganz allein ihre Schuld, weil sie sich mit dem Radio abgelenkt hatten, anstatt auf die Fahrbahn zu achten. Trotzdem hatte Lukas genug. Er stieg aus Rosannas Wagen und sah entnervt zum sternenklaren Himmel auf.

Rosanna folgte ihm. Ihre Knie zitterten noch, aber sie war bereits dabei, sich wieder zu beruhigen. In Lukas schien die Panik hingegen gerade erst richtig auszubrechen.

»Alles okay?«, fragte sie ihn.

»Nichts ist okay.« Er fuhr sich durch die Haare, schüttelte den Kopf und atmete wütend aus. »Er hat recht«, fauchte Lukas. »Der große Shandu hat verdammt noch mal recht!«

»Lukas …«

»Worauf wartest du denn noch? Heuschrecken?« Er lächelte Rosanna verzweifelt an. »Wir hätten uns nie begegnen dürfen.«

»Das ist doch Unsinn«, widersprach Rosanna. »Wenn du mich nicht wiederbelebt hättest –«

»Dann hätte es jemand anders getan!«, rief Lukas. »Wer weiß, vielleicht sogar jemand, der wirklich bestimmt für dich war!«

»Da war doch niemand, der es überhaupt gewagt hat!«

»Woher willst du das wissen? Vielleicht wollte gerade jemand loslegen, aber da war ich schon zur Stelle!« Er schnaubte verächtlich. »Ich hätte es wissen müssen …«

»*Was* hättest du wissen müssen?«

Lukas holte tief Luft, bevor er sagte: »Dass ich nur Unglück bringe.«

Rosanna warf ihm einen verärgerten Blick zu. »Mit Selbstmitleid kommst du bei mir nicht weiter.«

»Es *ist* kein Selbstmitleid!«, beharrte Lukas erschreckend ruhig. »Mir ist so was schon mal passiert.«

Rosanna sah ihn verständnislos an.

»Jane und ich ...« Lukas' Hände ballten sich zu Fäusten, während er versuchte, die Beherrschung zu behalten. »Auch wir dachten, wir wären füreinander bestimmt.«

Rosanna begegnete schweigend seinem Blick. Sie war einerseits froh, dass Lukas endlich erzählte, was er ihr bisher verheimlicht hatte. Andererseits befürchtete sie allmählich, dass sein Geständnis nichts leichter machen würde.

»Wir waren ... glücklich«, fuhr er fort. »Wenigstens so sehr, wie man's sein kann. Aber ...« Lukas senkte seinen Blick. Seine Stimme wurde schwächer. »An dem Morgen habe ich einen Streit angefangen. Einen absolut unnötigen Streit. Wegen eines lächerlichen Zeitungsartikels!« Er lachte bitter. »Es ging um den Weltuntergang. Mehrere diesbezügliche Prophezeiungen. Du weißt schon, 2012 und so. Ich habe mich lustig darüber gemacht. Jane auch. Aber sie fand es immer schwer zu ertragen, wenn ich anfing herumzudozieren. Also widersprach sie mir. Was mich wiederum wütend gemacht hat. Und anstatt aufzuhören, habe ich einfach immer weitergeredet. Ich konnte nicht anders. Ich wollte, dass sie mir recht gab. Ich wollte, dass sie einsah, warum es mir wichtig war, dass sie mir zuhörte. Und dabei ...« Lukas schüttelte den Kopf. »Ich wurde immer wütender, unfair ... Am Ende wusste ich nicht mal mehr, wie es überhaupt so weit hatte kommen können. Es war alles so albern.«

»Und dann?«, fragte Rosanna leise.

»Dann ist sie in ihr Auto gestiegen und gegen einen Baum gerast.«

Rosanna fiel es nicht leicht, darauf etwas zu erwidern. Vorsichtig äußerte sie das Naheliegendste: dass Janes Tod doch offensichtlich ein Unfall gewesen war und Lukas keine Schuld daran trug.

»Du verstehst nicht!«, sagte er aufbrausend.

»Was könnte es sonst gewesen sein? Glaubst du etwa, es war Selbstmord?«

»Nein.«

»Was dann?«, stieß Rosanna frustriert hervor.

»Sie war abgelenkt. Unglücklich. Meinetwegen. Ich hatte ihren Kopf mit dämlichen Vorwürfen gefüllt. Alles in Frage gestellt, sogar unsere Liebe! Deswegen hat sie die Kontrolle über den Wagen verloren. Meinetwegen.« Lukas deutete in die Ferne. »Irgendwas war da auf der Straße. Jane musste reagieren. Normalerweise hätte sie das auch rechtzeitig getan. Aber an dem Tag konnte sie es nicht. Weil sie mit ihren Gedanken woanders war. Meinetwegen. Meinetwegen, verstehst du das jetzt endlich? Es war meine Schuld. MEINE SCHULD!«

Seine Lippen bebten, sein ganzer Körper zitterte, und auch wenn er die letzten Worte nicht mit aller ihm verbliebenen Kraft herausgeschrien hatte, wirkte er jetzt ebenso erschöpft.

Rosanna wollte ihn in den Arm nehmen, spürte

aber, dass er sie sofort zurückgewiesen hätte. »Lukas«, versuchte sie es noch einmal. »Selbst wenn du ein Faktor warst, der zu Janes Tod geführt hat – du hast es doch nicht gewollt!«

»Nicht an dem Morgen ...«

Rosanna starrte ihn fassungslos an. »Was soll das heißen?«

»Das soll heißen«, gab Lukas verzweifelt zurück, »dass es Tage gegeben hat, an denen ich mir vorgestellt habe, wie es wohl sein würde, wenn Jane ...« Er zuckte die Achseln. »Sie hatte eine Affäre. Die war zwar vorbei. Und ich dachte, ich käme darüber hinweg. Aber ... auch das war nicht so einfach.« Er schniefte und musste sich Tränen aus den Augen wischen. »Tolle Geschichte, was?« Er deutete zu ihrem auf dem Bürgersteig gelandeten Wagen. »Jedenfalls brauche ich keine weitere Warnung. Und dich will ich auf keinen Fall auch noch auf dem Gewissen haben.«

Traurig strich er durch ihr Haar. Er rechnete damit, dass sie vor ihm zurückweichen oder ihn mitleidig auslachen würde. Stattdessen packte sie ihn am Kragen und schimpfte: »Es war Zufall!« Sie nickte zu ihrem Wagen hinüber. »So wie das. So wie alles auf der Welt! Hast du das nicht immer selbst gesagt?«

»Anscheinend lag ich da falsch.«

»Blödsinn!« Sie packte ihn noch fester, während Tränen der Hilflosigkeit und Wut ihre Augen füllten. »Es gibt keine Bestimmung! Es gibt kein Schicksal! Wir reden uns das bloß immer ein, weil wir wollen, dass alles einen Sinn macht.«

Lukas nahm sanft ihr Gesicht in seine Hände. »Wenn dir etwas zustoßen würde – wie sollte ich das jemals verkraften?«

Rosanna schwieg. Sie wusste, dass es keine Antwort mehr gab, die ihn von seinem Entschluss abbringen konnte. Und ihre Auseinandersetzung, der ganze Tag und der Abend zuvor hatten sie dermaßen ausgelaugt, dass Lukas kaum noch Gegenwehr spürte, als er sich aus ihrem Griff löste.

Er wagte sich nicht mehr umzudrehen, bis er das Ende der Straße erreicht hatte. In der Dunkelheit konnte er sie kaum noch erkennen, worüber er froh war, weil er sonst dem Drang, zu ihr zurückzukehren, vielleicht nicht widerstanden hätte.

Als er in die Querstraße abbog, ertönte wieder die »Carmina Burana«. Lukas holte sein Handy hervor und nahm einen erneuten Anruf der Heimleiterin entgegen. Sie gab Entwarnung – Fritz war im Garten hinter dem Speisesaal gefunden worden. Sein Rollstuhl hatte sich im Erdboden festgefahren, und aus eigener Kraft war es ihm nicht möglich gewesen, sich zu befreien. Anstatt sofort um Hilfe zu rufen, hatte er jedoch beschlossen, erst einmal den lauen Frühlingsabend zu genießen. Wie die Heimleiterin stolz erklärte, war also alles wieder gut.

Für Lukas fühlte es sich zwar nicht so an. Aber er vermutete, dass die Heimleiterin langfristig recht behalten würde.

✲

Als Lukas in seine Wohnung zurückkehrte, schlief Dominik wirklich ganz klein zusammengerollt auf der Couch. Lukas schaltete den Fernseher aus und ging ins Schlafzimmer, um sich auf das schmale Bett fallen zu lassen. Nach einer Weile setzte er sich wieder auf. Seine Augen brannten vor Tränen, für die er sich hasste. Schließlich gab er seinen Widerstand auf und kniete sich zum ersten Mal seit langer Zeit neben das Bett, um darunter nach einer Schachtel zu fischen. Er setzte sich mit dem Rücken gegen die Bettkante und nahm den Deckel der Schachtel ab. Die darin enthaltenen Fotos von Jane halfen ihm nicht, ruhiger zu werden. Aber sie erinnerten ihn daran, dass seine Entscheidung, sich von Rosanna zu trennen, richtig gewesen war.

✵

Der Laminatboden in ihrem Wohnzimmer war hart und kalt, aber Rosanna nahm das kaum wahr. Nach ihrer Rückkehr in ihre Wohnung hatte sie in ihrem Doppelbett nicht einschlafen können. Ihr Rücken hatte bei jeder Bewegung geschmerzt. Die Matratze kam ihr auf einmal viel zu weich und durchgelegen vor. Außerdem sah sie jedes Mal, wenn sie die Augen schloss, Lukas vor sich, wie er am Ende der Straße noch einmal zögerte, bevor er endgültig aus dem schwachen Licht einer Straßenlaterne verschwand.

Kraftlos hatte sich Rosanna aus ihrem Bett gekämpft und war durch die Wohnung geschlichen, die sie in ein paar Wochen für ihren Vermieter räumen müsste. Vielleicht war das gut so. Die Zeit, die sie hier mit Lukas verbracht hatte, war zwar kurz gewesen, aber an einem anderen Ort sicher leichter zu vergessen.

Im Wohnzimmer hatte sie versucht, sich auf ihre Couch zu legen, aber auch für sie war sie letztlich zu klein gewesen, sodass sie den Boden ausprobiert hatte. Tatsächlich ging es darauf ihrem Rücken besser. Und als sie die Augen schloss, tauchte auch Lukas nicht mehr auf. Stattdessen musste sie an das Päckchen mit den Tarot-Karten denken. Kira hatte es ihr zu ihrem letzten Geburtstag geschenkt. Mit dem Mut aus mehreren Gläsern Rotwein hatten sie sich auf diesen Boden gesetzt, Kerzen angezündet und nervös kichernd die Karten ausgelegt. Aber nachdem Rosanna bei drei Durchgängen hintereinander die Karten »Der Narr«, »Der Gehängte«, »Tod« und »Der Teufel« ausgehändigt bekommen hatte, war bald nicht mehr genug Rotwein da. Und obwohl Kira jedes Mal für sich »Die Liebenden« gezogen hatte, war sie nicht beleidigt gewesen, als Rosanna das gesamte Kartenpäckchen in den Mülleimer pfefferte.

An jenem Abend hatte Rosanna geschworen, sich nie wieder von solchem Aberglauben herunterziehen zu lassen. Heute, knapp ein halbes Jahre später, wollte sie sich das erneut schwören. Die Frage war: Wie lange würde sie es diesmal durchhalten?

Rosanna öffnete wieder ihre Augen. Sie konnte

verstehen, warum Lukas Angst hatte, bei ihr zu bleiben. Was er erlebt hatte, musste ein Trauma hinterlassen haben, das durch die Geschehnisse der letzten Stunden zwangsläufig aufgefrischt worden war. Und wenn sie ehrlich war, hatte sie selbst das Gefühl, seit der Prophezeiung des großen Shandu vom Pech verfolgt zu sein. Aber im Gegensatz zu Lukas war sie nicht bereit, sich mit dieser Erklärung zufriedenzugeben. Von jetzt an würde sie tun und lassen, was sie wollte, ohne Rücksicht auf irgendwelche Fingerzeige des Universums. Von jetzt ab würde sie frei sein, und zwar ohne das als Folge der Trennung von Lukas zu betrachten oder als tatsächliche Lebensaufgabe nach ihrem beinahe tödlichen Unfall. Was immer sie täte, was immer jetzt geschähe, sie würde dafür die alleinige Verantwortung übernehmen.

In Gedanken begann Rosanna eine Liste zu machen, mit all den Aufgaben, die sie selbst erledigen wollte. Lukas von ihrer Lebensperspektive zu überzeugen war eine davon. Aber morgen würde sie erst noch etwas anderes in Angriff nehmen. Etwas, das sie schon längst hinter sich hätte bringen sollen.

23

»Du spinnst ja«, sagte Eva.

»Natürlich«, schnaubte Lukas und lümmelte sich absichtlich in ihrem Chefsessel herum. »Es war reiner Zufall, dass ich den Artikel nicht verhindern konnte. Dass du gestern auf Reisen warst. Mich nicht zurückrufen konntest.«

Eva lächelte kopfschüttelnd und setzte sich in den unbequemen Stuhl gegenüber vom Schreibtisch.

»Hätte nie gedacht, dass du so grausam sein kannst«, sagte Lukas. »Mir gegenüber, meine ich.«

»Und ich hätte nie gedacht, dass du so dämlich sein kannst.«

»Schon klar, ich soll lieber stillhalten und mich freuen, dass das Honorar für Dominiks Artikel auf meinem Konto landet.«

»Nein«, sagte Eva und sah ihm direkt in die Augen. »Ich meine, du solltest lieber das tun, worin du eigentlich ganz gut bist: erst recherchieren, dann kommentieren.«

Er stand auf. »Wenn das die Einleitung zu einer deiner üblichen Predigten ist …«

»Lukas –«

»Ich weiß«, zischte er und fuhr auf dem Weg zur Tür herum. »Ich hatte alle Chancen. Ich hatte großes Potenzial. Eine erfolgversprechende Zukunft. Aber ich habe zu wenig daraus gemacht. Zu lange gezögert. War zu ängstlich. Zu bequem. Zu undiplomatisch. Ich habe die falschen Leute verärgert. War zu sehr von mir eingenommen. Dachte, es würde schon irgendwie gut gehen. Dachte, mein Können würde am Ende mehr zählen, entscheidend sein.« Er zog die Mundwinkel herunter und breitete die Hände aus wie ein Fernsehprediger. »Und du hast lange genug deine schützende Hand über mich gehalten. Mehr kann ich wirklich nicht von dir verlangen.«

»Kannst du schon«, erwiderte Eva gelassen. »Aber da ich nur noch bis zum Ende des Monats hier bin, wird wohl keiner mehr auf mich hören.«

Lukas hielt inne. »Man hat dir also einen neuen Posten angeboten. Deshalb warst du gestern unterwegs. Du wirst befördert.«

Eva nickte. »In den vorzeitigen Ruhestand.«

Lukas warf ihr einen skeptischen Blick zu.

»Ist so«, beharrte Eva. »Zuerst war ich zwar erstaunt, weil ich immer dachte, dass meine Karriere noch ein paar Sprossen auf der Leiter übrig hat. Aber ...« Sie machte eine wegwerfende Handbewegung. »So bleibt mir mehr Zeit, um mich endlich auf das zu konzentrieren, was ich viel zu lange habe brachliegen lassen.«

»Deinen Garten?«

Eva lächelte. »Mich selber.« Sie stand auf und trat

ihm entgegen. »Du wirst jetzt vermutlich denken, dass ich mir eine Niederlage schönrede.«

»Was nicht so ist.«

»Ganz und gar nicht.«

»Stimmt«, sagte Lukas sarkastisch. »So eine vorzeitige Entlassung geschieht ja meist aus reiner Fürsorge.«

»Nein«, seufzte Eva, »aus Kostengründen. Obwohl ich trotzdem hätte bleiben können.«

»Aber nur für ein jämmerliches Gehalt.«

Eva schüttelte den Kopf. »Es hätte immer noch gereicht.«

»Warum gehst du dann wirklich?«

Eva begegnete seinem Blick, und einen Moment lang sah es so aus, als wollte sie ihn in ihren Arm nehmen und wie ein kleines Kind trösten. »Weil ich glaube, dass es an der Zeit ist.«

Lukas winkte ab. »Du kommst wieder, ganz sicher.«

»Wenn du meinst ...«

»Du hältst das nicht aus, du brauchst diesen Job. Du kannst nicht allein sein.«

»Wer sagt, dass ich das sein muss?«

Lukas runzelte die Stirn. »Hast du etwa ...«

Eva konnte ihr Grinsen nicht unterdrücken. »Hätte ich auch nicht mehr gedacht. Aber so ist das Leben.«

Lukas antwortete nicht.

Eva musterte ihn. »Willst du mich nicht fragen, was aus dir werden soll – ohne meine »schützende Hand«?«

Lukas zuckte die Achseln und versuchte gelassen zu klingen. »Ich werde schon was anderes finden.«

»Wenn du unbedingt willst«, gab Eva zu bedenken. »Aber eigentlich bist du hier weiterhin willkommen.«

»Ha, ha, ha ...«

»Ich meine es ernst.«

»Weil ich preiswert bin, kein festes Gehalt beziehe und keine Sozialleistungen?«

»Das auch. Darüber hinaus hast du einen gewissen Ruf.«

»Ach, lohnt es sich neuerdings, schwierig zu sein?«

»Es lohnt sich, etwas von seinem Handwerk zu verstehen. Und wenn du deine blasierte Spätpubertät nicht so oft heraushängen lässt, wird man dich, wie man mir sagte, garantiert weiter mit Aufträgen versorgen.«

»Fromme Sprüche, mit denen man bloß weitere Diskussionen mit dir vermeiden wollte.«

»Vielleicht – vielleicht auch nicht.« Eva zuckte die Achseln und kehrte in ihren Chefsessel zurück. »Was du daraus machst, liegt ganz bei dir.«

Lukas sah sie an und stellte verwundert fest, dass sie es ernst meinte.

»Und was ... was wird aus Dominik?«

Eva schmunzelte. »Du sorgst dich um ihn?«

»Nein. Ich will nur wissen, ob ich unseren Chef auch mal besoffen beleidigen darf.«

Eva grinste. »Dominik macht schon seinen Weg.«

Sie zwinkerte ihm zu, bevor sie hinzufügte: »Dir hätte ich's damals ja auch nicht zugetraut – und jetzt sieh dich an.«

Lukas lächelte dünn. Auf dem Weg zur Tür drehte er sich noch einmal zu ihr um.

»Bis Ende des Monats?«, vergewisserte er sich.

»Offiziell«, sagte Eva. »Aber ich habe noch jede Menge Resturlaub.«

»Das heißt ...«

»Es war mir ein Vergnügen, mit dir zu arbeiten, Lukas.«

Er starrte sie an. Eva war also nur noch einmal ins Büro zurückgekehrt, um ihren Schreibtisch auszuräumen.

»Du verschwendest echt keine Zeit«, murmelte er.

Eva nickte. »Solltest du auch mal probieren.«

24

Rosanna liebte dieses Kleid. Es umschmeichelte ihre Figur und brachte ihre Augen zum Leuchten. Außerdem fand sie sich darin fast dünn. Auch mit dem Make-up hatte heute Morgen alles geklappt. Ihre Haut war leicht getönt und glatt, und die Wimperntusche hatte nichts verklebt. Es schien sogar ein guter Tag für ihre Haare zu sein, die sich leicht bändigen ließen und in der Frühlingssonne glänzten. Allein die Schuhe, die sie gewählt hatte, störten ihr Wohlbefinden, aber die ein wenig zu hohen Absätze streckten ihre Beine und verliehen ihr jene Eleganz, die die Modezeitschriften predigten.

Während sie sich in ihrem Badezimmerspiegel begutachtete, fiel ihr Blick auf den Schmöker, über den sich Lukas vor ein paar Tagen lustig gemacht hatte. Rosanna drehte sich um und betrachtete das Taschenbuch mit der kitschigen Liebesgeschichte. Dann warf sie es in ihren Badmülleimer. Heute war schließlich der erste Tag in ihrem neuen Leben. Die Flucht in Fantasien hatte darin keinen Platz mehr. Na ja, jedenfalls im Augenblick nicht. Stolz reckte Rosanna ihr Kinn und ging noch einmal in

Gedanken durch, was sie sich für die nächsten Stunden vorgenommen hatte.

☼

Lukas schlenderte gedankenversunken durch die Stadt. Noch immer zweifelte er daran, dass Eva mit ihren abrupt veränderten Zukunftsplänen wirklich glücklich war. Natürlich fragte er sich auch, was nun mit ihm geschehen würde. Zwar beschwerte er sich oft und gern über die Umstände seiner Arbeit, doch eigentlich konnte er sich nicht vorstellen, irgendetwas anderes zu machen. Wenn tatsächlich eine Chance bestand, seinen Job zu behalten, musste er dafür alles tun, nicht wahr? Selbst die Kröten schlucken, die ihm sicher auch in Zukunft verabreicht würden. Oder war es an der Zeit, damit aufzuhören? Schon als Jugendlicher hatte er den Wunsch, Journalist zu werden, unbeirrbar verfolgt. Hinterfragt hatte er ihn nie. Konnte er sich das jetzt noch leisten? Oder war es besser, sich an seine Arbeit zu klammern und sich damit von all den Fragen abzulenken, die um Rosanna kreisten?

Lukas blieb wie versteinert stehen.

Es ging zum Schaufenster einer Buchhandlung zurück, das er soeben passiert hatte und an dem sein beiläufiger Blick hängen geblieben war.

Noch einmal las er das große Plakat, das darin hing, über einer perfekt platzierten Reihe von Buchexemplaren der beworbenen Neuerscheinung.

»DEIN GLÜCK IN MEINEN HÄNDEN – SIGNIERSTUNDE MIT WALDEMAR HERRLICHTER, HEUTE UM 16 UHR!«

Ebenfalls auf dem Plakat zu sehen war ein Foto des selbst ernannten Wunderheilers sowie eine Vergrößerung des heute erschienenen Zeitungsartikels mit der Überschrift »IM HANDUMDREHEN GESUND – WUNDERHEILER MIT ERFOLGSGARANTIE« und Lukas' Namen als Verfasser.

Das Schaufenster erlaubte auch einen Blick ins Innere der Buchhandlung, wo sich bereits eine große Schar von Bewunderern versammelt hatte, um brav in einer Schlange vor dem Podium zu warten, bis Herrlichter jedes Exemplar mit seiner Unterschrift veredelte.

Lukas schauderte, als Herrlichter kurzzeitig in seine Richtung schaute und ihm fröhlich zuwinkte. Niedergeschlagen eilte er weiter.

25

Auf seinem Heimweg lag das Haus, in dem sich Rosannas Wohnung befand, keineswegs. Dennoch versuchte Lukas sich einzureden, dass er keinen unnötigen Umweg eingeschlagen hatte, um hier zu landen.

Zudem fand er eine perfekte Entschuldigung für seine Anwesenheit, als er aus Rosannas Briefkasten das Ende einer Zeitung herauslugen sah. Es handelte sich um die heutige Ausgabe, die mit dem Herrlichter-Artikel. Da Lukas nicht dazu gekommen war, Rosanna zu erklären, warum sein Name unter dieser Peinlichkeit stand, sah er nun seine Chance für eine Richtigstellung, wenigstens in ihrem Zeitungsexemplar. Auch wenn er nach seinem Geständnis befürchtete, dass Rosanna ihn für einen Feigling hielt, sollte sie nicht denken, dass er nun völlig den Verstand verloren hatte.

Da die Zeitung im engen Briefkastenschlitz festklemmte, war es kaum möglich, sie herauszuziehen, ohne den Mantelteil einzureißen. Aber daran störte sich Lukas nicht weiter. Eilig blätterte er die Seiten durch bis zu Dominiks Artikel, um dann seinen Kugelschreiber zu zücken und seinen Namen durchzustreichen. Lukas überlegte, beschloss einen Pfeil zum Seitenrand zu malen und dort hinzuschreiben, dass sein Name gegen seinen Willen verwandt worden war und seine ursprüngliche Version Herrlichter als Betrüger entlarvt hatte.

Aber noch während Lukas die Zeitung wieder zusammenfaltete und in den Briefkasten zurückschob, fragte er sich, ob er einen furchtbaren Fehler beging. Müsste Rosanna anhand seines Kommentars nicht zwangsläufig denken, er wollte erneut Kontakt herstellen? Würde sie ihn nicht zumindest anrufen, um sich zu vergewissern, dass er es gewesen war, der sich an ihrer Zeitung zu schaffen gemacht hatte? Dabei fiel es ihm schon jetzt schwer genug, sich von ihr fernzuhalten. Wie konnte er so dumm gewesen sein? Alles, was er mit dem Hinweis auf den wahren Verfasser des Herrlichter-Artikels bewirken würde, wäre ein schreckliches Missverständnis, in dessen Folge er Rosanna erneut zurückweisen müsste, wodurch die gestern zugefügte Wunde noch tiefer einreißen würde.

Lukas beschloss, die Zeitung wieder aus dem Briefkasten zu ziehen und lieber wegzuwerfen. Leider hatte sie sich in dem schmalen Schlitz derart verklemmt, dass die ohnehin aufgerissenen ersten Seiten nun erst recht zerfledderten. Fluchend zerrte Lukas die Zeitung heraus, aber ein Teil riss ab und blieb im Briefkasten zurück – ausgerechnet jener Teil, der auch den Herrlichter-Artikel beinhaltete. Lukas schob seine Finger in den schmalen Zwischenraum und versuchte nach dem Rest der Zeitung zu fischen, bis er die junge Frau bemerkte, die hinter ihm herangekommen war und ihn nun mit befremdetem Gesichtsausdruck beobachtete. Jedenfalls so befremdet, wie es Kiras Pokerface-Mimik erlaubte.

Lukas nickte ihr zu und versuchte so zu tun, als wäre sein Vorgehen nichts Besonderes. Zu seinem Ärger ging Kira jedoch nicht weiter, sondern blieb neben ihm vor der Haustür stehen und sah ihn an wie eine mathematische Gleichung, die sie einfach nicht aufzulösen vermochte.

»Morgen«, sagte Lukas nervös.

Kira antwortete nicht. Ihr Blick fiel auf den herausgerissenen Teil der Zeitung, der inzwischen auf dem Boden gelandet war.

In der Hoffnung, die Neugier der jungen Frau zu stillen, deutete Lukas auf den Briefkasten. »Mir ist da was reingefallen.«

»In den Briefkasten meiner Freundin?«, gab Kira zurück.

Lukas lächelte und versuchte seine Hand aus dem Briefkastenschlitz zurückzuziehen, steckte nun aber selbst darin fest.

»Wer sind Sie?«, wollte Kira nun wissen.

»Auch ein Freund«, sagte Lukas.

»Ich bin Kira.«

»Ah. Hallo.« Reflexartig streckte er seine freie Hand ihr entgegen, die Kira vorsichtig schüttelte. Rosanna hatte Lukas von ihrer jüngeren Kollegin nur wenig erzählt. Er fragte sich, ob sie ihn Kira gegenüber wohl erwähnt hatte.

»Was ist mit der Zeitung passiert?«, fragte Kira.

»Ach, Sie wissen ja, wie das ist. Die Austräger stecken die immer so blöd da rein ...«

Kira zuckte die Achseln. »Ich lese nur online.«

»Dann kann Ihnen so was wohl nicht passieren«, erwiderte Lukas und unternahm einen neuen Versuch, seine Hand aus dem Briefkastenschlitz zu befreien.

»Und Sie sind ...«

»Lukas«, antwortete er ächzend. Seine Hand tat bereits ziemlich weh, und allmählich befürchtete er, dass ihn nur noch die Feuerwehr befreien könnte.

»Rosanna hat mir nie von einem Lukas erzählt«, sagte Kira argwöhnisch.

»Wir kennen uns erst seit letzter Woche.«

»Da war sie doch krankgeschrieben.«

Lukas lächelte unbehaglich. Er hatte kein Interesse daran, Kira seine Beziehung zu Rosanna zu erklären – vor allem, weil Rosanna selbst dies offenbar nicht für nötig gehalten hatte.

»Oh«, sagte Kira plötzlich und ein Mundwinkel hob sich zu einem schiefen Lächeln. »*Deshalb* hat sie gekündigt.«

»Was?«, fragte Lukas verwirrt.

»Ihren Job.« Kira seufzte. »Hätte sie mir doch sagen können, dass auch sie erst mal nur bei ihrem Liebsten bleiben will.« Sie überlegte. »Obwohl – dazu ist sie eigentlich nicht der Typ. Dachte ich jedenfalls. Was machen Sie denn beruflich?«

Lukas seufzte. »Ich bin Journalist.«

Kira sah ihn erstaunt an. »Haben Sie ihr deshalb die Zeitung bringen wollen?«

»Genau«, sagte Lukas, um das Thema endlich abzuschließen. Zu spät bemerkte er, dass Kira ihren Finger ausstreckte, um auf Rosannas Klingel zu drücken. Aber zu seiner Erleichterung meldete sich niemand.

»Ist sie gar nicht da?«, fragte Kira.

»Sieht so aus«, murmelte Lukas und versuchte seinen Arm zu drehen, um seine Hand in einen günstigeren Winkel zu bringen.

»Soll ich mal helfen?« Kira hatte kaum ausgesprochen, da packte sie auch schon seinen Arm und zerrte daran. Lukas stöhnte schmerzerfüllt auf.

»Salatöl«, sagte Kira.

Lukas sah sie verständnislos an.

»Zum Schmieren. Ach, warten Sie mal.« Sie warf einen Blick in ihre Handtasche, die die Form eines großen Mauskopfes hatte, und begann darin herumzufischen. »Ich glaub', ich hab' hier noch 'ne Tube Gleitgel.«

»Toll«, seufzte Lukas.

»Nee, doch nicht«, befand Kira schließlich. »Aber ich hab' mir gerade 'nen Erdbeerjoghurt gekauft. Mal ausprobieren?«

Lukas war inzwischen alles recht. Kira zog den Deckel vom Joghurtbecher und leckte diesen erst mal gründlich ab, bevor sie sich Gedanken machte, wie sie am besten mit ihrer Zwischenmahlzeit weiterverfahren sollte. Sie kramte wieder in ihrem

Mauskopf und fand einen Plastiklöffel, mit dem sie erste kleine Portionen auf Lukas' Handgelenk dosierte und Richtung Briefkastenschlitz strich. »Das wird 'ne Sauerei«, erklärte sie und zog wieder einen Mundwinkel hoch.

Zu Lukas' Überraschung reichten ein paar Löffel, um seine Hand beim erneuten Zerren tatsächlich zu befreien.

»Hab's ja gesagt«, freute sich Kira und entschied, den Rest des Bechers zu Ende zu löffeln.

Lukas massierte seine starre, mit Erdbeerjoghurt verschmierte Hand, bedankte sich und atmete erleichtert durch. Dann fiel ihm ein, dass der Zeitungsteil mit dem Herrlichter-Artikel immer noch in Rosannas Briefkasten steckte.

Kira musterte Lukas. »Darf ich im Gegenzug mal was fragen?« Sie knipste ein Auge so lange zu, dass Lukas schon dachte, sie hätte etwas hineinbekommen. Doch dann sprach sie weiter. »Das mit dem Unfall war geflunkert, oder? Rosanna wollte nur mal 'ne Woche blaumachen, so aus ... romantischen Gründen, stimmt's?«

Lukas schüttelte den Kopf. »Sie ist wirklich um ein Haar ums Leben gekommen.«

»Echt?« Kira schnaubte ungläubig. »Mann, und das schon zum zweiten Mal.«

Lukas sah sie verwirrt an. »Zum zweiten Mal?«

»Ja, klar, als Teenager hat sie ... Na ja.« Kira verzog den Mund und verstummte.

»Was ist damals passiert?«

»So richtig weiß ich das auch nicht«, wich Kira aus. »Müssen Sie ihre Schwester fragen.«

»Was für eine Schwester?«

Kira lachte verdutzt. »Hat Sie Ihnen von Maren noch nicht erzählt? Sind Sie beide überhaupt zusammen?«

»Nicht mehr«, gestand Lukas leise.

Nun klappte Kira der Unterkiefer herunter, was ihrem Gesicht einen ganz neuen Ausdruck verlieh. »Das wird ja immer besser«, murmelte sie. »Und wie packt Rosanna das? Hoffentlich besser als die Scheidung. Von der wissen Sie wohl auch nichts.«

»Doch, ein bisschen.« Aber Lukas' Gedanken waren immer noch bei Kiras vorherigen Andeutungen. »Sie haben eben gesagt, Rosanna wäre schon als Teenager fast gestorben …«

Kira verschränkte die Arme vor der Brust. »Hätte nicht davon anfangen dürfen.«

»Wieso?«

»Ist eben nichts, worüber man gerne spricht, okay?«

Lukas erschrak. Solche Sätze ließen ihn immer gleich an das Schlimmste denken. »Hat sie damals etwa versucht …«

Kira hob abwehrend eine Hand. »Ich hab schon genug gesagt.«

Lukas ergriff ihren Unterarm und sah sie eindringlich an. »Bitte.«

»Wenn Sie's unbedingt wissen müssen, fragen Sie Maren. Die hat schließlich alles mitgekriegt.« Kira runzelte die Stirn. »Wieso interessiert Sie das eigentlich?« Dann lächelte sie plötzlich. »Haben immer noch was für sie übrig, was?«

Lukas schwieg. Ungeduld stieg in ihm auf. Er fragte sich, was genau Rosanna damals überlebt hatte – und was das für seine Theorie bedeutete, derzufolge sie allein seinetwegen in Gefahr war.

26

Carolin hatte nicht mit Rosannas Rückkehr gerechnet. Ebenso überrascht war sie, wie sehr sich ihre gestrige Zufallsbekanntschaft aufgetakelt hatte. Aber sie vermutete, dass Rosanna noch einen wichtigen Kundentermin wahrnehmen musste. Carolin fand dafür jedoch das Kleid zu tief ausgeschnitten und Rosannas Make-up zu übertrieben.

»Ich wollte mich entschuldigen«, sagte Rosanna, als sie wieder auf der Couch im Wohnzimmer Platz genommen hatte, »dass ich gestern so plötzlich davongestürmt bin.«

»Nicht der Rede wert.«

»Doch.« Rosanna lächelte, hielt den Mund dabei jedoch geschlossen, da sie bemerkt hatte, wie viel weißer Carolins Zähne waren. »Es war unhöflich, besonders nachdem Sie so freundlich und hilfsbereit waren.«

»Geht's dem Knöchel denn wieder einigermaßen?«

»Bestens«, log Rosanna. Auf einmal verspürte sie eine Enge um ihre Brust herum, als wäre das Kleid doch eine Nummer zu klein. Gleichzeitig fiel ihr auf, dass Carolins Busen größer war, aber irgendwie besser in deren Kleid passte. Da Carolin mitbekommen musste, dass ihr Gast ihr auf die Brust starrte, deutete Rosanna schnell auf die kleine Stella, die draußen im Garten im Sandkasten spielte. »Ich wollte auch immer eine Tochter. Und so ein Haus. Und einen Ehemann.« Erst nachdem Rosanna zu Ende gesprochen hatte, wurde ihr bewusst, dass ihre Stimme vorwurfsvoll geklungen hatte. Wahrscheinlich war Carolins Miene deshalb plötzlich eingefroren.

»'tschuldigung«, sagte Rosanna. »Ich wollte damit sagen–«

»Nein, nein, ich versteh schon.«

»Können Sie nicht.« Rosanna seufzte, weil sie bedauerte, laut gesagt zu haben, was sie dachte. Dabei hatte sie sich doch so viel Besseres zurechtgelegt. Ihr Blick fiel auf eine Kinderzeichnung einer glücklichen Familie, bei der Carolin ihrer Tochter ohne Zweifel kräftig geholfen hatte, um sie gerahmt an die Wohnzimmerwand zu hängen und von Besuchern bewundern zu lassen.

»Bestimmt werden auch Sie bald Ihr Glück finden«, unterbrach Carolin die unangenehme Pause. »Sie sagten ja, die Hochzeit steht vor der Tür.«

»Das war gelogen.« Rosanna setzte sich gerade hin und spürte, dass ihr das Kleid nun noch enger den Leib abschnürte. »Ich habe das nur behauptet, um … weil ich mich nicht noch minderwertiger fühlen wollte, Ihnen gegenüber, wissen Sie?«

»Das müssen Sie doch gar nicht«, winkte Carolin ab und warf verstohlen einen besorgten Blick zu Stella, die ins Wohnzimmer getreten war. Wenn sie hier mit einer Psychopathin zusammensaß, wollte Carolin verständlicherweise nicht, dass ihre Tochter in der Nähe war.

»Stella«, sagte Rosanna und lächelte dem kleinen Mädchen zu. »So sollte unsere Tochter auch immer heißen.« Sie sah Carolin an. »Eigentlich war es meine Idee. Lars war anfangs sogar dagegen.«

Carolin räusperte sich übersprungsartig. Dann warf sie ihrer kleinen Tochter einen scharfen Blick zu und deutete mit dem Zeigefinger in den Garten. »Geh wieder raus spielen, Schätzchen.«

Stella schüttelte den Kopf.

»Schätzchen?!«, wiederholte Carolin nervös.

Rosanna war die Anspannung der Hausherrin nicht entgangen. »Carolin«, sagte sie und versuchte beruhigend zu klingen. »Ich darf Sie doch so nennen?«

Carolin nickte zu eifrig.

»Ich bin gekommen, weil ich schon gestern ...« Der Duft frischer Plätzchen, der eigentlich anheimelnd in der Luft lag, raubte Rosanna mit seiner ekelerregenden Süßlichkeit auf einmal den Atem. »Ich wollte schon gestern ehrlich sein.«

»Warum bist du's nicht jetzt?«, ertönte plötzlich eine Männerstimme.

Carolin, Stella und Rosanna sahen zur Wohnzimmertür, in die soeben Lars getreten war, um seine Exfrau mit einer Mischung aus Unbehagen und Zorn zu fixieren.

27

Maren kniete in ihrem Talar auf dem Kirchenboden und versuchte mit einem feuchten Tuch einen dunklen Fleck zu entfernen, der aufgrund der bunten Muster, welche vom Licht der durch die verzierten Fenster fallenden Nachmittagssonne verursacht wurden, leider schlecht zu sehen war.

»Was ist denn da passiert?«, fragte Lukas.

Maren winkte ab. »Ein kleiner Unfall.«

»Hoffentlich kein Blut.«

»Nur Rotwein.« Sie zwinkerte Lukas zu, stand auf und rieb sich das Kreuz. Dann stieg sie ein paar flache Stufen vom Altarbereich herunter und bot Lukas an, sich gemeinsam in die erste Reihe der Kirchenbänke zu setzen.

»Und Sie kennen meine Schwester wie lange?«

»Zehn, elf ...«

»Monate?«

»Tage.«

Maren sah ihn fragend an.

»Ich weiß«, sagte Lukas. »Und ich muss dazu sagen, dass ich mich gestern von ihr getrennt habe.«

Maren musterte ihn weiter, sagte aber nichts.

»Deshalb muss ich genau wissen, was sie damals

getan hat. Weil ich natürlich Angst habe, dass sie … es wieder tun wird. Und da sie nicht die Tür aufmacht, nicht ans Telefon geht und niemand weiß, wo sie ist … Verstehen Sie?«

Maren deutete vielsagend zu den Kirchenfenstern empor und sah ihn an. »Wollen wir das vielleicht woanders besprechen?«

»Glauben Sie, nur hier hört jemand mit?«

Maren lachte. »Ich kann Sie beruhigen«, sagte sie dann. »Meine Schwester hat damals nicht versucht, sich umzubringen.«

Lukas atmete ein wenig auf. »Was hat sie dann getan?«

Marens Blick ging wieder zu den bunten Fenstern hinauf. »Sie war … zwölf. Auf dem Weg in die Pubertät, aber vom Gemüt her noch eher kindlich, verstehen Sie? Und sie war schon frühzeitig sehr religiös. Kein Wunder. Unser Vater war ja bereits Pastor. Und sehen Sie mich an.« Sie zupfte am Ärmel ihres Talars.

»Das heißt …«

»Rosanna ist in dem Bewusstsein groß geworden, dass alles einem göttlichen Plan folgt. So ging's mir natürlich auch. Aber anders als meine kleine Schwester war ich nie so …«

»Kritisch?«

Maren schüttelte den Kopf. »Gläubig.«

Lukas starrte die Pastorin an.

»*Übertrieben* gläubig«, verbesserte sie. »Anders ausgedrückt: Ich habe nie wirklich das Gefühl gehabt, ich könnte mich mit Gott unterhalten.«

Lukas spürte, wie sich sein Hals zuschnürte, während seine Gedanken vorschnelle Schlüsse zogen.

»Mein Vater genauso wenig. Deshalb haben wir es auch nie ernst genommen, wenn Rosanna davon erzählt hat. Wir hielten es für eine Reaktion auf Mamas Tod. Da meine Schwester ohne Mutter aufwuchs, suchte sie sich eben einen Ersatz.«

»Wann ist Ihre Mutter denn gestorben?«, fragte Lukas.

»Kurz nach Rosannas Geburt.« Maren zögerte und sah Lukas an, als wollte sie sich vergewissern, dass es richtig war, ihm alles zu erzählen. Sie kam offenbar zu dem Schluss, dass sie ihm vertrauen konnte. »Das mit den Gesprächen ging ungefähr los, als meine Schwester vier Jahre alt war. Und es hörte auf, als sie zwölf wurde.«

»Warum hörte es auf?«

»Genau das konnte Rosanna auch nicht verstehen. Aber von einem Tag auf den anderen – tote Leitung.« Maren zuckte mit den Schultern. »Wie gesagt, als Rosanna klein war, haben wir über ihre Zwiegespräche selten bis gar nicht gesprochen. Mein Vater und ich hatten es nahezu vergessen, bis sie plötzlich erzählte, dass Gott ihr nicht mehr antwortete. Wir hielten es für einen Scherz. Bis uns klar wurde, dass meine Schwester wirklich traurig war. Tief unglücklich. Sie fühlte sich verlassen, furchtbar einsam. Hoffnungslos. Deshalb hat sie versucht, eine Antwort zu erzwingen.«

Lukas sah sie angespannt an. »Aber Sie sagten doch, sie hätte nicht –«

Maren lächelte. »Meine Schwester hat sich auch nichts angetan. Sie hat nur ... etwas herausgefordert.«

»Und was?«

Maren stand auf und bedeutete ihm, ihr zu folgen.

✲

Hinter der Kirche erstreckte sich eine breite Wiese mit vereinzelten Bäumen, die in einen Wald übergingen.

»An jenem Tag ist Rosanna in diese Richtung gelaufen. Es hat furchtbar geregnet, richtig gestürmt und gewittert. Wir hatten sie gewarnt: Bleib hier! Geh jetzt nicht da raus. Aber sie wollte nicht hören.«

Lukas sah Maren an. »Sie meinen –«

Sie nickte. »Ein Blitz hat sie getroffen.«

Lukas musste schlucken. Sein Herzschlag beschleunigte sich. »Und sie hat unverletzt überlebt ...«

»Von wegen«, widersprach Maren. »Sie hatte starke Verbrennungen. Beim Hinfallen ist sie auch noch mit dem Kopf auf eine Baumwurzel geschlagen, was eine schwere Gehirnerschütterung ausgelöst hat. Außerdem lagen Scherben im Gras, sodass ihr Schienbein aufgeschnitten war und genäht werden musste. Und der Schock hat dazu geführt, dass sie fast einen Monat lang nicht mehr gesprochen hat.«

»Auch nicht mit Gott?«

»Nein«, sagte Maren, »dazu war sie wohl ein bisschen zu enttäuscht.«

Lukas musste lachen, obwohl es ihm unpassend erschien.

»So komisch war's gar nicht«, sagte Maren, aber auch sie konnte sich ein Grinsen nicht mehr verkneifen. »Eigentlich«, fuhr sie fort, während Lukas und sie versuchten, ihre verzweifelte Heiterkeit zu beherrschen, »war's sogar recht traurig.«

»Weil so ein Blitzschlag auch 'ne Antwort sein kann?«

»Aber keine, die man hören möchte.«

»Heißt das, Rosanna hat danach aus Wut aufgehört, an Gott zu glauben?«

»Nein«, erwiderte Maren. »*Ich* habe sie dazu gebracht.«

Lukas sah die Pastorin fassungslos an.

»Mein Vater und ich«, erläuterte Maren, »wollten unbedingt verhindern, dass sie Gott wirklich für rachsüchtig hält und in ihren Unfall irgendeinen Unsinn hineindeutet. Deshalb haben wir mit Engelszungen immer wieder auf sie eingeredet, um sie davon zu überzeugen, dass der Blitzschlag reiner Zufall war.« Maren seufzte. »Aber das war ein Fehler. Je mehr wir Rosanna zu überreden versuchten, desto weniger glaubte sie uns. Eigentlich glaubte sie uns danach kaum noch etwas. Anstatt sie zu beruhigen, haben wir sie nur weiter verwirrt. Was ich mir vermutlich nie verzeihen werde.«

»*Sie* hat deswegen aber wohl kein Blitz getroffen, oder?«

Maren schüttelte den Kopf. »Bin ja nicht abergläubisch.« Sie zwinkerte ihm wieder zu, und Lukas grinste.

Obwohl Maren rund zehn Jahre älter sein musste als Rosanna und auf den ersten Blick nur entfernte Ähnlichkeit mit ihr besaß, konnte er in ihrem Lächeln jene Hintergründigkeit erkennen, die ihn in Rosannas Gesicht zuerst verwirrt und dann angezogen hatte.

»Aber wer weiß, vielleicht hat das Ganze dafür gesorgt, dass Rosanna frühzeitig eine gewisse Eigenständigkeit entwickelte«, sagte Maren schließlich. »Auch wenn sie oft am Boden gelandet ist – irgendwas in ihr hat sie immer wieder dazu gebracht, aus eigener Kraft aufzustehen.« Maren lächelte wieder. »Dass Sie sie verlassen wollen, wird Rosanna garantiert überstehen.«

Daran zweifelte Lukas auch nicht mehr. Aber das, was er über Rosanna erfahren hatte, bereitete ihm neues Kopfzerbrechen. Bislang hatte er befürchtet, er sei für all das verantwortlich, was ihr in den letzten Tagen zugestoßen war. Konnte es sein, dass er damit doch nichts zu tun hatte? Hatte eine bloße Verkettung unglücklicher Zufälle ihn so verunsichert, dass er zu einer derart absurden Schlussfolgerung gekommen war?

Natürlich war Lukas neurotisch genug, um auch noch eine andere Erklärung in Betracht zu ziehen.

Dass nämlich Rosanna mit ihren vielen Schicksalsschlägen dafür bestraft wurde, dass sie seinerzeit eine Antwort von oben herausgefordert hatte.

»Sie sind niemand, der sich leicht beruhigen lässt, was?«

Lukas schrak aus seinen Gedanken und bemerkte, dass Maren ihn mitfühlend musterte. »Ich hasse eben Enttäuschungen«, antwortete er.

»Wer nicht?« Maren legte eine Hand auf seinen Arm. »Aber manchmal muss man einfach darauf vertrauen, dass alles einen Sinn hat.«

»Alles?« Lukas seufzte. »Mir wär's im Augenblick lieber, wenn alles ohne tieferen Sinn geschähe.«

»Weil Sie vermutlich insgeheim alles kontrollieren wollen.« Sie schüttelte den Kopf. »Das können Sie sowieso nicht. Hören Sie lieber auf damit. Und hören Sie auch auf, sich mit alldem zu beschweren, was Ihnen Sorgen macht. Denken Sie lieber an die schönen Seiten des Lebens.« Sie überlegte. »Also nicht an die Zeit, in der Sie und Rosanna sich getrennt haben. Sondern an den Tag, an dem Sie beide sich kennengelernt haben.«

Lukas sah Maren an. Und seufzte wieder.

28

Das von einem Polizisten geliehene graue Sweatshirt mit der Aufschrift »DEIN FREUND UND HELFER« hing sackartig an Rosanna herunter, und die dazugehörigen blauen Jogginghosen waren viel zu lang, sodass sie sie hochgekrempelt hatte. Was auch nicht besonders gut zu ihren hochhackigen Schuhen passte.

Taxis hatten für Rosanna nicht angehalten, sodass sie den ganzen Weg nach Hause gelaufen war. Eine Zeit lang hatte sie versucht, barfuß zu gehen, aber der Asphalt war kalt und zuweilen voller Unrat, sodass sie wieder in ihre schmerzenden Pumps gestiegen war. Sie rechnete damit, dass es, wie im Wetterbericht vorhergesagt, zu regnen anfangen und sie von vorbeipreschenden Autos mit aufspritzendem Pfützenwasser besudelt würde. Aber die dichten Regenwolken begnügten sich damit, den frühen Abend zu verdunkeln.

Als Rosanna das Haus erreichte, in dem sich ihre Wohnung befand, fühlte sie sich trotzdem, als käme sie vom Regen in die Traufe. Lukas saß neben der Eingangstür. Während er sich erhob, musterte er verwundert die ungewohnte Zusammenstellung ihrer Kleidungsstücke.

»Was ist passiert?«, fragte sie ihn.

»Ich glaube, du hast da mehr zu erzählen.«

Rosanna brummte nur missmutig. Ihr Blick fiel auf den Briefkasten, an dem immer noch Erdbeerjoghurt klebte. »Sauerei«, schimpfte sie. »Weiß gar nicht, wer so was komisch finden kann.«

Lukas kratzte sich verlegen am Kinn und versuchte, ihre Aufmerksamkeit zu einer anderen Frage zurückzulenken. »Rosanna ...«

»Ich bin müde«, nörgelte sie, »und nicht in der Stimmung, Entschuldigungen anzuhören, die ohnehin nicht lange anhalten.«

»Sieht so aus.«

»Würdest du mich dann bitte ...« Sie winkte ihn zur Seite und kramte in ihrer Handtasche nach dem Hausschlüssel. Er fiel ihr prompt herunter. Lukas hob ihn auf, noch während sie sich selbst danach bückte. Als sie dabei auf ihren Absätzen umknickte und hinzufallen drohte, hielt er sie fest. Sie fluchte. Ihr Knöchel schmerzte wieder und war auch angeschwollen. Sie wollte jetzt nur noch in ihre Wohnung, ein heißes Bad nehmen und alles vergessen. Aber selbst dafür fühlte sie sich zu erschöpft. Lukas half ihr aufzustehen. Sie machte sich von ihm los, geriet aber ins Taumeln, sodass er sie wieder festhielt.

»Hör auf«, sagte sie leise.

»Ich will nur –«

»Hör auf«, flüsterte sie. Doch als er seine Hände von ihr nahm, lehnte sie ihren Kopf an seine Schulter.

»Komm schon, erzähl mir, was dir passiert ist«, flüsterte er sanft in ihr Haar.

»Du willst es nicht wissen«, hörte sie sich sagen. Aber Lukas hob mit einer Hand ihr Kinn und sah sie aufmunternd an. Also begann sie zu erzählen.

29

»Was, zum Henker, suchst du hier?«

Lars' Stimme war kalt und angriffslustig. Rosanna erkannte ihn kaum wieder. Selbst in ihren lautesten Auseinandersetzungen hatte er eher Ungeduld verströmt als Hass.

Auch Carolin erschrak, allerdings weil sie langsam zu verstehen begann.

»Immer mit der Ruhe«, begann Rosanna. »Ich hatte gestern nicht mal vor, reinzukommen. Ich wollte nur sehen, wie du jetzt lebst.«

»Was geht es dich an?«

Carolin stand auf und nahm Stella an die Hand. »Komm, Schätzchen, wir lassen Papa mal kurz allein.«

»Nein, bleiben Sie«, bat Rosanna. »Ich habe genug gesehen. Und ich bin wirklich nicht hier, um eine Szene zu machen.« Als sie aufstand, hörte sie ein merkwürdiges Geräusch. Ihre plötzliche Bewegungsfreiheit konnte nur bedeuten, dass der Beinschlitz ihres Kleids weiter aufgerissen war. Instinktiv fasste sie an ihr Hinterteil und spürte bereits den Rand ihres Baumwollschlüpfers.

»Pardon«, sagte Rosanna so würdevoll sie konnte

und beugte sich vor, um auf dem Couchtisch nach ihrer Handtasche zu greifen. Doch als sie damit ihr aufgerissenes Hinterteil abdecken wollte, platzte durch die Bewegung ihres Arms der Stoff an ihrem Dekolleté auf.

Lars verengte seine Augen, als wäre er geblendet, Carolin legte schockiert eine Hand auf ihren Mund, und Stella fing an zu kichern.

Mit der Handtasche am Hintern und mit der anderen Hand auf dem Brustansatz, eilte Rosanna auf die Wohnzimmertür zu, blieb aber mit einem Absatz am Bein des Couchtischs hängen und stürzte vornüber. Um sich beim Aufprall abzustützen, warf sie ihre Handtasche weg. Leider zu weit und mit so viel Wucht, dass diese eine prachtvolle Vase von einer Kommode schubste, die klirrend auf dem Parkettboden zerschellte. Der Riss über ihrem Hinterteil platzte in dem Augenblick, als sie auf allen vieren landete, noch weiter auf, sodass der Stoff aufblätterte wie ein unanständiger Bildband.

Anstatt ihr beim Aufstehen zu helfen, sah Lars demonstrativ zur Seite. Sein Gesicht war rot angelaufen, aber ob er wütend war oder sich schämte, wusste weder Rosanna noch Carolin, die ebenfalls um Fassung rang.

»Ich wollte einfach nur sehen, was hätte sein können«, sagte Rosanna erschöpft. »Ich wollte sehen, wie meine Zukunft ausgesehen hätte.«

»Das *ist* nicht deine Zukunft«, erwiderte Lars.

»Jetzt gehen Sie schon«, zischte Carolin.

Rosanna hatte auch nichts anderes vor. Sie bückte sich vorsichtig, um ihre Handtasche aufzuheben, die zwischen den Scherben der Vase lag. Aber dafür hatte Carolin keine Geduld. Hektisch ergriff sie Rosannas Tasche. Und anstatt sie ihr einfach zu geben, verpasste sie ihr damit eine kräftige Ohrfeige.

»Carolin!«, schrie Lars empört.

Rosanna taumelte zurück. Ihre Wange brannte, aber vor allem tat es ihr weh, dass die Erniedrigung in diesem Haus offenbar kein Ende fand.

»Tun Sie das nicht noch mal«, drohte Rosanna, und Carolin ließ die Handtasche erneut auf ihr Gesicht niedersausen. Rosanna duckte sich, sodass der harte Ledererersatz ihren Kopf traf. Während neuer Schmerz durch ihren Körper strömte, fing Stella wieder an zu kichern; für sie sah das Verhalten der Erwachsenen offenbar unheimlich komisch aus.

»Komm«, drängte Lars und zog Rosanna auf die Füße.

»Meine Handtasche«, protestierte Rosanna. Achtlos warf Carolin das schmale, rechteckige Teil zu Boden, bemerkte dann aber entsetzt, dass ihre Hand blutete, weil sie sich an den Scherben geschnitten hatte.

Angewidert streckte Carolin ihre blutverschmierte Hand Rosanna und Lars entgegen, wie einen endgültigen Beweis für das Unheil, das diese über sie gebracht hatten. »Zufrieden?«, schrie sie die beiden an.

Lars trat auf Carolin zu, um ihre Hand zu untersuchen, doch seine Frau stieß ihn zurück, sodass er die Balance verlor und auf das Sofa fiel. »Carolin!«, rief er entgeistert.

Seine Frau schien allerdings so berauscht von ihrer entfesselten Wut, dass sie ihn ignorierte und mit funkelnden Augen auf Rosanna zumarschierte. »Und wenn ich Sie jemals dabei erwischen sollte, dass Sie meinen Mann –«

Rosanna war erst bewusst, was sie getan hatte, als sie Carolins ungläubigen Blick bemerkte sowie deren auf einmal eine Idee schiefere Nase. Rosannas Hand war immer noch zu einer Faust geballt, und ihre Fingerknöchel brannten.

Sie war nicht stolz darauf, Carolin geschlagen zu haben. Sie fühlte sich auch nicht befreiter, im Gegenteil. Stella hatte aufgehört zu lachen und sah sie nun mit großen Augen an, wie einen Clown, der soeben spitze Zähne entblößt hatte.

Rosanna begann zu frieren. Sie fühlte sich, als würden nicht einmal die Reste ihres Kleides sie mehr bedecken.

✲

»Ich nehme an, das fällt nicht unbedingt unter Notwehr«, sagte Lukas in einem Versuch, komisch zu sein.

»Deshalb hat Carolin auch darauf bestanden, die Polizei zu holen«, erwiderte Rosanna. »Außerdem hat sie mich angezeigt – wegen Körperverletzung.«

»Und was hat Lars dazu gesagt?«

»Nichts.« Sie erhob sich von der Treppenstufe, auf der sie und Lukas während ihrer Erzählung Platz genommen hatten, und deutete auf das Sweatshirt und die Jogginghosen. »Zum Glück waren die Polizisten so freundlich, mir ein wenig Stoff zu leihen.«

Lukas lächelte. »Glaubst du wirklich, Lars und Carolin nehmen die Anzeige nicht zurück?«, fragte er dann.

»Ist mir egal.« Rosanna atmete tief ein. Sie glaubte, den angekündigten Regen bereits zu riechen. »Passt zu dem Scheißtag.«

»So schlecht war der gar nicht.«

Rosanna warf ihm einen verblüfften Blick zu. Lukas stand auf. »Immerhin war *ich* nicht daran schuld.«

»Super«, maulte Rosanna und wandte sich zur Tür.

»Nein, warte. Dass dir das heute passiert ist … *nach* unserer Trennung …« Je länger er darüber nachdachte, desto begeisterter wurde er. »Vielleicht lag ich gestern wirklich falsch!«

Rosannas Gesichtsausdruck zufolge konnte sie seine Freude nur schwer teilen. Lukas fuhr fort: »Überhaupt sehe ich heute vieles anders. Besonders nach dem, was deine Schwester erzählt hat –«

»Meine Schwester?«

Lukas wusste, dass sie einen gefährlichen Punkt in ihrem Gespräch erreicht hatten, aber noch riskanter erschien es ihm, seinen Besuch bei Maren zu verheimlichen. »Ich weiß jetzt von dem Blitzschlag«, gestand er.

»Moment mal.« Rosanna trat von ihm zurück. »Du hast hinter meinem Rücken in meiner Vergangenheit herumspioniert?«

»Ich habe *recherchiert*«, verbesserte Lukas. »Aus reiner Sorge um dich.«

Rosanna schüttelte entnervt den Kopf, aber Lukas ließ nicht locker. »Ich kann verstehen, wenn du trotzdem wütend auf mich bist. Und ich will in die Dinge auch nicht zu viel hineinlesen. Aber vielleicht hatte dieser Wahrsager-Fuzzi eben doch keine Ahnung. Vielleicht haben wir zwei weiterhin eine Chance!«

Rosanna schwieg.

»Es tut mir leid«, sagte Lukas. »Ich war gestern total durcheinander. Und hab vielleicht überreagiert. Okay, dazu neige ich sowieso. Aber das kann ich ändern. Rosanna, siehst du denn nicht auch, dass der Vorfall heute eine Art ... Zeichen sein könnte? Ein Beweis dafür, dass wir nicht aufgeben sollten?«

Rosanna sah ihn eine Zeit lang an. Dann sagte sie: »Du spinnst.« Sie drehte sich um und schloss die Haustür auf. Lukas stellte sich ihr eilig in den Weg.

»Ich würde es wirklich gern versuchen«, beharrte er.

Rosanna schüttelte langsam den Kopf. »Du glaubst, was mir heute passiert ist, war unerträglich? War's nicht. Im Nachhinein finde ich's sogar irgendwie komisch. Und eins ist klar: Endlich habe ich jetzt meinen Frieden mit meiner Scheidung gemacht. Einen besseren, eindeutigeren Abschluss konnte es gar nicht geben.«

»Trotzdem–« begann Lukas, aber Rosanna fiel ihm ins Wort.

»Lukas, was ist, wenn wir jetzt gemeinsam nach oben gehen, und irgendwas Schlimmes geschieht? Ich meine, etwas wirklich, wirklich Tragisches. Würdest du das aushalten? Würdest du dann immer noch versuchen, zusammen mit mir das Beste aus unserer Situation zu machen? Oder würdest du wieder umkippen und dir die Schuld geben?« Sie überlegte. »Oder sogar mir? Immerhin weißt du ja jetzt alles über den Blitzschlag …«

Der Sarkasmus in ihren letzten Worten traf ihn nicht so sehr wie ihre logische Argumentation. Denn auch wenn Lukas das nicht wahrhaben wollte, musste er ihr recht geben. Ein Vielleicht war nicht genug. Rosanna brauchte ein klares Bekenntnis, sie verdiente es. Verzweifelt suchte er in seinem Herzen nach dem dafür nötigen Mut. Aber er fand ihn nicht.

»Leb wohl«, flüsterte sie und trat ins Haus. Die Tür schnappte laut zurück ins Schloss. Nach einer Weile begann es, wie angekündigt, zu regnen. Lukas konnte sich trotzdem nicht von der Türschwelle lösen. Als er sich schließlich zum Gehen wandte, war er bereits halb durchnässt.

30

»Tut mir so leid«, erklärte Dominik und überrumpelte Lukas mit einer Umarmung, die er genauso wenig verstand wie die Entschuldigung.

»Du hast doch gesagt, du wärst nicht mehr hier, wenn ich zurückkomme.«

»Ja, ich hab irgendwie die Zeit vergessen.«

Lukas wand sich unsanft aus Dominiks Armen und zog seine nasse Jacke aus. Dominik stand immer noch vor ihm. Lukas deutete auf die Uhr, die im Flur hing. »Deine Mutter macht sich bestimmt schon Sorgen.«

»Hab ihr gesagt, dass ich bei einem Freund bin.«

»Warum lügst du sie an?«

»Was?«

Lukas seufzte. »Ich möchte jetzt allein sein, okay?«

»Ist ja deine Wohnung.«

»EBEN.«

Dominik steckte seine Hände in die Hosentaschen und kramte nach etwas. Er begann durchs Wohnzimmer zu wandern und sich umzuschauen.

»Ich suche meine –«

Lukas hielt einen Schlüsselbund hoch, den er auf dem Couchtisch entdeckt hatte.

Dominik steckte ihn ein, machte aber immer noch keine Anstalten, die Wohnung zu verlassen.

»Ein Dankeschön ist unnötig«, knurrte Lukas. »Ebenso eine weitere Umarmung.« Er zwang ein Lächeln auf sein Gesicht. »Dann alles Gute.«

Dominik nickte enttäuscht, wandte sich endlich um, blieb aber erneut stehen und murmelte etwas.

»Was?«, fragte Lukas ungeduldig.

Dominik drehte sich verschämt um. »Ich wollte nicht rumspionieren.«

Lukas verstand ihn immer noch nicht.

»Aber auf der Couch war's so unbequem, deshalb hab ich gedacht, vielleicht hol ich mir ein Kopfkissen …«

Lukas holte hörbar tief Luft.

»Und als ich mich auf dein Bett gesetzt habe, bin ich mit dem Fuß gegen die Schachtel gestoßen.« Dominik knetete verlegen seine Finger. »Klar, ich hätte nicht reingucken dürfen, aber … Du weißt ja, wir Journalisten sind von Natur aus neugierig.«

Lukas massierte seine Schläfen.

»Ich hab auch den Ring gefunden«, beichtete Dominik. »Also, beide Ringe. Und die Todesanzeige. Mann, echt, das hat mich ganz schön mitgenommen. Hab sogar fast ein bisschen geweint.« Dominik nickte heftig, um seine Aussage zu bekräftigen. »Bin ja sonst nicht so, aber … Endlich verstehe ich, warum du so bist, wie du bist. Das macht es für uns bestimmt viel leichter, ich meine, so richtig Freunde zu werden. Ohne unsere Mentor-Schüler-Beziehung zu gefährden. Wobei sich so was ja auch mal drehen kann. Dann lernt der Mentor auch vom Schüler und …«

Lukas sprang auf, packte Dominik am Kragen, zog ihn zur Tür, öffnete sie, stieß ihn hinaus, knallte die Tür wieder zu und fühlte sich endlich besser.

✲

Das »Dein Freund und Helfer«-Sweatshirt landete auf dem Boden. Als Nächstes zog Rosanna die blauen Jogginghosen herunter. Die mit Gummizügen verengten Säume der Hosen hafteten störrisch an ihren Knöcheln. Sie blickte an ihrem hässlich aufgeplatzten Kleid hinab. Als sie es am Tag nach der Scheidung gekauft hatte, war sie dünner gewesen. Noch immer hatte sie eine gute Figur, und die konnte unmöglich schuld daran gewesen sein, dass sie vor Lars und Carolin aus allen Nähten geplatzt war. Rosanna tippte eher auf Materialermüdung infolge wiederholten Waschens in der unzuverlässigen Gemeinschaftswaschmaschine des Hauses. Schließlich hatte sie das Kleid in den letzten Jahren sehr oft getragen, immer, wenn sie besonders gut aussehen wollte. Jetzt sah es aus, als hätte sie darin den Angriff eines Grizzlybären überstanden. Schweren Herzens pellte sie die Reste des Kleids von ihrem Körper und stapfte damit in die Küche, um es in den Mülleimer zu werfen.

Als Kind hatte sie bestimmten Kleidungsstücken eine geradezu magische Wirkung zuerkannt. Ein geringelter Schal, den sie eigentlich gar nicht an sich mochte, hatte sich als Garant für gute Klassenarbeiten erwiesen. Ein bestimmter Pulli schien ihr Glück zu bringen, wenn sie mit Jungen flirtete. Allerdings hatte es auch eine Cordhose gegeben, die Rosanna so selten wie möglich trug, weil sie glaubte, darin immer einen Schnupfen zu bekommen.

Das Kleid, das heute zerfleddert worden war, hatte Rosanna nicht nur das Gefühl von Schönheit, sondern auch von Unabhängigkeit verliehen. Beides hatte sich vor wenigen Stunden als Trugschluss erwiesen. Und obwohl Rosanna längst nicht mehr an die geheimnisvolle Kraft von Kleidungsstücken und anderen Talismanen glaubte, fühlte sie sich dennoch enttäuscht.

Vielleicht war es aber auch gut so. Hatte sie Lukas nicht auf die Nase gebunden, sie würde sich nicht mehr in übersinnlichen Unsinn flüchten, so wie er? Das Versagen ihres Lieblingskleids war vermutlich eine letzte Station auf ihrem Weg zur Befreiung von all dem Aberglauben, dem sie in ihrem bisherigen Leben trotz wiederholter Auflehnungsversuche verfallen war.

Rosanna knüllte den Stoff zusammen und hielt ihn über den Mülleimer. Sie musste ihn nur noch hineinfallen lassen.

Aber war das nicht genauso übertrieben? So ruiniert sah das Kleid gar nicht aus, noch konnte man es bestimmt wieder in Ordnung bringen. Und war es nicht viel eher ein Zeichen von Reife, wenn sie dieses Kleid behielt?

Rosanna sank auf einen Stuhl. Das zusammengeknüllte Kleid hielt sie immer noch in den Händen. Sie erinnerte sich daran, es auch oft getragen zu haben, wenn sie ihrer Schwester bei einer Predigt zugehört hatte, absichtlich aus der letzten Reihe, damit Maren sie nicht oder zumindest nicht sofort sehen konnte. Am Ende der Predigt hatte Rosanna die Kirche stets schnell verlassen. Ab und zu war Maren ihr trotzdem nachgeeilt, und sie hatten ein paar belanglose Worte gewechselt.

Dass es Rosanna und Maren nicht geschafft hatten, wenigstens als Erwachsene wieder mehr Nähe zueinander aufzubauen, hätten sie beide nicht erklären können. Tatsächlich lag es daran, dass sie nie gelernt hatten, einander wirklich zuzuhören. Ihr Altersunterschied und der frühe Tod ihrer Mutter hatte dafür gesorgt, dass Maren ihre jüngere Schwester fast wie ein eigenes Kind betrachtete. Rosanna hingegen hatte die Mütterlichkeit Marens abgelehnt und war umso frustrierter gewesen, je mehr Maren und auch ihr Vater sie wie ein kleines Mädchen behandelten. Dabei hatte Rosanna wie viele Kinder, die nur mit einem Elternteil aufwachsen, ein überdurchschnittliches Verantwortungsgefühl entwickelt – und leider auch größere Ängste und Zweifel, denen sie irgendwie Herr zu werden versuchte, indem sie zu viel nachdachte und sich zuweilen in irrwitzigen Erklärungsansätzen verlor.

Dass der Blitz sie getroffen hatte, war für Rosanna tatsächlich ein Zeichen gewesen. Nicht aber für einen rachsüchtigen und überheblichen Gott, sondern für die Sinnlosigkeit jener zwanghaften und vermutlich unvermeidbaren Suche des Menschen nach Zusammenhängen, die es nicht gab. Einer Zwölfjährigen traute man solche Überlegungen allerdings nicht zu. Ihre Schwester und ihr Vater hatten sie nur auf Angst und Orientierungslosigkeit reduziert und es deshalb für das Beste gehalten, beidem die Grundlage zu entziehen. Aber die absolute Gewissheit, die sie Rosannas Zweifeln entgegensetzten, konnte diese natürlich nicht beseitigen – schließlich hatte Rosanna schon als kleines Kind eins lernen müssen: dass es eine absolute Gewissheit nicht gab.

Im Laufe der Jahre hatten ihre Schwester und ihr Vater zwar schonend versucht, Rosanna wieder auf ihren religiösen Kurs zurückzubringen, aber zu dem Zeitpunkt hatte sie sich als Pubertierende stets neuen, gern kontroversen Ansichten hingegeben, sodass eine Einigung nicht mehr möglich gewesen war.

Dass sie jetzt einen Punkt erreichte, an dem sie nur noch an das glauben wollte, was sie sah, erfüllte Rosanna allerdings nicht mit der erwarteten Ruhe. Wenn sie ehrlich war, fehlte ihr die Hoffnung, dass alles irgendwann irgendwie irgendeinen Sinn ergeben würde.

So saß Rosanna noch eine Zeit lang mit ihrem zerrissenen Kleid in den Händen da und überlegte, wie ihr nächster Schritt aussehen sollte. Dann stand sie auf, um ihr Telefon zu suchen. Das Kleid hatte sie auf dem Küchentisch zurückgelassen.

31

Lukas wachte auf. Sonnenlicht durchflutete sein Schlafzimmer – es musste bereits später Vormittag sein.

Er stellte fest, dass er sich nicht entkleidet hatte, bevor er in der Nacht auf sein Bett gesunken und eingeschlafen war. Er erinnerte sich daran, Janes Fotos, die Dominik beim Betrachten um sich herum verstreut hatte, eilig in den Karton zurückgeworfen und diesen in die Dunkelheit unter dem Bett geschoben zu haben. Danach hatte er sich erschöpft zurückgelehnt und gehofft, wenigstens für ein paar Stunden alles vergessen zu können. Was ihm wider Erwarten gelungen war.

Lukas stand auf, entkleidete sich und stieg unter die Dusche. Er fragte sich, in welcher Verfassung Rosanna heute Morgen aufgewacht war. Ob sie vielleicht sogar in diesem Moment an ihn dachte, und wie lange es dauern würde, bis sie damit endgültig aufhörte. Noch immer empfand er mehr für sie, als ihm geheuer war. War es besser, sie schnellstmöglich zu vergessen? Konnte er das?

Jane hatte er nicht vergessen. Sie war immer bei ihm und würde es auch bleiben. Aber schon seit einiger Zeit hatte Lukas das Gefühl, dass es schwieriger wurde, ihre Stimme zu hören oder ihr Gesicht zu sehen. Natürlich gab er sich daran die Schuld, obwohl Jane ihm im Scherz einmal versichert hatte, dass es ihr, sollte sie vor ihm sterben, nach dem Tod langweilig werden würde, immer nur in seiner Nähe zu bleiben – sie hätte auf jeden Fall vor, sich öfter mal von ihm zu verabschieden, um John Lennon zu besuchen oder Cary Grant oder all die anderen, an die man sonst so schwer herankam.

Lukas war oft versichert worden, dass der Tag kommen würde, an dem seine Trauer und vielleicht sogar seine Schuldgefühle ein Ende finden würden. Aber je mehr Zeit vergangen war, desto unsicherer wurde sich Lukas diesbezüglich. Jetzt, da Rosanna aus seinem Leben verschwunden war, ertappte er sich sogar bei dem Gedanken, diesen Tag weiter hinausschieben zu wollen.

Warum auch nicht? Die Jane, mit der er in den letzten fünf Jahren zusammengelebt hatte, war zwar nicht greifbar gewesen, aber dennoch eine verlässliche Begleiterin. Und solange er sie mit seinen Gedanken am Leben hielt, war er nicht allein. Die Gespräche, die er mit ihr führte, waren zwar einseitig, aber man konnte nicht alles haben. Und indem er sie steuerte, blieben bittere Wahrheiten verborgen. War das feige? Und wenn schon! Der Gedanke an Jane war wie ein Anker, der ein Schiff daran hinderte, selbst beim heftigsten Sturm aus dem sicheren Hafen getrieben zu werden. Aber Lukas wusste ebenfalls, dass Jane ihn ermutigt hätte, den Anker irgendwann einzuholen und den Hafen wieder zu verlassen.

Das Wasser wurde plötzlich kalt. Lukas stellte es ab und wischte sich zitternd über das Gesicht. Wie kam er auf solche Gedanken? Klaubte sich sein Unterbewusstsein irgendeine Rechtfertigung zusammen, damit er einen erneuten Versuch unternehmen konnte, Rosanna doch noch von ihrer Chance zu überzeugen?

Lukas stieg aus der Dusche und trocknete sich ab. Er beschloss, nach einem ausgedehnten Frühstück im neuen Café an der Ecke, das er schon lange einmal hatte ausprobieren wollen, in die Redaktion zu fahren und mit Evas Nachfolger – wer auch immer das sein mochte – über die Zukunft zu sprechen. Damit würde er sich nicht nur von kindischen Wünschen ablenken, sondern etwas Produktives tun.

Er kleidete sich an, kämmte sein noch feuchtes Haar und begutachtete sich im Spiegel. Selbst wenn er Rosanna noch einmal aufsuchen würde – womit könnte er sie überzeugen, wenn ihm selbst der Mut fehlte?

Lukas zupfte noch einmal an seinem Hemdkragen und wollte das Schlafzimmer verlassen. Aus dem Augenwinkel fiel ihm jedoch im Spiegel etwas auf, das ihn störte.

Unter dem Nachttisch lag etwas. Ein Foto, das entweder dort gelandet war, nachdem er die anderen mit hektischen Händen zusammengekehrt hatte, oder das Dominik gestern aus der Hand gerutscht war.

Lukas hätte das Foto dort liegen lassen können. Aber er wollte sichergehen, es nicht zu vergessen und heute Abend mit dem Fuß versehentlich noch weiter unter den Nachttisch zu befördern, wo es verstauben und verknicken könnte. Also hob er es auf, um es in den Karton zu den anderen zu legen.

Das Foto zeigte ihn selbst. Jane hatte es gemacht. Im rechten Teil des Fotos war eine Reihe von Menschen zu sehen, die auf etwas zu warten schienen. Lukas erinnerte sich. Das Foto war entstanden, während Jane und er in der Schlange vor einem Kino gestanden hatten. Es lief ein Film mit Jim Carrey, den Jane eigentlich nicht hatte sehen wollen. Gefallen hatte er ihr auch nicht, da er weniger komisch als melancholisch gewesen war.

Lukas legte das Foto aufs Bett, um den Karton mit den anderen hervorzuholen. Als sein Blick noch einmal flüchtig darüberstrich, hielt er plötzlich inne.

Lukas nahm das Foto wieder in die Hand. Er erinnerte sich nicht daran, es in letzter Zeit angeschaut zu haben. Hätte er das getan, wäre ihm sicher früher aufgefallen, was ihm jetzt einen solchen Schock versetzte, dass sein Herz zu rasen begann.

Das Foto war zwar vor ungefähr sieben Jahren entstanden, aber Lukas wusste, dass er es sich nicht bloß einbildete: In der Schlange vor dem Kino stand Rosanna. Sie blickte nicht in die Kamera, aber Lukas konnte genug von ihrem Gesicht erkennen, um sie eindeutig zu identifizieren.

Lukas setzte sich aufs Bett, rieb sich die Augen, betrachtete das Foto wieder und wieder. Er irrte sich nicht.

Rosanna erinnerte sich bestimmt nicht mehr, aber sie hatte nur wenige Meter hinter ihm gestanden. Und Lukas fragte sich inzwischen nicht mehr, ob das ein Zufall gewesen war.

32

Kira hielt den Wagen an.

Rosanna war ein wenig traurig darüber, denn während der Fahrt hatte sie das Gefühl genossen, sich noch immer umentscheiden zu können. Jetzt aber wollte sie sich das nicht mehr erlauben. Und eigentlich freute sie sich auch auf die Ungewissheit, die nun vor ihr lag. Ein Neuanfang durfte schließlich nicht mit Altbekanntem locken, oder?

»Den Fahrzeugschein hab ich dir gegeben, oder?«

Kira nickte.

»Den Zweitschlüssel auch?«

Kira nickte ungeduldig ein zweites Mal und sah Rosanna prüfend an. »Warum hab ich das Gefühl, dich abgezockt zu haben? Der Wagen ist bestimmt mehr wert, als du dafür verlangt hast. Und was ist, wenn du zurückkommst und ihn doch wieder brauchst?«

»Wenn ich zurückkomme«, antwortete Rosanna, »dann nur, um meine Möbel aus der Wohnung zu holen.«

»Wenn du nicht sofort was Neues findest, kannst du auch gern bei uns einziehen.«

Rosanna lächelte.

»Ich mein's ernst«, insistierte ihre Freundin. »Ulli hat gern Gäste im Haus.«

»Hätte ich nicht gedacht«, erwiderte Rosanna.

»Du hättest vieles nicht gedacht.«

Rosanna ergriff Kiras Hand. »Ich bin froh, dass du glücklich bist. Ganz ehrlich.«

Kiras Mundwinkel zuckte. Kurz darauf regte sich auch der zweite. »Ich hoffe«, sagte sie dann, »dass wir uns nicht aus den Augen verlieren.«

»Bestimmt nicht«, versprach Rosanna, ohne sich dessen wirklich sicher zu sein. Kira drückte ihre Hand. Als sie in den Rückspiegel sah, fuhr sie unbehaglich durch ihre Haare, in denen sich ein rötlicher Ansatz zeigte. »Ich muss echt dringend nachfärben.«

»Lass das Schwarz doch mal rauswachsen.«

Kira warf Rosanna einen erstaunten Blick zu, begutachtete sich noch einmal im Spiegel, bevor sie mit ihrem typischen Pokerface verkündete: »Nee, das bin ich einfach nicht.«

Nachdem Rosanna ihre Reisetasche aus dem Kofferraum geholt hatte, umarmte sie Kira ein letztes Mal.

»Wenn deine Karre gleich nach ein paar Metern stehen bleibt, brauchst du dich gar nicht wieder herzutrauen«, sagte Kira.

»Darauf bin ich vorbereitet«, erwiderte Rosanna.

Mit der Reisetasche in der Hand marschierte sie auf den Eingang des Bahnhofs zu. Als sie sich noch einmal umdrehte, fuhr Kira gerade in ihrem Wagen davon. Rosanna straffte die Schultern und ging weiter. Nach ein paar Schritten blieb sie noch einmal stehen und kramte ihr Handy aus der Hosentasche hervor. Einen Moment lang zögerte sie. Dann aber warf sie es in den nächsten Mülleimer. Mit dem Gefühl, noch ein bisschen leichter zu sein, verschwand sie im Bahnhofsgebäude. Kurz darauf begann das Handy im Mülleimer zu vibrieren.

Lukas schnaubte enttäuscht, als sich Rosannas Mailbox einschaltete. Natürlich konnte er verstehen, dass sie nicht mit ihm reden wollte. Lukas wusste auch, dass das Foto nicht zwangsläufig etwas änderte. Aber zumindest wollte er, dass sie es sich ansah. Dass sie einfach darüber hinweggehen würde, konnte er sich jedenfalls nicht vorstellen.

Er erreichte ihr Haus, betätigte die Klingel neben ihrem Namensschild, bekam aber auch hier keine Antwort. Machte es Sinn, wieder hier an der Tür zu warten – oder versuchte sie ihm längst aus dem Weg zu gehen wie einem unheimlichen Stalker?

So durfte es auf keinen Fall enden. Er musste etwas unternehmen. Er musste sie finden, und zwar so schnell es ging. Irgendwie hatte er das Gefühl, dass ihm die Zeit davonlief. Aber wo könnte er mit seiner Suche beginnen? Bei Kira? Er wusste nicht einmal, wo Kira wohnte. Aber wo sie arbeitete!

Lukas wandte sich um und stürmte los. Dabei prallte er so hart gegen den Mann, der hinter ihm herangekommen war, dass sie beide zu Boden stürzten. Lukas kannte Lars nur von einem Urlaubsfoto, das Rosanna ihm während ihrer Woche herrlicher Ungestörtheit gezeigt hatte. Sein durchtrainierter Oberkörper hatte Lukas durchaus ein wenig neidisch gemacht. Zum Glück hatte Lars jedoch inzwischen kräftig an Gewicht zugelegt, sodass Lukas erfreulich weich landete.

33

»Entschuldigen Sie mal!«, empörte sich Lars.

Lukas stieg von ihm herunter und bot ihm eine Hand an, um ihm beim Aufstehen zu helfen. Lars zog es vor, sich allein aufzurappeln. Während er sich den Dreck von seinem Anzug klopfte, warf er Lukas vernichtende Blicke zu. »Arschloch«, murmelte er.

»Sie wollten Rosanna hoffentlich sagen, dass Sie die Anzeige zurückziehen«, gab Lukas gelassen zurück.

Lars starrte ihn an. »Bitte?«

Lukas klopfte ihm ein wenig Staub von der Schulter. »Ich weiß Bescheid«, erklärte er, »und ich finde, Sie und Ihre Frau haben sich da gestern nicht gerade mit Ruhm bekleckert.«

Lars musterte ihn herablassend. »Ach nee. Sind Sie etwa der Neue oder nur ein ›Freund‹?«

»Das tut hier nichts zur Sache«, erwiderte Lukas.

»Fein«, freute sich Lars und lächelte angriffslustig. »Dann verpissen Sie sich gefälligst.« Er rempelte ihn mit der Schulter an und trat auf das Klingelschild zu. Aber auch sein Versuch, sich von Rosanna die Tür öffnen zu lassen, blieb erfolglos.

»Wo ist sie?«, knurrte Lars Lukas an.

Lukas stellte eine Gegenfrage. »Warum sind *Sie* hier? Selbst wenn Sie die Anzeige zurückziehen – was ich bezweifle, da Sie offensichtlich bloß einer dieser machtversessenen Rechthaber sind, die schon als Kind peinlich waren –, dann hätten Sie dafür nicht herkommen müssen.«

»Eifersüchtig?«

Lukas schüttelte den Kopf. »Das nun gar nicht. Aber vielleicht sind Sie noch nicht wirklich fertig mit Rosanna. Was auch Ihre starrköpfige Haltung wegen der Anzeige erklären würde. Sie wollen ihr immer noch wehtun. Fragt sich nur, wofür.«

Lars schwieg eine Weile, winkte dann ab. »Mit so einem Schluffi diskutiere ich doch gar nicht.«

»Ich wette, Sie sind hier, um Rosanna zu erklären, dass Ihre neue Frau auf der Anzeige besteht und Sie daran völlig unschuldig sind. Auf diese Weise wären Sie weiterhin der verständnisvolle, nette Exmann, der nie etwas böse gemeint hat und auch jetzt überhaupt kein Problem mit seiner geschiedenen Frau hat. Vielleicht spekulieren Sie ja auch auf ein kleines Nebenher, den guten alten Zeiten zuliebe? Ihre Frau weiß doch bestimmt nicht, dass Sie hier sind, oder?«

Lars fixierte ihn. »Sie haben eine blühende Fantasie.« Er streckte einen Zeigefinger aus und bohrte ihn Lukas in die Brust. »Aber mir reicht's jetzt, verstanden?«

»Soll ich Rosanna sagen, Sie kommen wieder?«, fragte Lukas vergnügt.

»Sie halten Ihre Klappe«, fauchte Lars. »Sonst werde ich –«

Irritiert verstummte er, als plötzlich die »Carmina Burana« durch die Luft schallte. »Ich bin gleich wieder bei Ihnen«, versprach Lukas und nahm den Anruf auf seinem Handy entgegen. Die Stimme, die sich am anderen Ende meldete, nahm ihm jedoch ein wenig von jenem Selbstvertrauen, mit dem er sich Lars gegenüber so großspurig aufgebläht hatte.

»Diesmal ist er wirklich weg«, sagte die Heimleiterin in einem Ton, als überbrächte sie eine gute Nachricht. »Und zwar mit einem Taxi, wenn man den Aussagen von ein paar Heimbewohnern glauben kann.«

Lukas schloss entnervt die Augen. Eigentlich hatte er herausbekommen wollen, wo er Rosanna finden konnte. Stattdessen präsentierte ihm das Schicksal nun noch ein anderes Problem.

»Wieso haben Sie nicht besser aufgepasst?«, regte Lukas sich auf.

»Wir sind kein Gefängnis«, erwiderte die Heimleiterin. »Außerdem waren Sie es ja wohl, der ihm diesen Floh ins Ohr gesetzt hat, von wegen: ein letztes Mal zum Ferienhaus seiner Eltern. Ist Ihnen eigentlich klar, dass er schon die Reise nicht überstehen wird?«

»Dann halten Sie ihn davon ab!«, schimpfte Lukas und drehte sich von Lars weg, der sich über seine Hilflosigkeit sichtlich amüsierte.

»*Sie* halten ihn davon ab«, erwiderte die Heimleiterin gleichmütig. »Wie gesagt, ich habe nicht das Personal für solche Rettungsaktionen.«

»Sie kümmern sich doch bloß nicht um Fritz, weil er keine Verwandten mehr hat.«

»Das lass ich jetzt mal unbeantwortet.« Nach einer vorwurfsvollen Pause fuhr sie energisch fort: »Wenn aber Herrn Gievenbeck etwas zustößt, dann können Sie sicher sein, dass ich Sie moralisch dafür verantwortlich mache.«

Lukas bestritt eine solche Schuld sofort vehement und feuerte ein paar Gegenvorwürfe ab, bis die Heimleiterin das Telefonat beendete. Allerdings hatte sie ihn längst an seinem wunden Punkt voll erwischt. Und war es nicht tatsächlich so, dass er Fritz auf die Idee mit der Reise ans Meer gebracht hatte, nur um ihn dann maßlos zu enttäuschen, als er ihn auf unbestimmte Zeit vertrösten wollte – wohl wissend, dass Zeit etwas war, von dem Fritz nicht mehr viel besaß?

Lukas fühlte sich schrecklich, als er das Handy wieder einsteckte und darüber nachdachte, wie er Fritz aufhalten könnte. Zudem kreisten seine Gedanken immer wieder um Rosanna und das Foto – würde er jemals die Gelegenheit bekommen, es ihr zu zeigen? Oder sorgte Fritz' Flucht gerade in diesem Augenblick für eine Verkettung unglücklicher Umstände, die auch Lukas' Leben für immer verändern würden?

»Idiot«, schnaubte Lars kopfschüttelnd. »Ich rede mit dir!«

Aber Lukas hatte ihn nicht gehört und weder Zeit noch Interesse für eine Wiederholung. Er ließ Lars stehen und eilte los.

34

Die Durchsage wurde vom defekten Lautsprecher im Abteil bis zur Unverständlichkeit verhackstückt, irgendetwas über Waggons in verkehrter Reihenfolge. Rosanna hatte zum Glück schon kurz nach dem Einsteigen einen Platz gefunden. Inzwischen erfüllte Stimmengewirr die abgestandene Luft. Passagiere arbeiteten sich ächzend durch den schmalen Gang zwischen den Sitzreihen und blockierten einander bei jeder Gelegenheit.

Gegenüber von Rosanna verteilte eine junge Mutter für ihren etwa sechsjährigen Sohn Buchstabensteinchen auf einer Scrabble-Unterlage. Der Junge wischte die Steine jedoch eher lustlos hin und her, anstatt sie zu sinnvollen Wörtern zusammenzusetzen.

»Jetzt lass das doch mal«, ermahnte sie ihn, wandte sich aber nach dem dritten Mal frustriert ab und schloss die Augen, während der Junge aus den Spielsteinen Torpfosten baute, durch die er mit am Daumen gespanntem Zeigefinger die anderen Steine schoss.

Einer davon traf Rosanna hart am Handgelenk, während sie mit verschränkten Armen den Jungen beobachtete. Ihr leiser Schmerzlaut ließ die Mutter kurz die Augen öffnen, sie aber ebenso schnell wieder schließen, als wollte sie nicht in die Situation hineingezogen werden.

Der kleine Junge musterte Rosanna abwartend, bis sie den Spielstein nahm, der sie getroffen hatte und in ihren Schoß gefallen war, und auf die Unterlage zurückwarf. Ein paar der Buchstabensteinchen ergaben dort bereits einen Teil ihres Namens: S-A-N-N. Rosanna vervollständigte ihn mit weiteren Steinen und zeigte auf sich. Der kleine Junge lächelte ein wenig, zog es aber vor, mit den Steinen weiter Tischfußball zu spielen.

Eine weitere Durchsage drang stockend durch das Gemurmel der Passagiere – der Versuch einer Entschuldigung für die sich verzögernde Abfahrt.

Aber Rosanna hatte es nicht eilig. Sie hatte nicht einmal ein klares Ziel. Sie war einfach zu einem Automaten marschiert und hatte eine Fahrkarte für den nächsten Zug gelöst. Wie lange sie an der Endstation bleiben würde, wusste sie nicht. Sie hatte beschlossen, sich treiben zu lassen, einfach in Bewegung zu bleiben und sich spontan zu entscheiden.

Ein Zugbegleiter betrat das Abteil, ging auf einen belegten Platz zu und sprach den dort sitzenden Mann an. Der stellte sich wenig überzeugend schlafend und musste letztendlich aufgrund einer fehlenden Reservierung aufstehen. Während er betont langsam seine Sachen zusammensuchte und davonschlurfte, verließ der Zugbegleiter das Abteil wieder für kurze Zeit, um mit einem anderen Fahrgast zurückzukehren und ihn zum freien Platz zu führen. Die Schritte dieses Mannes waren zwar unsicher, ließen ihn aber gebrechlicher wirken als sein zufrieden lächelndes Gesicht. Nachdem er sich hingesetzt hatte, holte der Zugbegleiter einen zusammengeklappten Rollstuhl vom Bahnsteig, verstaute ihn zwischen zwei Sitzreihen und verabschiedete sich. Der alte Herr fuhr sich durch seine langen weißen Haare und lehnte sich zurück.

Sprachlos beobachtete Rosanna ihn. Als Fritz sie in der übernächsten Sitzreihe entdeckte, dauerte es ein wenig, bis er sich an sie erinnerte.

Dann aber zwinkerte er ihr mit unschuldigem Lächeln zu.

35

»Sie haben Glück«, verkündete der Schalterbeamte erfreut. »Der Zug nach Immensee wartet auf einen verspäteten Intercity. Wenn Sie sich beeilen, können Sie ihn noch erwischen.«

Lukas rannte los. Das Taxiunternehmen hatte seinen Verdacht bestätigt, dass sich Fritz zum Bahnhof hatte fahren lassen, wo er sich am Schalter eine Fahrkarte gekauft und um Hilfe beim Einsteigen gebeten hatte.

Lukas hetzte die mit Reisenden verstopfte Rolltreppe zum Gleis hinauf, wich aus, rempelte unabsichtlich an, wurde selbst angestoßen und beschimpft, aber er hatte eine Mission zu erfüllen und ließ sich nicht beirren.

Das laute Zuklappen der Türen hallte durch die Luft, als Lukas auf dem Gleis ankam. »Nein!«, rief er wütend und stürmte auf den noch stehenden Zug zu, klopfte wild gegen eine Tür, lief an den Fenstern eines Wagens vorbei, sprang daran hoch, in der Hoffnung, einen Zugbegleiter auf sich aufmerksam zu machen. Stattdessen glotzte eine Gruppe von Teenagern zu ihm hinunter und winkte grinsend zurück, bis sich der Zug in Bewegung setzte und kurz darauf aus Lukas' Blickfeld verschwand. Da der nächste Zug nach Immensee erst in fünf Stunden abfuhr, blieb ihm nur die Chance, Fritz im Auto zu folgen.

Als Lukas den Bahnhof verließ und auf den Taxistand zueilte, erinnerte er sich jedoch daran, dass er kaum noch Bargeld bei sich hatte. Die Fahrt würde sehr viel mehr kosten, als er sich am Geldautomaten von seinem bereits überstrapazierten Konto ziehen konnte. Entmutigt blieb er stehen. Es musste einen anderen Weg geben.

»Hey!« Dominik strahlte ihn an und winkte wie ein Irrer. »Ist das 'n Zufall, oder was?«

»Was machst du hier?«, fragte Lukas entsetzt.

»Na, was wohl? Wollte mir 'ne Fahrkarte kaufen.«

»Viel Spaß.« Lukas ging weiter, aber Dominik folgte ihm.

»Immer noch sauer auf mich?«

»Schon gut«, sagte Lukas, um ihn loszuwerden.

»Wirklich?«, strahlte Dominik.

»Ja …«

»Du sagst es auch nicht nur so? Ich meine, mir gegenüber musst du dich echt nicht verstellen …«

»Dominik –«

»Ich will nämlich nicht, dass das mit den Fotos irgendwie zwischen uns steht.«

»Tut's nicht«, knurrte Lukas.

»Du sollst auch nicht scheißfreundlich zu mir sein, nur weil du so old school höflich bist, ne?«

Lukas atmete tief aus.

»Ich fände es viel besser, wenn wir so'n ganz ehrliches Verhältnis zueinander hätten. Wo wir uns alles sagen können, ohne gleich auszuflippen. Wenn du also irgendwas auf dem Herzen hast …«

Lukas fixierte ihn. Er wollte die Frage eigentlich nicht stellen, aber im Augenblick sah er keine andere Chance.

»Bist du zufällig mit dem Auto hier?«

36

Die Landschaft rauschte an ihnen vorbei, untermalt vom monotonen Rattern der Zugräder und dem Gemurmel der Reisenden. Fritz schien eingeschlafen zu sein, oder er hatte die Augen geschlossen, um nicht angesprochen zu werden – ein Trick, der Rosanna leider nicht davor bewahrt hatte, von der Mutter des kleinen Jungen zur Aufpasserin bestimmt zu werden, bis sie aus dem Speisewagen mit neuem Proviant zurückkehrte. Der Junge schoss daraufhin mit noch größerem Spaß die Buchstabensteinchen vom Scrabble-Spielfeld durch die Gegend, bis Rosanna entnervt alle Steine einsammelte. Gelangweilt begann der Junge das kostenlose Bahn-Magazin zu zerreißen und fühlte sich von Rosannas mahnenden Blicken erst recht dazu ermutigt weiterzumachen.

Rosanna wischte gedankenverloren mit einer Hand durch die Buchstabensteinchen und fügte ihrem bereits gelegten Vornamen ihren Nachnamen B-A-R-T-E hinzu. Sie erinnerte sich daran, als Kind zusammen mit ihren Freundinnen aus Namen neue Wörter zusammengesetzt zu haben, Anagramme, die völlig andere Bedeutungen aufzeigten, so albern die auch waren. Rosannas Name hatte dabei besonders viele Neubildungen ermöglicht. So konnte aus ROSANNA BARTE auch ANANAS ROBERT werden, woraus ihre Freundinnen gern schlossen, dass eine mystische Verbindung zwischen Rosanna und Klassenkamerad Robert bestand, der zu allem Überfluss tatsächlich gerne Ananas aß, was ihn für Rosanna, die dagegen allergisch war, erst recht unerträglich machte. Zudem ließ sich aus ihrem Namen eine Anleitung für die Zubereitung von Fleisch ableiten (ANBRATEN ROSA), vortrefflich über ihre Neigung spotten, andere zu beobachten (ANSTARREN ABO), oder eine Verbindung zu einem zwielichtigen Etablissement ihrer Heimatstadt herstellen, der berüchtigten SANTA BAR NERO.

Heute konnte Rosanna über solche Verunglimpfungen ihres Namens lachen, weil sie natürlich nichts über sie, sondern nur die Zufälligkeit bestimmter Buchstabenkombinationen aussagten. Tatsächlich erlaubte ihr Name die merkwürdigsten Umformungen. Amüsiert setzte sie aus den Buchstabensteinchen RASANT BARONE zusammen, dann SAAT NARR OBEN. Ihr Lächeln verschwand jedoch, als sich etwas ergab, das sie nie zuvor aus ihrem Namen gebildet hatte.

A SATAN REBORN.

Rosanna musste schlucken. Ein wiedergeborener Teufel? Verärgert wischte sie die Buchstaben wieder auseinander. Was für ein Unsinn. Trotzdem kramte ihr Gedächtnis sofort den katastrophalen Besuch bei Lars und Carolin hervor und – schlimmer noch – die Prophezeiung des großen Shandu. Aber nein. Damit wollte Rosanna gar nicht wieder anfangen.

Um die Unruhe in sich loszuwerden, beschloss Rosanna, sich die Beine zu vertreten. Sie erhob sich, ließ den kleinen Jungen die Buchstabensteinchen auf andere Reisende schießen und marschierte zwischen den Sitzreihen zum Ausgang des Wagens, als sie plötzlich Fritz' Stimme hörte.

»An der nächsten Station muss ich aussteigen. Könnten Sie mir dabei behilflich sein?«

Rosanna sah den alten Mann verwundert an. »Natürlich«, antwortete sie. Fritz lächelte und wandte seinen Blick wieder zum Fenster.

Rosanna zögerte. »Erinnern Sie sich an mich? Wir sind uns schon einmal begegnet.«

»Ich weiß«, sagte Fritz. »Und wahrscheinlich fragen Sie sich, warum ich so ganz allein unterwegs bin.« Er zuckte die Achseln. »Weil ich getürmt bin.«

»Und das ist … in Ordnung?«

»Sie reisen doch auch allein. Oder ist Lukas bei Ihnen?«

Rosanna schüttelte den Kopf.

Fritz musterte sie wehmütig. »Werden Sie ihn jetzt anrufen und mich verpfeifen?«

»Nein«, antwortete Rosanna nach einer Pause. »Ich finde, Ihnen sollte niemand mehr Vorschriften machen.«

Fritz lächelte. »Ich fahre zu meinem Bruder«, erklärte er vorsichtig und stellte zu seiner Erleichterung fest, dass Lukas ihr nicht viel über ihn erzählt haben konnte, schon gar nicht, dass Herbert vor Jahren verstorben war. »Er ist jünger als ich«, erklärte Fritz mit charmantem Lächeln, »und wird sich ein wenig um mich kümmern. Wir besitzen ein Haus an der Küste, wissen Sie? Und ich liebe das Meer.«

»Ich auch«, erwiderte Rosanna. Und aus irgendeinem Grund hatte sie auf einmal das Gefühl, dass sie nicht bis zur Endstation im Zug sitzen bleiben sollte.

37

»Ist das geil oder was? Ich sag ja immer: Reisen macht viel mehr Spaß zu zweit. Was meinst du?«

Lukas spähte demonstrativ durchs Seitenfenster und hoffte, dass Dominik sich auf den Verkehr konzentrierte, durch den er sie beide gerade mit seinem verrosteten Kleinwagen steuerte.

Die Bahnpolizei in Immensee hatte Lukas versichert, dass sie Fritz abfangen und beaufsichtigen würde, bis auch er eingetroffen wäre, um mit ihm die Rückfahrt anzutreten. Die Vorstellung, den alten Mann so kurz vor seinem Ziel aufzuhalten, bereitete Lukas allerdings ein schlechtes Gewissen. Durfte er wirklich Fritz' vielleicht letzten großen Wunsch durchkreuzen? Wenn er es tatsächlich bis Immensee schaffte, sollte Lukas ihm dann nicht helfen, zumindest für ein paar Stunden den Ort seiner Kindheit wiederzusehen? Aber was wäre, wenn sich Fritz' Gesundheitszustand aufgrund der Strapazen der Reise verschlechterte oder er sogar in seiner Gegenwart starb?

»Ich fühl mich auch überhaupt nicht ausgenutzt«, beteuerte Dominik. »Echt nicht.«

»Freut mich«, murmelte Lukas. Er war ihm tatsächlich dankbar und hatte versprochen, das Benzingeld zurückzuzahlen. Dominik hatte allerdings darauf verwiesen, dass das Auto ohnehin nicht ihm gehörte, sondern seiner Mutter. Und die würde nie Ärger machen, wenn er den Tank leer fuhr.

»Außerdem«, erklärte Dominik, »hatte ich heute sowieso noch nichts vor.«

»Ich dachte, du wolltest dir 'ne Bahnfahrkarte kaufen.«

»Hmm?«

»Du hast vorhin zu mir gesagt –«

»Ach so. Ja klar.«

»Wofür brauchtest du die denn? Für ein Vorstellungsgespräch in einer anderen Stadt, hoffentlich?«

»Genau!«

Dominiks vorschnelles Grinsen ließ Lukas misstrauisch werden. »Und wo und bei wem?«, hakte er nach.

»Ähm ...« Dominik räusperte sich und stierte durch die Windschutzscheibe.

»Du wolltest dir überhaupt keine Fahrkarte besorgen.«

Dominik schwieg.

»Sag bitte nicht, dass du mir den ganzen Morgen gefolgt bist.«

Dominik schwieg immer noch.

»DU BIST MIR GEFOLGT?«

»Ich dachte, ich soll's nicht sagen.«

Lukas fasste es nicht.

»Okay, ich habe dich beschattet. Aber jetzt nicht so Stalker-mäßig.« Dominik lächelte entschuldigend. »Ich wollte nur den richtigen Moment abpassen, um wieder ins Gespräch zu kommen. Und das habe ich auch, oder nicht? Ich kam doch eigentlich wie gerufen!«

Das konnte Lukas tatsächlich nicht bestreiten. Er schwieg jedoch lieber, um Dominik in seinem Verhalten nicht noch zu bestärken.

»Meinst du, dein alter Freund will sich vielleicht mit dieser Reise absichtlich umbringen?«, fragte Dominik nach einer Weile.

Lukas antwortete nicht, aber dieser Verdacht war ihm auch schon gekommen. Zumindest war Fritz bereit, es zu riskieren. Konnte man ihm das verdenken?

»Wo würdest *du* dich wohl am liebsten umbringen?«, wollte Dominik wissen.

»Nicht in deinem Auto«, entgegnete Lukas und wies ihn an, gefälligst auf die Fahrbahn zu schauen.

»Hab schon oft über so was nachgedacht«, verriet Dominik.

»Selbstmord?«

Dominik nickte. »Aber es müsste etwas bedeuten, weißt du? Ich würde es nur machen, um meinem Leben einen Sinn zu geben.«

»Könnte schwierig werden.«

»Na ja, wenn ich mit 'ner Handvoll Überlebender

irgendwo eingeschlossen wäre – ich meine, nach 'ner Zombie-Invasion.«

Lukas warf ihm einen verständnislosen Blick zu.

»Ja, und wenn ich dann beim Kampf mit den Zombies verletzt worden wäre oder gebissen ... Du weißt ja, dann dauert es sowieso nicht lange, bis der Virus auch mich zum Zombie macht – und das geht gar nicht. Also würde ich 'ne Handgranate nehmen und den Überlebenden den Weg freisprengen. Mit mir selber, meine ich. Dann hätte mein Leben einen echten Sinn gehabt, verstehst du?«

Lukas seufzte. »Und wie sehen deine sonstigen Zukunftspläne aus?«

Dominik zuckte die Achseln. »Irgendwo bewerben, nehme ich an.«

Lukas merkte, dass Dominik seinem Blick auswich. »Du hast deiner Mutter noch nichts von deinem Rausschmiss erzählt, oder?«

»War noch nicht der passende Moment. Aber der kommt, ganz bestimmt.« Er lächelte. »Und inzwischen kannst du mir ja ein paar Tipps geben, so für meine Zukunft.«

»Dominik«, erwiderte Lukas, »warum genau glaubst du, dass ausgerechnet ich dir irgendetwas Sinnvolles raten kann?«

»Eva meinte –«

»Eva hat nicht mal geahnt, dass sie gefeuert wird. Spricht das für ihr Urteilsvermögen?«

»Willst du damit sagen, du hast in Wahrheit von nichts 'ne Ahnung?«

Lukas lächelte. »Ich bin einfach kein guter Ratgeber, okay? Ich krieg kaum mein eigenes Leben in den Griff – wie sollte ich da dir helfen können?«

»Vielleicht«, überlegte Dominik, »sollst du ja was von *mir* lernen. Vielleicht hat Eva uns deshalb zusammengebracht. Damit du was von meinem Talent abbekommst –«

»Talent?« Lukas musste sich räuspern.

»Ja klar«, sagte Dominik. »Fürs Schreiben, meine ich. Du musst mir nur sagen, worüber, und schon …« Er schnippte laut mit den Fingern. »Wie Eva mir sagte, musst du dich immer ziemlich abquälen, stimmt's?«

»Nein.« Lukas runzelte die Stirn. »Das hat sie gesagt?«

»Wie auch immer. Ich könnte für dich der Talent-Mann sein – und du für mich der … ähm …«

Lukas starrte entgeistert auf seine Uhr und dachte daran, dass er noch mindestens drei weitere Stunden mit Dominik unterwegs sein würde. Egal, was er tun müsste, um das Geld für eine Rückfahrkarte mit der Bahn zu organisieren – er würde vor nichts zurückschrecken.

»Der mit der Lebenserfahrung«, verkündete Dominik endlich. »Das muss ja nicht heißen, dass du alles geregelt kriegst. Nur, dass du schon 'ne Menge erlebt hast. Allein von der Anzahl der Jahre – ist ja klar. Da wirst du mir immer was voraushaben.«

Lukas hielt seinen Blick starr durch die Windschutzscheibe gerichtet und bemerkte daher als Erster den Qualm, der aus der Motorhaube aufstieg.

»Dominik …«

»Hmm?«

*

Schon ein paar Minuten später dachte Lukas, dass Dominiks Gequatsche nicht so unerträglich war wie die Aussicht, auf dem Standstreifen einer Autobahn zu scheitern. In seiner Verzweiflung versuchte er noch einmal Rosanna zu erreichen, aber wieder schaltete sich nach mehreren Freizeichen bloß die Mailbox ein.

Mit einem gewaltigen Knall schloss Dominik die Motorhaube. »Liegt wohl nicht nur am Kühlwasser …«

Lukas nickte, weil er nichts anderes als eine Hiobsbotschaft erwartet hatte, und begann den Standstreifen zur nächsten Ausfahrt hinunterzumarschieren. Dass Dominik ihm hinterherdackelte, war auch keine Überraschung.

»Tut mir echt leid«, jammerte der junge Mann. »Ich hatte so gehofft, dass der Wagen die Fahrt noch schafft. Aber keine Sorge, er war morgen sowieso in der Werkstatt angemeldet.«

Lukas sah ihn wortlos an, ohne seine Schritte zu verlangsamen.

»Aber das heißt noch lange nicht, dass wir aufgeben müssen, weißt du?«

»Wir?«

»Na, ich lass dich jetzt doch nicht im Stich!«

»Probier's ruhig.«

»Nein, nein, nein! Deine Aufgabe ist viel zu wichtig, ich meine – der alte Knacker muss unbedingt gerettet werden! Und irgendwie glaube ich, es ist meine Bestimmung, dir dabei zur Seite zu stehen.«

Der aufheulende Motor eines vorbeirasenden Autos übertönte Lukas' Wutgeschrei, sodass Dominik nicht einmal verstand, dass er es war, der seinen Protégé-in-spe zur Tobsucht brachte.

Als Lukas seine Schritte beschleunigte, rechnete er nicht damit, Dominik loszuwerden. Genauso wenig wagte er zu hoffen, dass seine Nervensäge zumindest auf den Gedanken kommen würde, sich mit weiteren Äußerungen zurückzuhalten. Aber schon nach wenigen Augenblicken musste Lukas feststellen, dass Dominik nicht nur zurückgefallen, sondern auch verstummt war. Verwundert blieb Lukas stehen und wandte sich um.

Ungefähr zwanzig Meter von ihm entfernt stand Dominik neben einem alten, aber gut gepflegten braunen Volvo und sprach mit dem bieder wirkenden Pärchen, das für ihn angehalten hatte. Kurz darauf winkte er Lukas stolz heran.

»Wir haben Glück!«, rief er ihm entgegen. »Die fahren sogar Richtung Küste!«

Lukas wusste nicht, was er sagen sollte.

»Wahnsinn, oder?« Dominik lachte achselzuckend. »Hab offenbar noch mehr Talente, als ich dachte!«

38

Lars rückte reflexartig seine Krawatte zurecht und unterdrückte die Luft, die aus seinem Magen aufstieg. Die Currywurst, die er sich gegönnt hatte, verursachte schon jetzt ein Sodbrennen, das ihn trotz der Säurehemmer, die er stets bei sich trug, bis zum Schlafengehen beschäftigen würde. Dass er gerade dabei war, Carolin am Telefon anzulügen, verkrampfte seine Eingeweide zusätzlich.

»Er hat mich buchstäblich angefleht, die Anzeige zurückzuziehen, du hättest ihn mal sehen sollen …«

»Glaub ich nicht.«

»Was?«

»Dass sie einen Freund hat«, erklärte Carolin. »Wie ist der denn so?«

Lars seufzte. »Ein totaler Loser, was sonst. Konnte einem nur leidtun.« Er bedeutete der Kellnerin, ihm die Rechnung zu bringen, wobei ihm das zwischen Schulter und Ohr eingeklemmte Handy wegrutschte und auf den Rest der Currywurst fiel.

Die lange Pause, in der Lars leise fluchend das Handy mit seiner Papierserviette säuberte, bemerkte Carolin nicht. Während sie ihre angeschwollene Nase und den sich unter dem linken Auge ausbreitenden grünlich schimmernden Bluterguss im Spiegel musterte, sprach sie ohne Unterlass weiter. »Ist das nicht armselig? Da lässt sie ihren kleinen Büttel um Vergebung flehen, anstatt selber den Mut für eine Entschuldigung aufzubringen. Ich bin ja wirklich nicht nachtragend und ich will auch niemandem ernsthaften Schaden zufügen, aber – ein bisschen Anstand kann man wohl verlangen.«

»Genau«, rief Lars in die Sprechmuschel, während er weitere Papierservietten aus dem Spender riss, um die letzten Soßenspuren abzuwischen.

»Dass du überhaupt jemals in sie verliebt warst …«

»Genau«, wiederholte Lars.

»Na, vielleicht war sie früher anders. Du bist es jetzt ja auch, dank mir.«

»Hmm«, murmelte Lars laut, während er das immer noch nicht ganz saubere Handy auf den Tisch legte, um die Kellnerin zu bezahlen.

»Ich bin jedenfalls sicher, deine Ex hat große Probleme, in jeder Hinsicht. Und so, wie du ihren Freund beschreibst, ist der wohl eins davon.«

»Stimmt so«, murmelte Lars der Kellnerin zu.

»Bitte?«

»Ich sagte, das stimmt!«, erklärte Lars schnell und presste das weiterhin klebrige Handy an sein Ohr.

»Bist du immer noch an der Tankstelle?«

»Natürlich«, beteuerte Lars und eilte zum Ausgang der Autobahnraststätte. »Ich muss auch gleich weiter, aber ich dachte, ich müsste dir das Ganze wenigstens kurz erzählen.«

»Das ist so lieb.« Nachdenklich strich Carolin über die kleine Wölbung ihres Babybauchs, der für Unwissende weiterhin kaum zu sehen war. Im Hintergrund kam Stella ins Wohnzimmer gelaufen und strahlte ihre Mama an. Keine Frage, ihre Tochter würde ebenfalls eine bildschöne Frau werden, sie vielleicht sogar ein wenig eifersüchtig machen – oder umgekehrt, wenn Fremde sie für Schwestern halten würden. Carolin seufzte leise. Die Sonne tauchte das Wohnzimmer in ein goldenes Licht und ließ das Chaos, das gestern ihr liebevoll ausgestattetes Heim verunstaltet hatte, wie einen bösen Traum erscheinen.

*

Lars war bereit aufzugeben. Eigentlich hatte er vorgehabt, Rosanna zu einer Entschuldigung zu überreden. Und seine stille Hoffnung, dass Carolin von sich aus vorschlagen würde, die Anzeige zurückzuziehen, erfüllte sich ebenfalls nicht. Lukas hatte recht gehabt: Lars war jemand, der stets freundlich und souverän in Erinnerung bleiben wollte. Und da er diesen Eindruck beim gestrigen Zwischenfall durch sein barsches und letztlich hilfloses Auftreten zerstört hatte, war ihm viel daran gelegen, diesen Fehler wieder auszubügeln. Aber konnte er Carolin für diesen Zweck einspannen, ohne dass sie es merkte?

Tatsächlich war Carolin weder so rachsüchtig, wie sie vielleicht am gestrigen Nachmittag erschienen war, noch fühlte sie ihre Ehe von ihrer Vorgängerin bedroht. Sie hatte lediglich ein sehr ausgeprägtes Verständnis von Gut und Böse, das wenig Platz für Grauzonen ließ. Deshalb bereitete es ihr Schwierigkeiten, in Rosannas Reaktion lediglich jene spontane, wenn auch unverhältnismäßige Verteidigung zu sehen, die sie in Wahrheit gewesen war. Dass Lars seiner Frau dies nicht erklären konnte, hing allerdings auch mit einer gewissen Feigheit zusammen. Er wusste, dass er Carolins Weltbild von Anfang an verstärkt hatte und deshalb für ihre Weigerung, Rosanna zu vergeben, mitverantwortlich war. Und da es ihm angenehm war, mit einer Frau zu leben, für die alles klare Grenzen statt verschwommener Umrisse hatte, wollte er dies auf keinen Fall ändern.

»Ich muss dann weiter«, sagte Lars. »Du weißt, mein Meeting.«

»Bist du aufgeregt?«

»Nein, wozu? Der Kunde wird mir aus der Hand fressen.«

»Wer tut das nicht?«

Lars lachte. Tatsächlich war er ziemlich nervös, da sein Vorgesetzter in der Bank keinen Zweifel daran gelassen hatte, dass vom Erfolg des Kundengesprächs auch Lars' Zukunft abhängen würde. Vermutlich hatte er deshalb seine strenge Diät missachtet und zur Currywurst gegriffen – einfach, um seine Nerven zu beruhigen und sich zu belohnen. Dummerweise verspürte er jetzt nicht nur Magendrücken, sondern auch einen brennenden Durst.

»Du, Hase?« Carolin strich sich nachdenklich die

Haare aus dem Gesicht. »Weißt du was? Wir zwei, wir haben so viel, für das wir dankbar sein können. Andere haben das nicht. Und ich sehe keinen Grund, solchen Menschen das Leben noch schwerer zu machen. Deshalb … Lassen wir das einfach mit der Anzeige gegen deine Ex – was meinst du?«

Lars horchte erstaunt auf.

»Außerdem, wer weiß, solche Leute können ja durch so was komplett aus der Bahn geworfen werden«, fuhr Carolin fort. »Ich will nicht, dass sie irgendwann noch einmal vor der Tür steht und komplett ausrastet. Es ist besser, wenn wir mit gutem Beispiel vorangehen, auch unseren Kindern zuliebe, was meinst du?«

»Ich glaube, du hast absolut recht.«

»Ich liebe dich.«

»Ich liebe dich noch viel mehr.«

Carolin verabschiedete sich mit einem Kusslaut und legte auf.

Lars atmete tief aus. Offensichtlich konnte er Carolin besser manipulieren, als er gedacht hatte. Und auf einmal schmerzte nicht einmal mehr sein Magen. Er fühlte sich so gut, dass er beschloss, sich noch eine Portion Pommes Frites zu gönnen – und vielleicht sogar ein kleines alkoholfreies Bier.

✵

Sabrina Hellmann arbeitete seit fast zehn Jahren als Bedienung in der Raststätte Bökelburg-Nord und war es gewöhnt, mehr Trinkgeld von den Lkw-Fahrern zu bekommen, die hier abgekämpft einkehrten, als von den Geschäftsleuten, die in ihren Luxuskarossen vorfuhren, um sich den Wanst mit Fast Food vollzustopfen, über das sie vor Bekannten und Kollegen sonst angewidert die Nase rümpften. Der Typ, der soeben wieder in die Raststätte zurückkehrte, hatte sie auch mit nur wenigen Cent abgespeist. Schlimmer noch: Er hatte sie nicht einmal angesehen und während der Bezahlung rüpelhaft weitertelefoniert. Jetzt strahlte er sie zwar an, als wäre ihm eine riesige Last von den Schultern gefallen, aber so wie er sich in die nächste freie Sitzbank fallen ließ und versonnen durchs Fenster starrte, machte er schon wieder einen derart selbstgefälligen Eindruck auf Sabrina, dass es ihm nur recht geschähe, wenn sie seine Bestellung ein kleines bisschen abänderte.

39

Ungläubig lauschte Lukas der Erklärung des Bahnpolizisten, warum man Fritz nicht festgehalten hatte. »Die Frau hat versichert, seine Reisebegleiterin zu sein und dafür Sorge zu tragen, dass er sein Ferienhaus wohlbehalten erreichen wird.«

Lukas lachte wütend. »Er muss irgendeine Mitreisende bestochen haben, weil er damit rechnete, dass jemand die Polizei verständigt. Hauptsache, Sie haben den Namen dieser Frau, damit man sie nachher zur Verantwortung ziehen kann.«

Der Polizist las ihm die aufgenommenen Personalien vor. Lukas bat ihn, Rosannas Namen, den er gerade aus dem Mund des Polizisten vernommen zu haben glaubte, zu wiederholen. Er hatte sich nicht verhört. Lukas legte auf, bevor der Beamte nachfragen konnte, warum er so verstört reagierte.

Lukas lehnte sich auf dem Rücksitz des Volvos zurück, dessen Besitzer, Roy und Gesa, ihn und Dominik freundlicherweise am Straßenrand aufgelesen hatten. Er fragte sich, wieso Rosanna mit Fritz losgefahren sein könnte. Sie kannte ihn doch kaum. Und sie wusste, wie gefährlich eine solche Reise für den alten Mann war.

»Schlechte Nachrichten?«, fragte Dominik, der hinter Roys weit zurückgefahrenem Fahrersitz eine halbwegs bequeme Position für seine Beine suchte.

Lukas antwortete nicht, sondern wählte auf seinem Handy Rosannas Nummer. Wieder meldete sich nur die Mailbox. Lukas blieb keine andere Wahl, als dringend um einen Rückruf zu bitten. Außerdem fügte er hinzu, dass Fritz das Heim ohne Erlaubnis verlassen hatte und Rosanna sich nicht länger von ihm an der Nase herumführen lassen dürfte.

Dominik beugte sich zu ihm vor. »Wie jetzt? Deine neue Frau ist mit Fritz unterwegs?«

»Sie ist nicht meine neue Frau«, verbesserte Lukas verärgert.

»Wir sind schon seit fünfundzwanzig Jahren verheiratet«, erklärte Gesa stolz vom Beifahrersitz aus.

»Und wir kennen uns seit der Schulzeit«, ergänzte Roy, während er die spärlichen Haarsträhnen ordnete, mit denen er seine Stirnglatze zu kaschieren glaubte.

»Da haben wir uns aber noch gehasst«, kicherte Gesa.

»Du hast mich bloß noch nicht verstanden«, gab Roy zurück und lachte glucksend.

Dominik nickte. »Mich haben früher auch ganz viele nicht verstanden. Aber heute, da bin ich total beliebt. Na ja, man reift, wird erwachsener und weiser …«

Lukas drückte auf die Wahlwiederholungstaste, nicht, weil er auf eine Antwort hoffte, sondern um der zu befürchtenden Endlosschleife dieses Gesprächs zu entkommen.

»Das Schöne ist, man wird auch toleranter«, fuhr Gesa fort und drehte sich zu den beiden Anhaltern um. »Roy und ich sind so viel offener als früher.«

»Für alles«, bekräftigte ihr Mann.

»Es gibt schließlich so viele verschiedene Lebensweisen«, führte Gesa aus. »Früher hätten wir andere Anschauungen rigoros abgelehnt.«

»Na, so alt sind Sie doch noch gar nicht«, sagte Dominik.

»Schätzen Sie doch mal«, lachte Roy.

Dominik zuckte die Achseln. »Fünfzig? So wie Lukas?«

»Bingo!«, freute sich Gesa.

»Ich bin achtunddreißig«, stellte Lukas richtig, aber die anderen hörten ihn nicht, weil Roy eine CD eingelegt hatte, die den Innenraum des Wagens mit düsteren Orgeltönen erfüllte.

»Das ist Roy!«, verkündete Gesa verzückt und wickelte das mit kleinen Sternchen bedruckte Tuch von ihrem Hals.

»Die Kirche hatte eine ausgezeichnete Akustik«, bemerkte Roy.

»Echt geil«, fand auch Dominik. »Sind Sie Pfarrer oder so?«

Roy und Gesa sahen sich an und kicherten. »Nein, nein«, erklärte Gesa, als sie sich wieder beruhigt hatte. »Unser Glaube ist die Wissenschaft!«

»Das is' ja spannend. Sind Sie Erfinder oder so was?«

»Nein«, sagte Roy.

»Schade.« Dominik legte Lukas eine Hand aufs Knie. »Wir hätten sonst gern einen Artikel über Sie geschrieben. Lukas und ich sind nämlich Journalisten.«

Lukas warf ihm einen bösen Blick zu, woraufhin Dominik seine Hand wieder wegnahm.

»Sie könnten uns trotzdem in die Zeitung bringen«, begeisterte sich Gesa. »Stimmt's nicht, Roy?« Sie stupste mit dem Finger gegen das kleine Amulett, das vom Rückspiegel herabhing. Es schimmerte grünlich, und seine Form erinnerte Lukas an ein Kind mit Wasserkopf.

»Wir haben durchaus was zu erzählen«, sagte Roy bedächtig. Lukas fragte sich, ob das der Grund war, wieso Roy so furchtbar langsam fuhr und überhaupt Anhalter mitgenommen hatte.

»Schießen Sie los«, forderte Dominik die beiden auf, und Lukas hätte ihn am liebsten dafür geohrfeigt.

Gesa tauschte mit Roy einen angespannten Blick aus, aber er nickte ihr beruhigend zu. »Ich denke, Ihnen beiden können wir vertrauen«, begann Gesa und drehte sich wieder zu Lukas und Dominik um. »Sie wissen ja bestimmt aus leidvoller Erfahrung, wie leicht man ausgegrenzt wird.«

Dominik nickte. »Da könnte ich Ihnen Geschichten erzählen …«

Lukas dagegen fixierte Gesa argwöhnisch. »Wieso ausgegrenzt?«

»Eben«, erwiderte Roy. »Wir sollten alle viel toleranter sein.«

Gesa nickte ehrfürchtig, als hätte ihr Mann gerade eine verbesserte Relativitätstheorie aufgestellt. »Das Wichtigste ist, man liebt sich.« Entzückt lächelte sie Lukas und Dominik an, als wollte sie am liebsten ein Foto von ihnen fürs Familienalbum machen.

Lukas runzelte die Stirn und deutete auf Dominik. »Sie denken, dass wir beide …«

»Wundervoll«, sagte Gesa.

»Auch der Altersunterschied stört kaum«, befand Roy.

Dominik sah Lukas befremdet an und beugte sich dann zu Gesa vor. »Sie verstehen nicht – eigentlich kennen Lukas und ich uns erst ganz kurz.«

»Ist doch egal«, wiegelte Gesa ab. »In kosmischen Dimensionen sind selbst fünfundzwanzig Jahre unbedeutend.« Sie stupste wieder gegen das Amulett. Roy nickte versonnen. »Und für die Tharsianer spielen Zeit und Raum sowieso keine Rolle.«

Dominik glaubte, nicht richtig verstanden zu haben. »Für wen?«

Gesa lächelte ihn an wie einen wissbegierigen

Schuljungen. »Für die Tharsianer. Die Schöpfer des Universums.«

Lukas und Dominik fiel es schwer, darauf eine Antwort zu finden.

Roy und Gesa lachten. »Jetzt halten Sie uns bestimmt für verrückt«, bemerkte Roy vergnügt.

»Aber es ist wahr«, beharrte Gesa. »Und wenn man erst mal von den Tharsianern besucht worden ist –«

»Darauf muss man ja leider sehr lange warten«, entgegnete Lukas und war stolz auf sein Pokerface.

»So lange auch nicht«, widersprach Roy.

»In Wahrheit«, enthüllte Gesa, »hatten wir alle schon mal Kontakt mit ihnen. Aber erst, wenn wir bereit dafür sind, erlauben sie uns den bewussten Austausch – Sie verstehen?« Gesa stupste wieder gegen das Amulett. »Das hier haben sie uns bei unserer letzten Zusammenkunft geschenkt.«

»Wie aufmerksam«, sagte Lukas.

Dominik war verwirrt. »Aber haben Sie uns nicht eben gesagt, Ihr Glaube wäre die Wissenschaft?«

»So ist es«, sagte Roy.

»Wir können die Existenz der Tharsianer schließlich beweisen«, behauptete Gesa. »Mehr noch, wir können auf Grundlage unserer interkosmischen Begegnungen und Gespräche mittlerweile genau berechnen, wann und wo sie sich zeigen.«

»Deshalb sind wir ja unterwegs«, erklärte Roy. »Zu einem neuen Treffen.«

Gesa strahlte Lukas und Dominik begeistert an.

»Und wir laden Sie beide herzlich ein, uns zu begleiten.«

Dominik schluckte. »Sind das etwa die Typen mit den Analproben?«

»Bitte?« Gesas Gesicht verfinsterte sich.

»Na, diese Außerirdischen, die einen nachts entführen und dann an einem herumexperimentieren«, erläuterte Dominik.

»Wieso Außerirdische?«, empörte sich Roy. »Die Tharsianer kommen aus einer anderen Dimension!«

»Ich fürchte, wir sind für einen Kontakt noch nicht so ganz bereit«, versuchte Lukas die Situation zu retten. »Aber wenn Sie uns in Immensee rauslassen könnten, wären wir Ihnen wirklich dankbar.«

»Das ist wirklich ungeheuerlich«, schimpfte Roy. »Wir vertrauen uns Ihnen an, weil wir dachten, dass Sie nicht so engstirnig sind wie die meisten Spießbürger in diesem Land – und Sie machen sich über uns lustig?«

Lukas schüttelte schnell den Kopf. Auch wenn er die beiden Spinner kaum aushielt, wollte er auf keinen Fall diese Mitfahrgelegenheit riskieren – schließlich waren Roy und Gesa seine einzige Chance, um möglichst schnell Fritz und Rosanna abzufangen.

»Können wir denn vielleicht mal Ihre Beweise für die Existenz dieser Marsianer –«

»THAR-sianer!«, verbesserte Gesa zornig.

»Vergessen Sie's!«, entschied Roy. »Sie sind doch gar nicht interessiert an echten Beweisen.«

»Sie sind unserer Beweise nicht einmal würdig«, fügte Gesa hinzu.

»Also, Ihr Orgelspiel ist wirklich wunderschön«, log Lukas in einem Versuch, das Thema zu wechseln. »Ist das Bach?«

✵

Roy hatte so energisch auf die Bremse getreten, dass der Wagen wild hin und her schlingerte, bevor er am Rand der Landstraße endlich zum Stehen kam. Lukas' harmlose Frage hatte sich leider als Tropfen erwiesen, der das Fass zum Überlaufen brachte. Denn Roy hatte auf der Orgel nicht etwa das Werk eines klassischen Komponisten gespielt, sondern eine selbst berechnete Kombination von Tönen, über die man mit den Tharsianern kommunizieren musste. Und da Roy und Gesa mit vorauseilender Wut weiteren Spott vermuteten, war an diesem Punkt die Mitreise für Lukas und Dominik beendet. Die beiden waren kaum aus dem Auto gestiegen, als Roy schon wieder das Gaspedal durchtrat und in halsbrecherischem Tempo davonpreschte.

Lukas und Dominik sahen ihnen schweigend hinterher. Auf seine Uhr traute Lukas sich gar nicht mehr zu schauen. Und dass Rosanna sich nicht zurückmeldete, bedeutete vielleicht, dass sie sich scheute, ihm mitzuteilen, dass Fritz inzwischen endgültig zusammengebrochen war.

Schließlich löste sich Dominik von ihm und stellte sich erneut mit erhobenem Daumen in Position.

Lukas warf ihm einen mitleidigen Blick zu. Dennoch wartete er eine Weile. Erst als nach einer Viertelstunde immer noch kein Auto vorbeigefahren war, ging Lukas weiter. Ohne Eile, aber auch ohne besondere Hoffnung, sein Ziel zu erreichen. Nach weiteren fünf Minuten schloss Dominik sich ihm an.

40

»Sie müssen sich keine Sorgen machen«, sagte Fritz. »Mein Bruder wird sich um alles Weitere kümmern.«

Rosanna zögerte. Fritz hatte sie darauf vorbereitet, dass die Polizei sie am Bahnsteig abfangen könnte. Seine Bitte, sich als seine Begleiterin auszugeben, hatte sie allerdings nur erfüllt, weil ihr einleuchtete, dass ihm allein sicher niemand glauben würde – alte Menschen wurden schließlich oft wie Kleinkinder oder Schwachsinnige behandelt. Dass sie Fritz nun einfach in ein Taxi setzen sollte, anstatt ihn zu seinem Bruder zu begleiten, verursachte Rosanna jedoch Unbehagen.

»Warum rufen wir ihn nicht an?«, schlug sie vor.

»Das hört er sowieso nicht«, wandte Fritz ein.

»Probieren wir's mal.«

»Seine Nummer habe ich auch nicht.«

Rosanna seufzte. »Ich lasse Sie nur ungern allein.«

»Diese Wirkung hatte ich schon immer auf Frauen«, erwiderte Fritz und lächelte. »Aber im Ernst, kümmern Sie sich lieber um Ihr Gepäck.«

Als Rosanna ihm beim Aussteigen geholfen hatte, waren die Polizisten so plötzlich auf sie zugeeilt, dass sie ihre Tasche im Wagen vergessen hatte. Erst jetzt fiel ihr auf, dass auch Fritz außer seinem Rollstuhl kein Gepäck bei sich hatte.

»Mein Bruder hat dieselbe Kleidungsgröße wie ich«, erklärte Fritz. »Deshalb wollte ich mich nicht unnötig beschweren.«

»Wenn jemand für alles eine Antwort hat, macht mich das immer besonders misstrauisch«, sagte Rosanna.

»Nur weil ich im Pflegeheim niemanden über meine Reisepläne aufgeklärt habe?« Er ergriff Rosannas Hand. »Glauben Sie mir, normalerweise kümmert die nicht, was ich mache. Wenn ich auf meinem Zimmer geblieben wäre, hätte ich tausendmal klingeln müssen, bis mal jemand vorbeigeschaut hätte. Aber ausgerechnet heute machen die diesen Riesenaufstand.« Er schüttelte den Kopf. »Reine Show. Wahrscheinlich gab's eine der seltenen Inspektionen der Oberaufsicht.«

Rosanna hielt das für durchaus möglich. Aber sie wollte Fritz nicht zu schnell nachgeben. »Nennen Sie mir doch die Adresse Ihres Bruders. Dann komme ich später vorbei, und Sie beide laden mich auf einen Kaffee ein.«

Fritz lachte. »Wenn Sie darauf bestehen ...« Er sagte ihr den Straßennamen und die Hausnummer. Dann deutete er fragend zum Taxistand. Rosanna brachte es nicht übers Herz, Fritz noch länger hinzuhalten. Er schien sich auf seinen Bruder wirklich zu freuen. Es war schon unwürdig genug, dass er für dieses Wiedersehen so ausdauernd kämpfen musste.

Rosanna schob ihn in seinem Rollstuhl zum ersten wartenden Taxi und half ihm beim Einsteigen. Bei ihrer Verabschiedung nahm Fritz noch einmal ihre Hand und deutete galant einen Handkuss an. »Ich danke Ihnen«, sagte er leise.

Rosanna spürte, wie sie errötete, und musste deswegen lächeln. Fritz winkte noch einmal und zog dann die Tür des Taxis zu, das sich daraufhin in Bewegung setzte.

Ein wenig wehmütig sah Rosanna dem Wagen hinterher. Sie konnte sich weiterhin nicht des Eindrucks erwehren, dass Fritz ihr nicht die ganze Wahrheit gesagt hatte. Vielleicht war es doch ein Fehler gewesen, den alten Herrn einfach in das Taxi zu setzen. Doch auch wenn es so war, so schien Fritz zumindest sehr viel daran gelegen zu haben. Und was konnte er schon anderes vorhaben, als hier seinen Bruder zu besuchen?

✵

Fritz war es unangenehm, Rosanna angelogen zu haben, aber er hatte sich nicht anders zu helfen gewusst. Hoffentlich würde Lukas sie nicht für das verantwortlich machen, was nun passieren müsste. Denn noch eine Chance befürchtete Fritz nicht zu bekommen. Und selbst wenn, wäre er dann vielleicht nicht mehr in der Lage, sie zu nutzen. Seit ein paar Wochen spürte er, wie er immer wieder den Faden verlor und Mühe hatte, sich daran zu erinnern, was noch vor wenigen Minuten passiert war. Als er vor zwei Tagen versucht hatte, durch den Garten des Pflegeheims zu flüchten, war das nicht etwa vom weichen Erdboden und den schweren Rädern seines Rollstuhls verhindert worden, sondern von seiner eigenen Verwunderung. Während Fritz sich mühsam vorwärtsgekämpft hatte, war ihm nämlich sein eigentlicher Fluchtplan entfallen. Schlimmer noch: Fritz hatte nicht einmal mehr gewusst, warum er in einem Rollstuhl saß. Vergeblich hatte er seine Hosentaschen nach dem Schlüssel seines Motorrads durchsucht, das er als Mittzwanziger begeistert gefahren hatte.

Die Zeit drängte also in jeder Hinsicht. Als der Taxifahrer vor dem Haus anhielt, mit dem er so viele schöne Kindheitserinnerungen verband, dass die unglücklichen dagegen keine Chance hatten, verspürte Fritz zwar noch einmal den Drang, innezuhalten und sich seiner Nostalgie hinzugeben. Aber da er unbedingt verhindern wollte, dass ihn noch irgendjemand in letzter Sekunde retten könnte, legte er seine Hände auf die Räder seines Rollstuhls. Er drehte sich vom Haus weg und schob sich vorwärts. Zu seiner Überraschung fiel ihm das nun weniger schwer als heute Morgen beim Verlassen des Pflegeheims. Die Sonne brannte von einem wolkenlosen Himmel auf ihn hinunter, aber der salzige Wind, der vom Meer herüberwehte, war angenehm kühl und trocknete den Schweiß auf seiner dünnen Haut.

Ein Gefühl von Leichtigkeit begann ihn zu durchströmen, und Fritz hoffte, dass dies ein gutes Zeichen war.

41

Hektisch durchsuchte Lukas jede Tasche seiner Kleidung, immer und immer wieder, und sah dabei aus, als litte er an einem merkwürdigen, über seinen ganzen Körper wandernden Juckreiz.

»Alles in Ordnung?«, fragte Dominik.

»Es ist weg«, flüsterte Lukas.

»Was ist weg?«

»Das Foto!«

»Was für ein Foto?«

»Das Foto, auf dem …« Lukas seufzte und schüttelte den Kopf. Er wollte Dominik jetzt nicht auch das noch erklären müssen. Er hoffte, das Foto wenigstens nicht im Wagen des Tharsianer-Kults verloren zu haben, sondern auf der Landstraße, die sie seit fast einer Stunde hinuntermarschierten. Danach zu suchen schien allerdings zwecklos. Sich zu fragen, ob der Verlust des Fotos mehr war als ein Zufall, ebenfalls.

Ein Auto kam aus der Ferne heran. Wie bei jedem bisherigen stellte sich Dominik sofort in Anhalterposition, aber sein Daumen schien vom Pech verfolgt zu sein. Auch dieser Wagen brauste weiter.

»Meinst du, das Schicksal könnte gegen uns sein?«, fragte Dominik.

»Alles ist möglich«, murmelte Lukas und meinte es nicht einmal mehr ironisch.

Wieder raste ein Wagen an ihnen vorbei, diesmal jedoch so schnell, dass Dominik nicht dazu kam, den Fahrer auf sich aufmerksam zu machen. Da es sich um einen Streifenwagen handelte, war das vielleicht auch besser so.

»Magst du eigentlich Fisch?«, wollte Dominik unvermittelt wissen.

Lukas warf ihm einen irritierten Blick zu.

»Die haben hier an der Küste doch bestimmt auch Hering. So ganz frisch, meine ich.«

Lukas seufzte und ging weiter.

»Als Kind habe ich den nie gemocht. Hab ihn sogar einmal auf den Boden geschmissen und gewartet, bis der Nachbar darauf ausgerutscht ist.«

»Lustig«, sagte Lukas und unterdrückte ein Gähnen.

»Ja, heutzutage würde ich das natürlich nicht mehr machen. Ich hätte sogar Lust, mal wieder einen zu probieren, so ohne Vorurteile.«

»Ich verspreche dir«, sagte Lukas, »am nächstbesten Fischstand spendiere ich dir so viele Heringe, wie in deinen Mund passen.«

»Ah, nee«, erwiderte Dominik. »Einer würde mir schon reichen – vielleicht mag ich ihn ja immer noch nicht.«

Sie passierten das Ortsschild und sahen, dass der

Streifenwagen in einer Bushaltebucht vor einem gepflegten PKW angehalten hatte, dessen Fahrer empört auf die Polizisten einredete.

»Sag mal, wenn Rosanna sich um Fritz kümmert«, überlegte Dominik, »dann könnte das doch auch heißen, dass sie dir was Gutes tun will.«

»Und was bedeutet es dann, dass sie meine Anrufe ignoriert?«

»Vielleicht«, folgerte Dominik mit spannungsfördernder Pause, »soll es eine Überraschung sein – das mit Fritz, meine ich.«

Lukas blieb stehen und wandte sich zu Dominik um. Während er ihn mitleidig betrachtete, musste Lukas feststellen, dass er seinem treuen, wenn auch unerwünschten Begleiter nicht böse genug sein konnte, um ihn zusammenzustauchen. Auch wenn ihre gesamte Reise erfolglos geblieben war, so hatte Lukas sie wenigstens nicht allein durchstehen müssen. Tatsächlich hätte er sie ohne Dominiks Hilfe gar nicht einmal erst antreten können.

»Sorry«, jammerte Dominik. »Ich weiß, dass ich's vermasselt hab'.«

»Was denn?«

»Du brauchst mich nicht in Schutz zu nehmen.« Dominiks Gesicht verfinsterte sich. »Wenn ich mich nicht aufgedrängt hätte, wärst du schon längst am Ziel!«

»Dominik –«

»Ich wusste, dass der Wagen meiner Mutter in die Werkstatt muss. War doch klar, dass wir unterwegs damit liegen bleiben. Und dann picke ich auch noch die mieseste Mitfahrgelegenheit heraus, die man sich vorstellen kann.«

»Das stimmt nicht.«

»Wieso nicht?«

»Es hätten auch zwei Serienkiller sein können.«

Dominik nickte erschrocken. Wie zu erwarten erkannte er Lukas' Bemerkung nicht als Scherz, sondern hielt sie für eine ernst gemeinte Alternative. »Trotzdem – ich bin nur ein Klotz an deinem Bein. Und das schon seit Tagen.«

»Von Anfang an«, sagte Lukas.

»Echt?«

»Total echt«, bestätigte Lukas, aber er konnte plötzlich nicht anders, als zu lachen.

Dominik sah ihn irritiert an. »Was ist so komisch?«

»Nichts.« Lukas verzog das Gesicht, konnte sein Lachen aber nicht lange unterdrücken. »Ich meine, überleg doch mal: Wir jagen einem Neunundneunzigjährigen hinterher, dessen einziger Wunsch es ist, sich nicht länger von anderen sagen lassen zu müssen, was er tun darf und was nicht. Mein ehemaliger Traumjob ist zum Albtraum geworden. Und meine ewigen Schuldgefühle haben eine solche Paranoia verursacht, dass ich die Frau vergrault habe, mit der ich die größte Chance hatte, wieder glücklich zu werden. Trotzdem mache ich mich über Marsianer-Fans lustig und stehe mit dir hier irgendwo am Rand eines Kaffs, ohne zu wissen, wie's weitergehen soll.«

»Tharsianer«, korrigierte Dominik.

Lukas sah ihn an. Er hätte fast wieder angefangen, hemmungslos zu lachen. Dann aber ging sein Blick an Dominik vorbei und erfasste den Mann, der immer noch und immer aufgebrachter mit den Polizisten diskutierte.

»Moment mal«, murmelte Dominik. »Ist das nicht ...«

Lukas hielt es für ausgeschlossen. Wenn er allein gewesen wäre, hätte er sogar an seinem Verstand gezweifelt. Aber Dominik konnte nicht dieselbe Fata Morgana haben, oder?

»Das ist der Typ, mit dem du heute Morgen vor Rosannas Haus gesprochen hast!«, freute sich Dominik. »Ein paarmal dachte ich, ihr würdet mich sehen, aber ich hab mich im Auto sofort ganz klein gemacht.«

Lukas setzte sich in Bewegung, Dominik trottete ihm wie Sancho Pansa hinterher.

»Sie sind mit einhundertfünzig durch eine geschlossene Ortschaft gefahren!«, wiederholte der eine Polizist unbeirrbar.

»Ich hab doch gesagt: mein Tacho –«

»Wenn Sie nicht mal mehr selbst den Unterschied zu fünfzig Stundenkilometern bemerken ...«

»Mein Meeting fängt in fünfzehn Minuten an!«, protestierte Lars verzweifelt.

»Mit der Alkoholfahne würde ich Ihnen sowieso davon abraten, irgendeinen Geschäftstermin wahrzunehmen«, entgegnete der andere Polizist.

»Ich schwöre Ihnen, das Bier war alkoholfrei!«

»*Das* Bier? Oder waren es eher zwei oder drei?«

Lars stöhnte auf. Es waren vier gewesen. Vier kleine Gläser, die seinen immensen Durst nach der furchtbar scharfen Currywurst gestillt und sogar sein Sodbrennen beseitigt hatten. Erst nachdem er wieder in seinen Wagen gestiegen und losgefahren war, hatte Lars eine ungewohnte Leichtigkeit verspürt, die er aber seiner guten Laune zugeschrieben hatte – schließlich hatte er eindeutig alkoholfreies Bier bei dieser Bedienung bestellt, die ihn so aufmerksam angestrahlt hatte!

»Ich bin nicht betrunken!«, wiederholte Lars störrisch und lauter, als er es wollte.

»Dann wird die Blutprobe Sie ja ruckzuck entlasten«, entgegnete der eine Polizist.

»Aber mein MEETING …«

»Sie haben jetzt erst mal eins mit uns.«

»Aber … ALKOHOLFREI!«, klagte Lars, während die Polizisten ihn zu ihrem Streifenwagen führten. Dann sah er die beiden Männer, die ein Stück entfernt am Straßenrand standen und ihn verwundert beobachteten. Den einen kannte Lars nicht, aber der andere …

Lars blieb abrupt stehen und starrte zu Lukas hinüber. »Loser«, stieß er gepresst hervor.

»Wie bitte?«, fragte der eine Polizist drohend.

»Jetzt auch noch Beamtenbeleidigung, so was!«, schnaubte sein Kollege.

Lars schüttelte den Kopf und zeigte auf Lukas. »Der Kerl da …«

Doch um das Risiko zu umgehen, dass Lars nun auch noch Passanten anpöbelte, packten die Polizisten ihn und schubsten ihn auf den Rücksitz ihres Streifenwagens. Da Lars sich noch einmal fassungslos zu Lukas drehte, stieß er sich kräftig den Kopf am Türrahmen. Aber Kopfschmerzen – auch die, die er aufgrund seines Alkoholpegels am nächsten Morgen haben würde – sollten sein geringstes Problem sein. In den folgenden Wochen würde sich seine Beziehung zu Carolin grundlegend ändern. Ihre Enttäuschung darüber, dass er sie angelogen und seine berufliche Zukunft riskiert hatte, würde Lars zahlreiche Verhaltensänderungen abverlangen und letztlich das Machtgefüge in seiner Ehe dauerhaft zu Carolins Gunsten umkehren. Lars würde es daraufhin zwar erst recht nicht vermeiden können, die Wahrheit zu seinen Gunsten zu frisieren, aber weitaus vorsichtiger dabei sein. Und obwohl Carolin ihrem Ehemann bald verziehen hatte, war ihre Verletzung ein zu wirkungsvolles Mittel, um ihn in Schach zu halten, als dass sie es so schnell hätte aufgeben wollen. Allerdings gab Lars sich für die Konsequenzen dieses Tages ohnehin selbst die Schuld. Dass er Lukas auf der anderen Straßenseite gesehen hatte, bewies schließlich, dass er noch viel betrunkener gewesen sein musste, als die Blutprobe ergeben hatte. Da geschah es ihm vielleicht sogar recht, dass sein Wagen aufgebrochen und erst ein paar Tage nach seiner Festnahme wiedergefunden worden war.

42

Dass Lukas und Dominik auf ihrer Odyssee ausgerechnet Lars begegnet waren, hatte die beiden auf dem letzten Teil ihrer Reise zu andächtigem Schweigen verdammt. Lukas hatte es zu vertreiben versucht, indem er das Radio anstellte. Aber die Lieder, die dort gespielt wurden, waren ihm allesamt unbekannt gewesen; als vielsagende Bekräftigung für sie arbeitende schicksalshafte Mächte hatten sie auch nicht dienen können.

Dass Lars aufgrund der Festnahme seinen Wagen am Straßenrand zurückgelassen hatte, war natürlich eine große Hilfe gewesen. Ganz so leicht hatte es diese Situation ihnen jedoch auch nicht gemacht. Lars hatte nämlich beim Aussteigen geistesgegenwärtig den Autoschlüssel abgezogen, und durch das Zuschlagen der Fahrertür hatte sich nach einer Minute die automatische Rundumverriegelung aktiviert. Bevor Lukas jedoch enttäuscht weitergehen konnte, hatte Dominik schon einen Stein aufgehoben und das Seitenfenster eingeschlagen. Für Lukas' Skrupel, zum Autodieb zu werden, war wenig Zeit geblieben – schließlich war infolge der automatischen Verriegelung auch die Alarmanlage scharf geschaltet worden. Das zornig pulsierende Hupsignal hatte nach einer rasanten Entscheidung verlangt. Zum Glück war es Lukas und Dominik nach nervenaufreibenden Minuten unkoordinierter und von erbitterten Vorwürfen begleiteter Zusammenarbeit gelungen, den Anlasser kurzzuschließen. Wie sie das geschafft hatten, war Lukas selbst nicht klar. Dominik verfügte offenbar tatsächlich über mehr Talente, als er angenommen hatte – so zweifelhaft diese in diesem Fall auch sein mochten. Nach Ablauf des vorprogrammierten Warnintervalls war schließlich auch die Alarmanlage endlich zur Ruhe gekommen.

Während sie sich Immensee allmählich näherten, hatte sich Dominik zuversichtlich erklärt, dass nun alles gut werden würde. Er war überzeugt davon, dass Fritz noch lebte und Rosanna bei ihm war. Amüsiert malte er Lukas eine Szene wie in einem Neunzigerjahrefilm aus, in der die beiden sich in Zeitlupe am Strand in die Arme fallen würden, während aus einem Autoradio eine Powerpop-Ballade dröhnte.

»Ich hoffe nicht«, hatte Lukas entgegnet.

»Wieso? Ist doch geil! Wünschst du dir nie, dass es wenigstens einmal so im wirklichen Leben laufen könnte?«

Lukas hatte nicht geantwortet. Natürlich lebte auch in ihm die Sehnsucht nach einem Happy End. Aber dass er tatsächlich die Chance bekommen hatte, Fritz und auch Rosanna wiederzusehen, musste nicht bedeuten, dass dieses Zusammentreffen zwangsläufig glücklich enden würde. Er erinnerte sich an das Gespräch, in dem Rosanna das Beispiel des Reisenden gebracht hatte, der sein Flugzeug verpasst, um dann später festzustellen, dass es abgestürzt ist. Er erinnerte sich aber auch an sein Gegenbeispiel, bei dem der Reisende voller Erleichterung genau dieses Flugzeug noch erreicht. Würde Lukas nun ebenso fröhlich auf Fritz und Rosanna zueilen und sich später wünschen, nie in Lars' Auto eingestiegen zu sein?

✲

Der Strand von Immensee erstreckte sich kilometerweit jenseits eines kleinen Stadtkerns, den längst die Filialen derselben Ladenketten bestimmten wie jede andere Stadt. Auch die Häuser an der langen Straße gegenüber vom Strand schienen im Lauf der letzten Jahre ihre Unverwechselbarkeit verloren zu haben, um sich gefällig dem protzigen Größenwahn ihrer Besitzer anzupassen. Allerdings hatte das glücklicherweise zur Folge, dass das alte Haus, das ursprünglich Fritz' Eltern gehört hatte, in seiner verwitterten Bescheidenheit herausstach.

Lukas hielt den Wagen vor dem Haus an und stieg aus. Während er an einem großen Ahornbaum vorbeiging, um an der Haustür zu klingeln, hörte er plötzlich Dominik rufen: »Da drüben!«

Lukas sah in die Richtung, in die der junge Mann zeigte, und rannte los.

Der Sand ließ seine Füße versacken, erschwerte es

ihm wie in einem Traum, von der Stelle zu kommen. Er strauchelte und fiel hin, spürte, wie Sand in seine Kleidung und Schuhe drang und seine Haut abschmirgelte, als er aufstand und weitereilte. Die Sonne blendete ihn, die Meeresbrise hinterließ einen salzigen Geschmack in seinem vor Anstrengung geöffneten Mund.

Mit ungelenken Schritten hielt er vor Fritz an. Der alte Mann saß mit an den dürren Leib gezogenen Knien im heißen Sand und sah gedankenverloren auf die Wellen hinaus, die sich geräuschvoll am Strand brachen und seinem splitternackten Körper entgegenzüngelten.

»Ich dachte, du hasst FKK«, war alles, was Lukas zur Begrüßung einfiel.

Fritz sah ihn verständnislos an.

Lukas blickte sich um. »Wo sind deine Klamotten?«

Fritz schwieg.

»Wo ist Rosanna?«, fragte Lukas weiter.

Fritz überlegte, schüttelte dann den Kopf. Er schien die Frage nicht zu verstehen.

Inzwischen erreichte auch Dominik sie, blieb aber zurück, als Lukas ihm mit einer knappen Geste bedeutete, sie allein zu lassen.

»Du hast mir einen ganz schönen Schrecken eingejagt«, sagte Lukas und setzte sich mit klopfendem Herzen neben Fritz. Der schien ihn weder zu hören noch wahrzunehmen. Sein Blick war fest aufs Meer gerichtet, verloren wie in einem Drogenrausch.

Lukas spürte Enttäuschung in sich aufsteigen. War das das Ziel seiner Reise: der Anblick seines alten Freundes, der doch noch einer heimtückischen Krankheit zum Opfer gefallen war, die ihm Tag für Tag nicht nur seine körperliche, sondern sogar die Beweglichkeit seiner Gedanken nehmen würde?

»Fritz …«, sagte Lukas leise, aber der alte Mann starrte bloß gebannt auf das ewige Ritual der Wasseroberfläche, die zum Land hinströmte, aber nie dort bleiben konnte und es trotzdem immer wieder versuchte, als erhoffte sie sich jedes Mal ein anderes Ergebnis.

Eine Zeit lang starrte Lukas ebenfalls aufs Meer, als könnte er dort Antworten finden. Dann sah er, dass Fritz zitterte. Lukas zog seine Jacke aus und legte sie dem alten Mann um die Schultern.

Fritz lächelte ein wenig. »Ich wollte eigentlich schwimmen gehen«, sagte er. »Ganz weit raus, so weit wie noch nie.«

Lukas nickte traurig.

»Aber das Wasser …« Fritz ließ seine Schultern sinken. »Es war so kalt.«

Lukas nahm Fritz' knöcherne Finger und umschloss sie sanft mit seinen Händen.

»Entschuldigung?«

Ein Mann, den Lukas auf Anfang sechzig schätzte, obwohl er in Wahrheit längst auf die siebzig zuging, stapfte durch den Sand auf sie zu. Wie Fritz besaß auch er noch recht volles weißes Haar, hatte es allerdings militärisch kurz geschnitten. Seine Haut war braun gebrannt, und sein durchtrainierter schlanker Körper steckte in einem Polohemd und Bermudashorts. Über einem seiner kräftigen Arme trug er jene Kleidungsstücke, die Fritz bei seinem Gang zum Meer ausgezogen und achtlos hinter sich fallen gelassen hatte.

»Ich kümmere mich schon darum«, sagte der Mann und trat auf Fritz zu.

»Nicht nötig«, sagte Lukas und stand auf. »Ich bin ein alter Bekannter und extra hergekommen, um –«

»Um was?« Der Mann taxierte ihn misstrauisch.

Lukas lachte verlegen. »Ist sehr nett von Ihnen, alles eingesammelt zu haben.« Er streckte die Hand aus, um dem Mann Fritz' Kleidung abzunehmen. »Aber Sie können jetzt wirklich –«

»Herbert?« Fritz sah den Mann an und deutete auf Lukas. »Kennst du diesen jungen Herrn?«

»Herbert?« Lukas schüttelte verwirrt den Kopf. Selbst wenn Fritz' Bruder noch lebte, konnte er unmöglich so viel jünger sein.

»Einen Moment«, sagte der Mann zu Fritz, und bedeutete Lukas mit einem Kopfnicken, mit ihm ein paar Meter zur Seite zu gehen.

»Hören Sie«, erklärte Lukas. »Dieser Mann hat sich heute Morgen aus seinem Pflegeheim davongestohlen. Ich kenne ihn seit ein paar Monaten und weiß, dass Herbert, sein Bruder, bereits vor Jahren verstorben ist. Außerdem –«

»Ich weiß schon«, unterbrach ihn der Mann ungeduldig. »Ich stand in regelmäßigem Kontakt zu meinem Onkel. Er hat mir öfter Fotos geschickt.« Er deutete auf Fritz. »In den letzten Jahren hat sich mein Vater natürlich verändert. Aber in seiner Brieftasche habe ich eben seinen Ausweis entdeckt.«

»Sie sind …«

»Carl. Sein jüngster Sohn. Sind Sie dieser Journalist, der vor ein paar Monaten versucht hat, mich ausfindig zu machen?«

Lukas nickte langsam. »Aber man sagte mir, Sie seien ausgewandert und hätten jeglichen Kontakt zu Ihrer Familie abgebrochen.«

Carl zuckte mit den Achseln. »Nicht jeglichen Kontakt. Nur den, den ich nicht mehr wollte.«

Lukas verstand immer noch nicht alles. »Und Sie sind hier, weil …«

»Ich lebe hier.« Er deutete zum Haus hinüber. »Onkel Herbert hat es mir kurz vor seinem Tod überschrieben. Zu der Zeit lebte ich noch in Maine, aber …« Er seufzte und reckte trotzig das Kinn. »Als ich zurückkam, brauchte ich eine Bleibe – und da ich das Küstenleben liebe …«

»Mir ist kalt!«, rief Fritz zu ihnen hinüber. Carl ging zu seinem Vater zurück und half ihm beim Anziehen.

✲

Kurze Zeit später führten Carl, Lukas und Dominik den fast hundert Jahre alten Mann langsam über den Strand zur Straße zurück. Carl hatte dort auch den Rollstuhl gefunden. Behutsam setzten sie Fritz hinein, und Lukas bat Dominik, ihn zum Haus zu fahren, während er und Carl ihnen mit ein paar Metern Abstand folgten, um etwas zu besprechen.

»Ich weiß«, begann Lukas, »dass Ihr Vater nicht hierbleiben kann. Aber –«

»Wieso kann er das nicht?«

Lukas sah Carl erstaunt an. »Sie haben nicht gerade die innigste Beziehung.«

»Haben *Sie* die?«

»Nein, aber – Ihnen ist doch klar, dass Fritz Sie nicht einmal mehr erkennt. Sein Zustand hat offensichtlich ein Stadium erreicht, in dem er intensivere Hilfe benötigt als je zuvor.«

»Als Nächstes wollen Sie bestimmt sagen, ich wäre auch nicht mehr der Jüngste«, erwiderte Carl mit einer unverhohlenen Schärfe, die Lukas von Fritz nur allzu gut kannte.

»Alles, was ich sagen will –«

»Was *ich* bereits gesagt habe«, unterbrach ihn Carl, »ist: Ich kümmere mich schon darum.« Und sein Blick ließ keinen Zweifel daran, dass er weitere Widerworte nicht dulden würde.

Sie erreichten den Garten mit dem Ahornbaum. Carl nickte zur Tür hinüber. »Kommen Sie noch mit rein?«

Lukas zögerte. »War Fritz allein, als Sie ihn gefunden haben? Meines Wissens hätte eine Frau bei ihm sein sollen …«

Carl schüttelte den Kopf. »Habe niemanden gesehen.«

Lukas trat auf Fritz zu und ging vor ihm auf die Knie, um auf Augenhöhe zu sein. »Wo ist Rosanna?«, fragte er angespannt. »Die Frau, die dich hergebracht hat? Sie ist mit dir aus dem Zug gestiegen, erinnerst du dich? Die Polizei hat euch gefragt, wohin ihr wollt.«

Fritz lächelte ihn an, als hielte er Lukas für verwirrt und brächte es nicht übers Herz, ihm das zu sagen.

»Wenn sie hier war«, warf Dominik ein, »kann sie so weit nicht sein, oder?«

Lukas nickte, ohne wirklich daran zu glauben. Was sollte Rosanna davon abgehalten haben, in den nächsten Zug zu steigen und weiterzufahren?

Aber es war zwecklos, Fritz mit weiteren Fragen zu quälen. Lukas erhob sich und wandte sich an Carl.

»Ich komme später noch mal zurück, in Ordnung?«

Carl nickte. Dann schloss er die Tür des kleinen Hauses auf, um seinen Vater hineinzufahren. Und obwohl Fritz sich nicht mehr zu Lukas umdrehte und ihm zuzwinkerte, so wie er es immer gern getan hatte, bestand kein Zweifel daran, dass er in diesem Augenblick glücklicher war, als er es jahrelang noch einmal zu verdienen geglaubt hatte.

Schweigend kehrten Lukas und Dominik zu Lars' Wagen zurück. Anstatt sofort einzusteigen, stützte Dominik sich an der Beifahrerseite mit den Armen aufs Autodach und fragte: »Was jetzt, Chef?«

Lukas hätte ihm gern eine schlagfertige Antwort

gegeben. Eine, die ihn stark und unerschütterlich hätte wirken lassen wie den Helden eines Films, der nie aufgab und immer gewann. Stattdessen fiel ihm überhaupt nichts ein.

Aber vielleicht war das sein Glück. So konnte er nämlich die Geräusche hören, die in diesem Augenblick vom Wind zu ihnen herübergetragen wurden.

Da waren Stimmen. Musik. Gelächter und der Lärm einer großen Menge. Außerdem das schrille Kreischen von Menschen, die das halsbrecherische Gefälle einer Achterbahn hinunterrasten, um am Ende als stolze Überlebende auszusteigen. Lukas waren die Plakate für den Rummelplatz bei der Einfahrt in die Stadt nicht aufgefallen. Dominik glücklicherweise schon.

✵

Rosanna fragte sich, ob sie einfach eine neue Fahrkarte lösen sollte. Im Informationszentrum hatte man ihr wenig Hoffnung gemacht, ihr Gepäck heute noch zu finden und zurückbefördern zu können. Wäre es nicht einfacher, dem Gepäck hinterherzufahren und es an der Endstation des Zuges selbst aufzulesen?

Aber Rosanna fühlte sich Fritz verpflichtet. Sie wollte ihm wenigstens den angekündigten Besuch abstatten, auch um sich selbst zu beruhigen.

Da am Bahnhof keine Taxe mehr stand, beschloss Rosanna zu Fuß zu jener Adresse zu gehen, die Fritz ihr genannt hatte. Als sie sich bei einem Passanten nach dem Weg erkundigte, musste sie jedoch erfahren, dass es die betreffende Straße gar nicht gab.

Während Rosanna ziellos durch die kleine Stadt schlenderte, kam es ihr nicht mehr befreiend, sondern dumm vor, ihr Handy weggeworfen zu haben. Vielleicht war es an der Zeit, zum nächsten Münzfernsprecher zu gehen, um Lukas zu informieren. Allerdings war weit und breit kein öffentlicher Apparat zu sehen. Rosanna überlegte, ob sie einen Fußgänger oder einen Ladenbesitzer ansprechen und darum bitten sollte, deren Telefon benutzen zu dürfen. Aber was würde das noch bewirken? Fritz hatte sich irgendetwas in den Kopf gesetzt und war sicher längst am Ziel seiner Reise angelangt. Und er hatte weder sie noch Lukas noch sonst irgendjemanden dabeihaben wollen. War das nicht sein gutes Recht? Hatte nicht auch sie selbst erst gestern Abend beschlossen, alle Brücken zu ihrer Vergangenheit abzubrechen? Fritz hatte sich nicht daran hindern lassen wollen – und sie wollte das auch nicht.

Aber einen Neuanfang zu machen war nicht so einfach, wie man dachte. Der Plan, einen neuen Job, einen neuen Ort zum Leben, eine neue Perspektive zu finden, indem sie sich von ihrer Vergangenheit löste, war Rosanna sehr verlockend erschienen. Nun, da sie ihn in die Tat umsetzen musste, büßte er seine Reize zunehmend ein. Wo sollte sie anfangen? Wie könnte sie sicher sein, ihre Situation wirklich verbessert zu haben?

Vielleicht wurde ihre aufkommende Unsicherheit nur von einer ganz natürlichen Angst vorm Scheitern angefeuert. Aber war nicht der Impuls, all das abzustreifen, was sie für Fesseln gehalten hatte, letztlich absurd? Konnte man seiner Vergangenheit davonlaufen, ohne von ihr in der Zukunft eingeholt zu werden? War das überhaupt erstrebenswert oder ein Zeichen von Schwäche?

Tatsächlich mangelte es Rosanna nicht an Selbstvertrauen, auch wenn im Laufe ihres Lebens genug daran genagt hatte. Sie war trotz allem zuversichtlich, dass sie es irgendwie schon schaffen würde, ihr Leben wieder in den Griff zu kriegen. Aber sie rechnete nicht damit, dass dieses Leben, wie auch immer es aussehen mochte, zwangsläufig eines wäre, in dem sie sich glücklich fühlen könnte. War das vielleicht zu viel verlangt? Mussten nicht die meisten Menschen ohne das Gefühl von Glück auskommen? Sollte man nicht schon froh sein, überhaupt über die Runden zu kommen?

Aber Rosanna wollte mehr. Ihr ganzes Leben lang hatte sie sich nicht damit zufriedengegeben, bloß zu existieren. Sie wollte genau den Punkt erreichen, an dem sie nicht länger befürchtete, ihr richtiges Leben verpasst zu haben. Sie wollte nicht das Gefühl haben, als würde sie im falschen Zug sitzen. Es ging ihr nicht um mehr Geld, eine größere Wohnung, teurere Kleidung, eine angesehenere Arbeit. Den richtigen Platz im Leben zu finden, *ihren* Platz – das war ihr größter Wunsch. Und solange sie den nicht gefunden hatte, würde sie vermutlich weitersuchen, auch wenn das bedeutete, herumzuirren und womöglich nie anzukommen.

☼

Dass es ausgerechnet heute einen Jahrmarkt in der Stadt gab, war kein Zufall. Er fand hier jedes Mal statt, wenn der Frühling sich dem Sommer näherte oder der Herbst dem Winter. Rosanna hätte eigentlich lieber einen Bogen um den Jahrmarkt gemacht. Aber die Stände hatten plötzlich ihren Weg gesäumt, als wären sie wie Kulissen um sie herum aus dem Boden gefahren, während ihre Gedanken sie abgelenkt hatten. Nun suchte sie eilig nach einem Ausgang, um den aufsteigenden Erinnerungen zu entgehen. Natürlich spielte dabei Lukas eine Rolle. Vermisste sie ihn? Nicht seine Angst – davon hatte sie selbst genug. Auch nicht seine Zweifel. Oder seine Orientierungslosigkeit, die er mit Ironie kaschierte. Obwohl sie seine Ironie mochte. Und seine Orientierungslosigkeit eigentlich teilte. So wie seine Zweifel und seine Angst.

Wenn Rosanna ehrlich war, hatten sie und Lukas in jener Woche, in der sie die Welt außen vor gelassen hatten, zwar nie über ihre Ähnlichkeiten gesprochen, sie aber die ganze Zeit gespürt. Und anders als erwartet hatte Rosanna sich von ihnen nicht abgestoßen gefühlt, sondern gewärmt wie von einer festen Umarmung gegen einen eiskalten Wind. Zuvor hatte Rosanna oft davon geträumt, jemanden zu finden, der ganz anders war als sie, jemanden, der sie aus ihrem ganzen Schlamassel herausziehen und verändern konnte. Aber in ihrer Zeit mit Lukas hatte sie angefangen darüber nachzudenken, ob genau dieser frühere Wunsch vielleicht ein wesentliches Hindernis auf ihrem Weg gewesen war.

Eine Gruppe von Besuchern schob sich grölend auf sie zu, sodass Rosanna zurückweichen musste. Abgenutzte Liebeslieder dröhnten aus einem Lautsprecher hinter ihr. Der Geruch von Popcorn und Bier drang in ihre Nase. Rosanna beschleunigte ihre Schritte, um endlich den Jahrmarkt hinter sich zu lassen.

Hinter der Theke einer Wurfbude stand ein untersetzter, kahlköpfiger Mann und stopfte sich mit dem Inhalt einer riesigen Chipstüte voll. Rosanna konnte sein krachendes Kauen hören, als sie an dem Stand vorbeieilte. Sie spürte, wie sein erstaunter Blick an ihr haften blieb. Zuerst wollte sie so schnell wie möglich weiter. Dann aber hielt sie an und gaffte zurück.

Der Mann verschluckte sich fast. Dann grinste er. »Das gibt's ja nich' …«

Als Rosanna den Mann erkannte, war sie geneigt, ihm zuzustimmen. Er wischte sich eilig den mit Paprikagewürz verschmierten Mund ab und verstaute die Chipstüte unter der Theke, bevor er Rosanna heranwinkte.

Sie wollte seiner Aufforderung eigentlich nicht

folgen. Aber sie war neugierig zu erfahren, wo der große Shandu seine Kristallkugel gelassen hatte.

»Wie geht's?«, fragte Shandu, der in Wahrheit Hartmut hieß.

»Was machen Sie hier?«, fragte Rosanna zurück.

»Arbeiten«, sagte Hartmut achselzuckend. »In meinem Job geht man dorthin, wo man gebraucht wird.«

Rosanna deutete auf die Wurfbälle und Kegel. »Sind Sie dafür nicht ein wenig überqualifiziert?«

»Meinen Sie?« Hartmut lächelte.

»Warum sagen Sie nicht weiter die Zukunft voraus?«

»Ach das ...« Hartmut kratzte sich am Kinn. »Habe ich nur ausnahmsweise gemacht. Als Vertretung für meinen Bruder. Aber der beherrscht die ganzen Tricks viel besser.«

Rosanna schüttelte fassungslos den Kopf.

»Was denn?«

Sie lächelte dünn. »Sie waren ziemlich überzeugend.«

»Echt?« Hartmut strahlte sie an, legte dann seinen Kopf schief und verengte seine Augen. »Wo ist denn Ihr Freund? Ich hoffe, Sie haben mir den Scheiß nicht geglaubt.«

Rosanna warf ihm einen betont amüsierten Blick zu. »Tut das jemand?«

Hartmut schmunzelte. »Die Leute glauben doch alles. Aber ich sag immer: Hauptsache, es schmeckt.«

Rosanna musterte ihn schweigend. Sie konnte

ihm nicht böse sein. Und eigentlich hatte sie nichts anderes erwartet, oder?

Sie nickte ihm kurz zu und schlenderte weiter.

»Warten Sie!«, rief Hartmut. »Ich hab gleich Schluss. Wollen wir vielleicht irgendwas trinken gehen oder so?«

Rosanna schüttelte nur den Kopf und ging weiter.

Sie verspürte den Impuls, Lukas von ihrer Begegnung zu erzählen – aber was würde das schon bewirken? Die Prophezeiung hatte sie nicht auseinandergetrieben, sondern die Angst vor der Zukunft. Und die würde nie verschwinden, solange sie beide nicht den nötigen Mut aufbrächten, ihr zu begegnen.

Rosanna folgte dem Weg zwischen der Geisterbahn und dem mindestens siebten Getränkestand, den sie bislang passiert hatte, und endlich fand sie den ersehnten Ausgang, direkt neben dem Riesenrad. Zu dieser Tageszeit waren dessen meiste Kabinen leer. Trotzdem drehte sich das in der Sonne glänzende Gestänge unbeirrbar weiter. Je länger Rosanna darauf schaute, desto schwindeliger wurde ihr. Sie schloss die Augen und atmete tief durch. Es war Zeit zu gehen.

Sie steuerte auf den Ausgang zu, der gleichzeitig auch als Eingang genutzt wurde. Vereinzelte Passanten strömten durch ihn herein, und für einen Moment glaubte sie, Lukas zu sehen. Aber das war ein Irrtum. Er konnte nicht hier sein. Er wusste nicht mal, dass sie hier war. Er dachte vermutlich gar nicht mehr an sie. Vielleicht war das besser für ihn.

Und wenn sie sich doch noch einmal zufällig über den Weg laufen sollten, würde er bestimmt den Blick abwenden. Er würde sich große Mühe geben, den Tag zu vergessen, an dem er sie auf der Straße hatte liegen sehen. Sie spürte immer noch das Kitzeln seiner kurzen, aber weichen Barthaare auf ihrem Kinn, und sie erinnerte sich an die Tränen in seinen Augen, die er nicht hatte zurückhalten können, als sie aus ihrer Ohnmacht erwachte.

Das Dröhnen eines über den am Himmel aufziehenden Wolken fliegenden Düsenjets ließ Rosanna an das Spielzeugflugzeug denken, das auf Lukas abgestürzt war. Dies rief ihr auch ihren ersten gemeinsamen Morgen ins Gedächtnis, an dem sie genug Mut gefunden hatten. Aber am Ende hatte er nicht gereicht. Deshalb musste sie nun weitergehen, allein. Und das würde sie auch schaffen, irgendwie.

Irgendwie …

Rosanna sog die vom Meer herüberwehende kalte Luft tief in ihre Lungen und steuerte auf den Ausgang zu. Passanten rempelten sie an, ein auf sein Handy konzentrierter Teenager trat ihr auf den Fuß, und plötzlich spürte sie eine Hand auf ihrer Schulter. Verärgert fuhr Rosanna herum.

Und erblickte Lukas, der sie ansah, als könnte er es noch viel weniger glauben.

Unwillkürlich streckte sie ihre Hand aus und berührte seine Wange, als müsste sie sich vergewissern, dass er wirklich vor ihr stand.

Sein Lächeln war immer noch sorgenvoll. Aber

das würde vorbeigehen. Er strich ihr eine Haarsträhne zurück, die der Wind vor ihre Augen geweht hatte. Und als sich Rosanna in die Wärme seiner Umarmung gab, spürte sie, dass auch sein Herz endlich zur Ruhe kam.

✲

Unter den Besuchern des Jahrmarkts befand sich zu dieser Zeit auch Jochen T., 28 Jahre alt, gelernter Dreher und seit über einem Jahr ohne Anstellung. Der Polizei gegenüber behauptete er später, dass das Ende seiner langjährigen Beziehung mit seiner Lebensgefährtin den Ausschlag gegeben hätte. Ohne Perspektive hätte er sich betrunken und dann das Jagdmesser eingesteckt, das ihm ein Bekannter zum Geburtstag geschenkt hatte. Jochen T.s Blutalkoholwert betrug bei seiner Festnahme über 1,8 Promille. Seinem Geständnis zufolge wusste der in seinem Freundeskreis als beliebt und hilfsbereit geltende Hobby-Bogenschütze um die Sinnlosigkeit seines Vorhabens. Allerdings hätte er dermaßen unter Druck gestanden, dass er keinen anderen Ausweg mehr gesehen hätte, als seine Wut an irgendjemandem auszulassen.

✲

Rosanna und Lukas hatten die Welt um sich herum vergessen. Die Jahrmarktbesucher liefen an ihnen vorbei, lachten über sie, machten zuweilen obszöne Gesten, aber das störte die beiden nicht. Sie hielten einander fest, lachten, verschränkten ihre Hände ineinander, küssten sich. Loslassen kam nicht in Frage.

Jochen T. fiel ihnen nicht auf. Dabei war er keineswegs unscheinbar. Er galt sogar als äußerst attraktiv und hatte auch während der Beziehung zu seiner Lebensgefährtin immer wieder Angebote von anderen Frauen bekommen. Aber Jochen T. ließ sich davon nicht beeindrucken. Tatsächlich hielt er sich für eher hässlich und gewöhnlich. Dass es sein Mangel an Selbstwertgefühl war, das seine Lebensgefährtin von ihm weggetrieben hatte, wurde ihm erst Jahre später bewusst. An diesem späten Nachmittag am letzten Apriltag des Jahres erfüllte ihn eine brennende Eifersucht, besonders auf die Liebespaare, die ihm nicht aus dem Weg gingen.

Dass Lukas und Rosanna auf überhaupt niemanden mehr achteten als auf sich selbst, kam Jochen wie eine zum Himmel schreiende Überheblichkeit vor.

Nachdem er sie eine Weile beobachtet hatte, reichte es ihm. Er zog sein Messer.

Welcher der beiden ihm als Erster zum Opfer fallen würde, war ihm gleichgültig. Er wusste zwar nicht, wie sich das genau anfühlen würde, wenn er das Messer auf die beiden niedersausen ließe, und ein kleines bisschen fürchtete er sich sogar davor. Aber die Blicke der anderen wären ihm sicher. Alle würden ihn respektieren. Und er, Jochen T., würde wenigstens in diesem Augenblick nicht mehr derjenige sein, auf dem alle herumtrampelten.

Ein paar Kinder kreuzten seinen Weg. Sie sahen das Messer und blieben entsetzt stehen. Jochen wich ihnen aus und ging weiter. Rosanna und Lukas küssten sich. Ihre Augen waren geschlossen. Gut so, dachte Jochen T.

Und es war tatsächlich besser, denn so mussten die beiden nie einen Gedanken daran verschwenden, was passiert wäre, wenn Jochen T. nicht auf einem glitschigen Heringsrest ausgerutscht und wenige Meter von ihnen entfernt zu Boden gegangen wäre.

Dominik hatte Lukas zwar zum Jahrmarkt begleitet, aber dessen Aufforderung, nach Rosanna Ausschau zu halten, kurz missachtet, weil der Fischstand einfach zu appetitlich ausgesehen hatte. Mit dem fettigen Hering in einem unzuverlässigen Pappköcher hatte Dominik dann die Suche nach Rosanna fortgesetzt. Noch während er darüber nachgedacht hatte, wie unwahrscheinlich es war, sie hier zu finden, hatte ihn jemand angerempelt. Der Hering war aus der Pappe katapultiert worden und auf dem Gehweg gelandet. Aber Dominik wollte deswegen nicht ausflippen – das war ohnehin noch nie sein Ding gewesen. Er marschierte in aller Seelenruhe zurück zum Fischstand, um sich einen Ersatzhering zu besorgen. Diesmal biss er sofort herzhaft hinein. Er kaute und schmeckte und kam zu dem Schluss, dass sich an seiner Antipathie gegen diese Fischsorte seit seiner Kindheit nichts geändert hatte. Dann sah er, dass sich eine Menschentraube um einen jungen Mann bildete, der offenbar hingefallen war. Neugierig trat Dominik ein wenig näher. Seine Augen weiteten sich, als er sah, dass aus der rechten Gesäßhälfte etwas herausragte, das wie ein Messergriff aussah. Während Rufe nach einem Krankenwagen und auch der Polizei laut wurden, beschloss Dominik, lieber weiterzugehen. Außerdem hatte er Lukas und Rosanna entdeckt, die gerade davonschlenderten, und wollte ihnen in taktvollem Abstand folgen. Den Rest seines Herings deponierte er sorgfältig in einem Mülleimer.

*

Hand in Hand gingen Rosanna und Lukas weiter. Sie erzählten sich, was passiert war und wieso sie letztlich hier gelandet waren. Keiner von ihnen wunderte sich mehr. Darüber waren sie längst hinaus.

Sie wollten auch nicht voneinander wissen, wie es nun mit ihnen weitergehen sollte. Unabhängig voneinander hatten sie beschlossen, dass ihr Glück nur jetzt stattfinden konnte, nicht morgen, nicht nächsten Monat oder in ein paar Jahren. Genauso waren sie sich einig, dass ihre Vergangenheit immer ein Teil von ihnen bleiben würde, aber sie wollten sich Mühe geben, sich davon nicht mehr ganz so oft aus dem Gleichgewicht bringen zu lassen.

Das Foto, das die beiden vor dem Kino zeigte, erwähnte Lukas nicht mehr. Und Rosanna vergaß sogar im Lauf der Jahre, dass sie nach ihrem Unfall einen tieferen Sinn in ihrer Begegnung mit Lukas gesucht hatte. Denn selbst wenn es den gab, zählte nur, was sie daraus machten.

Während sie den Jahrmarkt verließen, verfolgte sie aus den Lautsprecherboxen eine kitschige Powerballade, aber Rosanna hörte in ihrem Kopf etwas anderes. Ein Lied von Ben Folds, in dem der Sänger darüber nachdachte, dass er fünfzig Jahre vor seiner Geliebten auf die Welt hätte kommen können. Dass er durchaus auf derselben Straße wie sie hätte leben und sie auf ihrem Fahrrad an ihm hätte vorbeifahren können.

So viele Menschen begegneten sich Tag für Tag auf der ganzen Welt, ohne zu erkennen, dass sie vielleicht füreinander bestimmt waren. Manche bekamen nie eine zweite Chance. Erst recht keine dritte oder vierte, so wie Rosanna und Lukas. Am Ende war alles eine Frage von Glück. Aber so flüchtig das auch war, man konnte wenigstens versuchen, immer wieder danach zu greifen.